AU MILIEU DU MONDE

Plateforme

Michel Houellebecq

Plateforme

*Plus sa vie est infâme, plus l'homme y tient ;
elle est alors une protestation,
une vengeance de tous les instants.*

Honoré de BALZAC

Première partie

TROPIC THAÏ

1

Mon père est mort il y a un an. Je ne crois pas à cette théorie selon laquelle on devient *réellement adulte* à la mort de ses parents ; on ne devient jamais *réellement adulte*.

Devant le cercueil du vieillard, des pensées déplaisantes me sont venues. Il avait profité de la vie, le vieux salaud ; il s'était démerdé comme un chef. « T'as eu des gosses, mon con... me dis-je avec entrain ; t'as fourré ta grosse bite dans la chatte à ma mère. » Enfin j'étais un peu tendu, c'est certain ; ce n'est pas tous les jours qu'on a des morts dans sa famille. J'avais refusé de voir le cadavre. J'ai quarante ans, j'ai déjà eu l'occasion de voir des cadavres ; maintenant, je préfère éviter. C'est ce qui m'a toujours retenu d'acheter un animal domestique.

Je ne me suis pas marié, non plus. J'en ai eu l'occasion, plusieurs fois ; mais à chaque fois j'ai décliné. Pourtant, j'aime bien les femmes. C'est un peu un regret, dans ma vie, le célibat. C'est surtout gênant pour les vacances. Les gens se méfient des hommes seuls en vacances, à partir d'un certain âge : ils supposent chez eux beaucoup d'égoïsme et sans doute un peu de vice ; je ne peux pas leur donner tort.

Après l'enterrement, je suis rentré à la maison où mon père avait vécu ses dernières années. Le corps avait été découvert une semaine auparavant. Déjà, près des meubles et dans le coin des pièces, un peu de poussière s'était accumulée ; dans l'embrasure d'une fenêtre, j'aperçus une toile d'araignée. Le temps, donc, l'entropie et toutes ces choses prenaient doucement possession de l'endroit. Le congélateur était vide. Dans les placards de la cuisine il y avait surtout des sachets-repas individuels Weight Watchers, des boîtes de protéines aromatisées, des barres énergétiques. J'ai déambulé dans les pièces du rez-de-chaussée en grignotant un sablé au magnésium. Dans la chaufferie, j'ai fait un peu de vélo d'appartement. À soixante-dix ans passés, mon père jouissait d'une condition physique bien supérieure à la mienne. Il faisait une heure de gymnastique intensive tous les jours, des longueurs de piscine deux fois par semaine. Le week-end il jouait au tennis, pratiquait le vélo avec des gens de son âge ; j'en avais rencontré quelques-uns au funérarium. « Il nous entraînait tous !... s'était exclamé un gynécologue. Il avait dix ans de plus que nous, et sur une côte de deux kilomètres il nous mettait encore une minute dans la vue. » Père, père, me dis-je, que ta vanité était grande. Dans l'angle gauche de mon champ de vision je distinguais un banc de musculation, des haltères. Je visualisai rapidement un crétin en short – au visage ridé, mais par ailleurs très similaire au mien – gonflant ses pectoraux avec une énergie sans espoir. Père, me dis-je, père, tu as bâti ta maison sur du sable. Je pédalais toujours mais je commençais à m'essouffler, j'avais légèrement mal aux cuisses ; je n'étais pourtant qu'au niveau un. Repensant à la cérémonie, j'étais conscient d'avoir produit une excellente impression générale. Je suis toujours rasé de près, mes épaules sont étroites ; ayant développé un début de calvitie vers la trentaine, j'ai décidé de me couper les cheveux très court. Je porte généralement des costumes gris, des cravates discrètes, et je n'ai pas l'air très gai. Avec mes cheveux ras, mes lunettes fines et mon visage renfrogné, baissant légèrement la tête pour écouter un mix de chants funéraires chrétiens, je me sentais très à l'aise dans la situation – beaucoup plus à l'aise que dans un mariage, par exemple. Les enterrements, décidément, c'était mon truc. Je m'arrêtai de pédaler, toussai légèrement. La nuit descendait sur les prairies environnantes. Près de la structure de béton dans laquelle s'encastrait la chaudière, on distinguait une tache brunâtre imparfaitement nettoyée. C'est là qu'on avait retrouvé mon père, le crâne brisé, vêtu d'un short et d'un sweat-shirt « *I love New York* ». La mort remontait à trois jours, selon le médecin légiste. On aurait pu à l'extrême rigueur conclure à un accident, il aurait pu glisser sur une flaque d'huile ou je ne sais quoi. Cela dit, le sol de la pièce était parfaitement sec ; et le crâne était fendu à plusieurs endroits, un peu de cerveau s'était même répandu sur le sol ; on avait, plus vraisemblablement, affaire à un meurtre. Le capitaine Chaumont, de la gendarmerie de Cherbourg, devait passer me voir dans la soirée.

De retour dans le salon j'allumai le téléviseur, un Sony 16/9e à écran de 82 cm, son *surround* et lecteur de DVD intégré. Sur TF1 il y avait un épisode de *Xena la Guerrière*, un de mes feuilletons préférés ; deux femmes très musclées vêtues de brassières métalliques et de minijupes en peau se défiaient de leurs sabres. « Ton règne n'a que trop duré, Tagrathâ ! s'exclamait la blonde ; je suis Xena, la guerrière des Plaines de l'Ouest ! » On frappa à la porte ; je baissai le son.

Dehors, la nuit était tombée. Le vent secouait doucement les branches dégouttantes de pluie. Une fille d'environ vingt-cinq ans, de type nord-africain, se tenait dans l'entrée. « Je m'appelle Aïcha, dit-elle. Je faisais le ménage chez monsieur Renault deux fois par semaine. Je suis venue récupérer mes affaires.

— Eh bien… dis-je, eh bien… » Je fis un geste qui voulait être accueillant, une espèce de geste. Elle entra, jeta un regard rapide sur l'écran de télévision : les deux guerrières luttaient maintenant au corps à corps, à proximité immédiate d'un volcan ; je suppose que le spectacle a son côté excitant, pour certaines lesbiennes. « Je veux pas vous déranger, dit Aïcha, j'en ai pour cinq minutes.

— Vous ne me dérangez pas, dis-je ; rien ne me dérange, en fait. » Elle secoua la tête comme si elle comprenait, ses yeux s'attardèrent un instant sur mon visage ; elle devait sans doute évaluer la ressemblance physique avec mon père, peut-être en inférer un degré de ressemblance morale. Après quelques secondes d'examen elle se retourna, gravit l'escalier qui menait aux chambres. « Prenez votre temps, fis-je d'une voix étouffée, prenez tout votre temps… » Elle ne répondit rien, n'interrompit pas son ascension ; probablement est-ce qu'elle n'avait même pas entendu. Je me rassis sur le canapé, épuisé par la confrontation. J'aurais dû lui proposer d'enlever son manteau ; c'est ce qu'on propose aux gens, normalement, d'enlever leur manteau. Je pris alors conscience qu'il faisait horriblement froid dans la pièce – un froid humide et pénétrant, un froid de caveau. Je ne savais pas allumer la chaudière, je n'avais pas envie d'essayer, maintenant mon père était mort et j'aurais dû m'en aller tout de suite. Je passai sur FR3 juste à temps pour suivre la dernière manche de *Questions pour un champion*. Au moment où Nadège, du Val-Fourré, annonçait à Julien Lepers qu'elle remettait son titre en jeu pour la troisième reprise, Aïcha apparut dans l'escalier, un léger sac de voyage à l'épaule. J'éteignis la télévision, marchai rapidement vers elle. « J'ai toujours eu beaucoup d'admiration pour Julien Lepers, lui dis-je. Même s'il ne connaît pas spécifiquement la ville ou le village dont le candidat est originaire il parvient toujours à prononcer un mot sur le département, la mini-région ; il possède une connaissance au moins approximative de son climat, de ses beautés naturelles. Et, surtout, il connaît la vie : les candidats sont pour lui des êtres humains, il sait leurs difficultés et il sait leurs joies. Rien de ce qui constitue la réalité humaine des candidats ne lui est tout à fait étranger ni hostile. Quel que soit le candidat il parvient à le faire parler de son métier, de sa famille, de ses passions – enfin de tout ce qui, à ses yeux, peut constituer une vie. Assez souvent les candidats participent à une fanfare, une chorale ; ils s'investissent dans l'organisation d'une fête locale, ou se dévouent à une cause humanitaire. Leurs enfants, fréquemment, sont dans la salle. On retire en général de l'émission l'impression que les gens sont heureux, et soi-même on se sent plus heureux et meilleur. Vous ne trouvez pas ? »

Elle me regarda sans sourire ; ses cheveux étaient ramassés en chignon, son visage peu maquillé, ses vêtements plutôt sobres ; une fille sérieuse. Elle hésita quelques secondes avant de dire d'une voix basse, que la timidité enrouait un peu : « J'aimais bien votre père. » Je ne trouvai rien à lui répondre ; ça me paraissait bizarre, mais après tout possible. Le vieil homme devait avoir des histoires à raconter : il avait voyagé en Colombie, au Kenya, ou je ne sais où ; il avait eu l'occasion d'observer des rhinocéros à la jumelle. Chaque fois qu'on se voyait il se bornait à ironiser sur mon statut de fonctionnaire, sur la sécurité qui en découlait. « T'as trouvé la bonne planque… » répétait-il sans dissimuler son mépris ; c'est toujours un peu difficile, dans les familles. « Je fais des études d'infirmière, poursuivit Aïcha, mais comme je suis partie de chez mes parents je suis obligée de faire des ménages. » Je me creusai la tête pour trouver une réponse appropriée : aurais-je dû l'interroger sur le niveau des loyers à Cherbourg ? J'optai finalement pour un «Eh oui…» dans lequel je tentai de faire passer une certaine compréhension de la vie. Cela parut lui suffire, elle se dirigea vers la porte. Je collai mon visage à la vitre pour observer sa Volkswagen Polo qui faisait demi-tour dans le chemin boueux. Sur FR3 il y avait un téléfilm rural qui devait se dérouler au XIXᵉ siècle, avec Tchéky Karyo dans le rôle d'un ouvrier agricole. Entre deux leçons de piano, la fille du propriétaire – lui-même interprété par Jean-Pierre Marielle – accordait certaines privautés au séduisant campagnard. Leurs étreintes avaient lieu dans une étable ; je sombrai dans le sommeil au moment où Tchéky Karyo arrachait avec énergie sa culotte en organza. La dernière chose dont j'eus conscience, c'est d'un plan de coupe sur un petit groupe de porcs.

Je fus réveillé par la douleur, et par le froid ; j'avais dû m'endormir dans une mauvaise position, mes vertèbres cervicales étaient paralysées. Je toussai violemment en me relevant, mon souffle emplissait de buée l'atmosphère glaciale de la pièce. Étrangement la télévision diffusait *Très pêche*, une émission TF1 ; j'avais donc dû m'éveiller, ou du moins atteindre un niveau de conscience suffisant pour actionner la télécommande ; je n'en conservais aucun souvenir. L'émission de la nuit était consacrée aux silures, poissons géants dépourvus d'écailles, devenus plus fréquents dans les rivières françaises par suite du réchauffement du climat ; ils affectionnaient particulièrement les abords des centrales nucléaires. Le reportage s'attachait à faire la lumière sur certains mythes : les silures adultes, c'est vrai, atteignaient des tailles de trois à quatre mètres ; on avait même pu signaler, dans la Drôme, des spécimens dépassant les cinq mètres ; tout cela n'avait rien d'invraisemblable. Il était par contre absolument exclu de voir ces poissons manifester un comportement carnassier, ou s'attaquer aux baigneurs. La suspicion populaire qui entourait les silures semblait en quelque sorte se communiquer à ceux qui se consacraient à leur pêche ; la petite confrérie des pêcheurs de silures était mal acceptée au sein de la famille plus large des pêcheurs. Ils en souffraient, et souhaitaient profiter de l'émission pour redresser cette image négative. Certes, ils ne pouvaient se prévaloir de motifs gastronomiques : la chair du silure était rigoureusement immangeable. Mais il s'agissait d'une très belle pêche, à la fois intelligente et sportive, qui n'était pas sans analogie avec celle du brochet, et qui méritait de faire davantage d'adeptes. Je fis quelques pas dans la pièce sans parvenir à me réchauffer ; je ne supportais pas l'idée de coucher dans le lit de mon père. Finalement je montai chercher des oreillers et des couvertures, m'installai tant bien que mal dans le canapé. J'éteignis juste après le générique du *Silure démystifié*. La nuit était opaque ; le silence également.

2

Tout parvient à une fin, et la nuit y comprise. Je fus tiré d'une léthargie saurienne par la voix, claire et sonore, du capitaine Chaumont. Il s'excusait, il n'avait pas eu le temps de passer la veille. Je lui proposai un café. Pendant que l'eau chauffait il installa son portable sur la table de la cuisine, brancha l'imprimante. Ainsi, il pourrait me faire relire et signer ma déposition avant de partir ; j'eus un murmure d'approbation. La gendarmerie, trop accaparée par les tâches administratives, souffrait de ne pas avoir suffisamment de temps à consacrer à sa véritable mission : l'enquête ; c'est ce que j'avais pu déduire de différents magazines télévisés. Il approuva cette fois avec chaleur. Voilà un interrogatoire qui partait sur de bonnes bases, dans une atmosphère de confiance réciproque. Windows démarra avec un petit bruit joyeux.

La mort de mon père remontait à la soirée ou la nuit du 14 novembre. Je travaillais ce jour-là ; je travaillais le 15 également. Évidemment j'aurais pu prendre ma voiture, tuer mon père, faire l'aller-retour dans la nuit. Qu'est-ce que je faisais dans la soirée ou la nuit du 14 novembre ? À ma connaissance, rien ; rien de notable. Je n'en gardais en tout cas aucun souvenir ; ça remontait pourtant à moins d'une semaine. Je n'avais ni partenaire sexuelle régulière, ni véritablement d'ami intime; dans ces conditions, comment se souvenir? les journées passent, et c'est tout. Je jetai un regard navré sur le capitaine Chaumont; j'aurais aimé l'aider, ou au moins l'orienter vers une direction de recherches. «Je vais consulter mon agenda…» dis-je. Je n'attendais rien de cette démarche; curieusement, pourtant, il y avait un numéro de portable à la date du 14, en dessous d'un prénom: «Coralie». Quelle Coralie? C'était n'importe quoi, cet agenda.

«J'ai la cervelle comme un tas de merde… fis-je avec un sourire désabusé. Mais je sais pas, j'étais peut-être à un vernissage.

— Un vernissage? Il attendait patiemment, les doigts à quelques centimètres au-dessus du clavier.

— Oui, je travaille au ministère de la Culture. Je prépare des dossiers pour le financement d'expositions, ou parfois de spectacles.

— Des spectacles?

— Des spectacles… de danse contemporaine… Je me sentais radicalement désespéré, envahi par la honte.

— En somme, vous travaillez dans l'action culturelle.

— Oui, c'est ça… On peut dire ça comme ça.» Il me fixait avec une sympathie nuancée de sérieux. Il avait conscience de l'existence d'un secteur culturel, une conscience vague mais réelle. Il devait être amené à rencontrer toutes sortes de gens, dans sa profession; aucun milieu social ne pouvait lui demeurer complètement étranger. La gendarmerie est un humanisme.

Le reste de l'entretien se déroula à peu près normalement; j'avais déjà assisté à des téléfilms de société, j'étais préparé à ce type de dialogue. Connaissais-je des ennemis à mon père? Non, mais pas d'amis non plus, à vrai dire. De toute façon, mon père n'était pas suffisamment *important* pour avoir des ennemis. Qui pouvait profiter de sa mort ? Eh bien, moi. À quand remontait ma dernière visite ? Probablement au mois d'août. Il n'y a jamais grand-chose à faire, au bureau, en août, mais mes collègues sont obligés de partir parce qu'ils ont des enfants. Je reste à Paris, je fais des parties de solitaire sur ordinateur et je prends un week-end prolongé aux alentours du 15 ; voilà le cadre de mes visites à mon père. Au fait, avais-je de bonnes relations avec mon père ? Oui et non. Plutôt non, mais j'allais le voir une ou deux fois par an, c'est déjà pas si mal.

Il hocha la tête. Je sentais que ma déposition touchait à sa fin ; j'aurais aimé en dire plus. Je me sentais pris pour le capitaine Chaumont d'une sympathie irraisonnée, anormale. Déjà, il chargeait son imprimante. « Mon père était très sportif ! » lançai-je avec brusquerie. Il leva vers moi un regard interrogateur. « Je ne sais pas... fis-je en écartant les mains avec désespoir, je voulais juste dire qu'il était très sportif. » Avec un geste de dépit, il lança l'impression.

Après avoir signé ma déposition, je reconduisis le capitaine Chaumont à la porte. J'avais conscience d'être un témoin décevant, lui dis-je. « Tous les témoins sont décevants... » répondit-il. Je méditai quelque temps sur cet aphorisme. Devant nous s'étendait l'ennui illimité des champs. Le capitaine Chaumont remonta dans sa Peugeot 305 ; il me tiendrait au courant de l'avancement de l'enquête. Pour le décès d'un ascendant direct, on dispose dans la fonction publique d'un congé de trois jours. J'aurais donc parfaitement pu rentrer en flânant, acheter des camemberts locaux ; mais je pris tout de suite l'autoroute pour Paris.

Je passai ma dernière journée de congé dans différentes agences de voyages. J'aimais les catalogues de vacances, leur abstraction, leur manière de réduire les lieux du monde à une séquence limitée de bonheurs possibles et de tarifs ; j'appréciais particulièrement le système d'étoiles, pour indiquer l'intensité du bonheur qu'on était en droit d'espérer. Je n'étais pas heureux, mais j'estimais le bonheur, et je continuais à y aspirer. Selon le modèle de Marshall, l'acheteur est un individu rationnel cherchant à maximiser sa satisfaction compte tenu du prix ; le modèle de Veblen, par contre, analyse l'influence du groupe sur le processus d'achat (suivant que l'individu veut s'y identifier, ou au contraire s'y soustraire). Le modèle de Copeland démontre que le processus d'achat est différent suivant la catégorie de produit/service (achat courant, achat réfléchi, achat spécialisé) ; mais le modèle de Baudrillard-Becker estime que consommer, c'est aussi produire des signes. Au fond, je me sentais plus proche du modèle de Marshall.

De retour à mon travail, j'annonçai à Marie-Jeanne que j'avais besoin de vacances. Marie-Jeanne est ma collègue ; c'est ensemble que nous préparons les dossiers d'expositions, que nous œuvrons pour la culture contemporaine. C'est une femme de trente-cinq ans, aux cheveux blonds et plats, aux yeux d'un bleu très clair ; je ne sais rien de sa vie intime. Sur le plan hiérarchique, elle est dans une position légèrement supérieure à la mienne ; mais c'est un aspect qu'elle préfère éluder, elle s'attache à mettre en avant le travail d'équipe au sein du service. Chaque fois que nous recevons la visite d'une personnalité réellement importante – un délégué de la Direction des arts plastiques, ou un membre du cabinet du ministre – elle insiste sur cette notion d'équipe. « Et voici l'homme le plus important du service ! s'exclame-t-elle en pénétrant dans mon bureau, celui qui jongle avec les bilans comptables et les chiffres… Sans lui, je serais complètement perdue. » Ensuite, elle rit ; les visiteurs importants rient à leur tour, ou du moins ils sourient avec bonheur. Je souris également, dans la mesure de mes moyens. J'essaie de me visualiser en jongleur ; mais en réalité il me suffit de maîtriser les opérations arithmétiques simples. Quoique Marie-Jeanne ne fasse à proprement parler rien, son travail est en réalité le plus complexe : elle doit se tenir au courant des mouvements, des réseaux, des tendances ; ayant assumé une responsabilité culturelle, elle peut se voir en permanence soupçonnée d'immobilisme, voire d'obscurantisme ; c'est un danger dont elle doit se prémunir, et par là même prémunir l'institution. Aussi reste-t-elle en contact régulier avec des artistes, des galeristes, des directeurs de revues pour moi obscures ; ces coups de téléphone la maintiennent dans la joie, car sa passion pour l'art contemporain est réelle. Pour ma part, je n'y suis pas hostile : je ne suis nullement un tenant du *métier*, ni du retour à la tradition en peinture ; je conserve l'attitude de réserve qui sied au gestionnaire comptable. Les questions esthétiques et politiques ne sont pas mon fait ; ce n'est pas à moi qu'il revient d'inventer ni d'adopter de nouvelles attitudes, de nouveaux rapports au monde ; j'y ai renoncé en même temps que mes épaules se voûtaient, que mon visage évoluait vers la tristesse. J'ai assisté à bien des expositions, des vernissages, des performances demeurées mémorables. Ma conclusion, dorénavant, est certaine : l'art ne peut pas changer la vie. En tout cas pas la mienne.

J'avais informé Marie-Jeanne de mon deuil ; elle me reçut avec sympathie, et posa même une main sur mon épaule. Ma demande de congé lui paraissait tout à fait naturelle. « Tu as besoin de faire le point, Michel, estima-t-elle, de te retourner sur toi-même. » J'essayai de visualiser le mouvement proposé, je conclus qu'elle avait sans doute raison.

« Cécilia bouclera le prévisionnel à ta place, poursuivit-elle, je lui en parlerai. » À quoi faisait-elle allusion au juste, et qui était cette Cécilia ? Jetant un regard autour de moi j'aperçus un avant-projet d'affiche, et je me souvins. Cécilia était une grosse fille rousse qui mangeait des Cadbury sans arrêt, et qui était dans le service depuis deux mois : une CDD, voire une TUC, quelqu'un en résumé d'assez négligeable. Et en effet, juste avant le décès de mon père, je travaillais sur le budget prévisionnel de l'exposition « Haut les mains, galopins ! », qui devait être inaugurée en janvier à Bourg-la-Reine. Il s'agissait de photographies de brutalités policières prises au téléobjectif dans les Yvelines ; mais on n'avait pas affaire à un travail documentaire, plutôt à un procès de théâtralisation de l'espace, accompagné de clins d'œil à différentes séries policières mettant en scène le Los Angeles Police Department. L'artiste avait privilégié une approche *fun* plutôt que celle, attendue, de la dénonciation sociale. En résumé un projet intéressant, et pas trop cher ni complexe ; même une abrutie comme Cécilia était capable de finaliser le budget prévisionnel.

En général, en sortant du bureau, j'allais faire un tour dans un peep-show. Ça me coûtait cinquante francs, parfois soixante-dix quand l'éjaculation tardait. Voir des chattes en mouvement, ça me lavait la tête. Les orientations contradictoires de la vidéo d'art contemporaine, l'équilibre entre conservation du patrimoine et soutien à la création vivante… tout cela disparaissait vite, devant la magie facile des chattes en mouvement. Je vidais gentiment mes testicules. À la même heure, de son côté, Cécilia se bourrait de gâteaux au chocolat dans une pâtisserie proche du ministère ; nos motivations étaient à peu près les mêmes.

Rarement, je prenais un salon privé à cinq cents francs ; c'était dans le cas où ma bite allait mal, me paraissait ressembler à un petit appendice exigeant, inutile, qui sentait le fromage ; j'avais besoin alors qu'une fille la prenne dans ses mains, s'extasie même faussement sur la vigueur du membre, la richesse de sa semence. Quoi qu'il en soit, j'étais rentré avant sept heures et demie. Je commençais par *Questions pour un champion*, dont j'avais programmé l'enregistrement sur mon magnétoscope ; puis j'enchaînais par les informations nationales. La crise de la vache folle m'intéressait peu, je me nourrissais essentiellement de purée Mousline au fromage. Puis la soirée continuait. Je n'étais pas malheureux, j'avais cent vingt-huit chaînes. Vers deux heures du matin, je me terminais avec des comédies musicales turques.

Quelques journées passèrent ainsi, relativement paisibles, avant que je reçoive un nouveau coup de téléphone du capitaine Chaumont. Les choses avaient beaucoup avancé, ils avaient retrouvé le meurtrier présumé, c'était même plus qu'une présomption, en fait l'homme avait avoué. Ils allaient organiser une reconstitution dans deux jours, souhaitais-je y assister ? Oh oui, dis-je, oui.

Marie-Jeanne me félicita pour cette décision courageuse. Elle parla du travail de deuil, de l'énigme de la filiation ; elle utilisait des paroles socialement acceptables extraites d'un catalogue restreint, mais cela n'avait pas beaucoup d'importance : je sentais qu'elle éprouvait de l'affection pour moi, c'était surprenant, et c'était bien. Les femmes ont de l'affection, quand même, me dis-je en montant dans le train pour Cherbourg ; jusque dans leur travail elles ont tendance à établir des rapports affectifs, elles se meuvent difficilement dans un univers dépouillé de tout rapport affectif, c'est une atmosphère dans laquelle elles ont du mal à s'épanouir. Elles souffrent de cette faiblesse, les pages « psycho » de *Marie-Claire* le leur rappellent avec constance : il vaudrait mieux qu'elles établissent une séparation claire entre le professionnel et l'affectif ; mais elles n'y parviennent pas, et les pages « témoignage » de *Marie-Claire* l'attestent avec une constance équivalente. À la hauteur de Rouen, je repensai aux éléments de l'affaire. La grande découverte du capitaine Chaumont, c'est qu'Aïcha avait entretenu des « rapports intimes » avec mon père. Avec quelle fréquence, et jusqu'à quel degré ? Il n'en savait rien, et cela s'était avéré inutile à la poursuite de son enquête. Un des frères d'Aïcha avait rapidement avoué qu'il était venu « demander des explications » au vieil homme, que la discussion avait dégénéré, et qu'il l'avait laissé comme mort sur le sol de béton de la chaufferie.

La reconstitution était en principe présidée par le juge d'instruction, un petit homme sec et austère, vêtu d'un pantalon de flanelle et d'un polo sombre, au visage crispé par un perpétuel rictus d'agacement ; mais le capitaine Chaumont s'imposa vite comme le véritable maître de cérémonies. Vif et allègre il accueillait les participants, disait à chacun un mot de bienvenue, le conduisait à sa place : il avait l'air très heureux. C'était sa première affaire de meurtre, et il l'avait résolue en moins d'une semaine ; de cette histoire sordide et banale, il était le seul véritable héros. Tassée sur une chaise, visiblement accablée, le visage entouré d'un bandeau noir, Aïcha leva à peine les yeux à mon arrivée ; elle détournait ostensiblement le regard de l'endroit où se tenait son frère. Celui-ci, encadré par deux gendarmes, fixait le sol d'un air buté. Il avait tout à fait l'allure d'une petite brute ordinaire ; je n'éprouvais pas la moindre sympathie à son égard. Levant les yeux il croisa mon regard, m'identifia certainement. Il connaissait mon rôle, on avait dû le prévenir : selon ses conceptions brutales j'avais un droit de vengeance, j'étais comptable du sang de mon père. Conscient du rapport qui s'établissait entre nous, je le fixai sans détourner les yeux ; je me laissais lentement envahir par la haine, je respirais plus facilement, c'était un sentiment plaisant et fort. Si j'avais disposé d'une arme, je l'aurais abattu sans hésitation. Tuer cette petite ordure ne m'apparaissait pas seulement comme un acte indifférent mais comme une démarche bienfaisante, positive. Un gendarme traça à la craie des marques sur le sol, et la reconstitution commença. Selon l'accusé, les choses étaient très simples : au cours de la discussion il s'était énervé, avait repoussé mon père avec violence ; celui-ci était tombé en arrière, son crâne s'était fracassé sur le sol ; dans l'affolement, il avait aussitôt pris la fuite.

Naturellement il mentait, et le capitaine Chaumont n'eut aucun mal à l'établir. L'examen du crâne de la victime montrait à l'évidence un acharnement ; il y avait des contusions multiples, probablement dues à une série de coups de pied. Le visage de mon père avait en outre été frotté sur le sol, pratiquement jusqu'à faire jaillir l'œil de l'orbite. « Je sais plus… dit l'accusé, j'ai eu la rage. » En observant ses bras nerveux, son visage étroit et mauvais, on n'avait aucun mal à le croire : il avait agi sans préméditation, probablement excité par le choc du crâne sur le sol et la vue du premier sang. Son système de défense était clair et crédible, il s'en tirerait très bien devant le tribunal : quelques années avec sursis, pas plus. Le capitaine Chaumont, satisfait du déroulement de l'après-midi, s'apprêtait à conclure. Je me levai de ma chaise, marchai vers une baie vitrée. Le soir tombait : quelques moutons terminaient leur journée. Eux aussi étaient stupides, peut-être encore plus que le frère d'Aïcha ; mais aucune réaction violente n'était programmée dans leurs gènes. Au dernier soir de leur vie ils bêleraient d'affolement, leur rythme cardiaque s'accélérerait, leurs pattes s'agiteraient avec désespoir ; puis le coup de pistolet aurait lieu, leur vie s'échapperait, leur corps se transformerait en viande. Nous nous quittâmes sur quelques poignées de main ; le capitaine Chaumont me remercia de ma présence.

Je revis Aïcha le lendemain ; sur le conseil de l'agent immobilier, j'avais décidé de faire nettoyer la maison à fond avant les premières visites. Je lui remis les clefs, puis elle me raccompagna à la gare de Cherbourg. L'hiver prenait possession du bocage, des masses de brume s'accumulaient au-dessus des haies. Entre nous, ce n'était pas facile. Elle avait connu les organes sexuels de mon père, ce qui tendait à créer une intimité un peu déplacée. Tout cela était globalement surprenant : elle avait l'air d'une fille sérieuse, et mon père n'avait rien d'un séducteur. Il devait quand même posséder certains traits, certaines caractéristiques attachantes que je n'avais pas su voir ; j'avais même du mal, en réalité, à me souvenir des traits de son visage. Les hommes vivent les uns à côté des autres comme des bœufs ; c'est tout juste s'ils parviennent, de temps en temps, à partager une bouteille d'alcool.

La Volkswagen d'Aïcha s'arrêta sur la place de la Gare ; j'avais conscience qu'il serait mieux de prononcer quelques paroles avant la séparation. « Eh bien… » dis-je. Au bout de quelques secondes, elle s'adressa à moi d'une voix sourde : « Je vais quitter la région. J'ai un ami qui peut me trouver une place de serveuse à Paris ; je continuerai mes études là-bas. De toute façon, ma famille me considère comme une pute. » J'émis un murmure de compréhension. « À Paris, il y a plus de monde… » hasardai-je finalement avec douleur ; j'avais beau y réfléchir, c'était tout ce que je trouvais à dire sur Paris. L'extrême pauvreté de la réplique ne parut pas la décourager. « Je n'ai rien à attendre de ma famille, poursuivit-elle avec une colère rentrée. Non seulement ils sont pauvres, mais en plus ils sont cons. Il y a deux ans, mon père a fait le pèlerinage de La Mecque ; depuis, il n'y a plus rien à en tirer. Mes frères, c'est encore pire : ils s'entretiennent mutuellement dans leur connerie, ils se bourrent la gueule au pastis tout en se prétendant les dépositaires de la vraie foi, et ils se permettent de me traiter de salope parce que j'ai envie de travailler plutôt que d'épouser un connard dans leur genre.

— C'est vrai, dans l'ensemble, les musulmans c'est pas terrible... » émis-je avec embarras. Je pris mon sac de voyage, ouvris la portière. « Je pense que vous vous en sortirez... » marmonnai-je sans conviction. J'eus à ce moment une espèce de vision sur les flux migratoires comme des vaisseaux sanguins qui traversaient l'Europe ; les musulmans apparaissaient comme des caillots qui se résorbaient lentement. Aïcha me regardait, dubitative. Le froid s'engouffrait dans la voiture. Intellectuellement, je parvenais à éprouver une certaine attraction pour le vagin des musulmanes. De manière un peu forcée, je souris. Elle sourit à son tour, avec plus de franchise. Je lui serrai longuement la main, j'éprouvai la chaleur de ses doigts, je continuai jusqu'à sentir le sang qui battait doucement au creux du poignet. À quelques mètres de la voiture, je me retournai pour lui faire un petit signe. Quand même, il y avait eu une rencontre ; quand même, à la fin, quelque chose s'était produit.

En m'installant dans le wagon Corail, je me dis que j'aurais dû lui donner de l'argent. Encore que non, ça aurait probablement été mal interprété. C'est à ce moment, étrangement, que je pris pour la première fois conscience que j'allais devenir un homme riche ; enfin, relativement riche. Le virement des comptes de mon père avait déjà eu lieu. Pour le reste j'avais confié la vente de la voiture à un garagiste, celle de la maison à un agent immobilier ; tout s'était arrangé de la manière la plus simple. La valeur de ces biens était fixée par la loi du marché. Il y avait bien sûr une marge de négociation : 10 % de part et d'autre, pas plus. Le taux d'imposition, non plus, n'était pas un mystère : il suffisait de consulter les petites brochures, très bien faites, remises par la Direction des impôts.

Sans doute mon père avait-il, à plusieurs reprises, envisagé de me déshériter ; finalement, il avait dû y renoncer ; il avait dû se dire que c'était trop de complications, trop de démarches pour un résultat incertain (car ce n'est pas facile de déshériter ses enfants, la loi ne vous offre que des possibilités restreintes : non seulement les petits salauds vous pourrissent la vie, mais ils profitent ensuite de tout ce que vous avez pu accumuler, au prix des pires efforts). Il avait dû se dire surtout que ça n'avait aucun intérêt – parce que, ce qui pouvait arriver après sa mort, qu'est-ce qu'il en avait à foutre ? Voilà comment il avait raisonné, à mon avis. Toujours est-il que le vieux con était mort, et que j'allais revendre la maison où il avait passé ses dernières années ; j'allais également revendre le Toyota *Land Cruiser* qui lui servait à ramener des packs d'Évian du Casino Géant de Cherbourg. Moi qui vis près du Jardin des Plantes, qu'aurais-je fait d'un Toyota *Land Cruiser* ? J'aurais pu ramener des raviolis à la ricotta du marché Mouffetard, et c'est à peu près tout. Lorsqu'il s'agit d'un héritage en ligne directe, les droits de succession ne sont pas très élevés – même si les liens d'affection n'étaient, eux non plus, pas très forts. Impôts déduits, je pouvais ramasser dans les trois millions de francs. Ça représentait à peu près quinze fois mon salaire annuel. Ça représentait également ce qu'un ouvrier non qualifié pouvait espérer gagner, en Europe occidentale, au cours d'une vie de labeur ; ce n'était pas si mal. On pouvait commencer à s'en sortir ; on pouvait essayer.

Dans quelques semaines, certainement, je recevrais une lettre de la banque. Le train approchait de Bayeux, je pouvais déjà imaginer le déroulement de la conversation. Le professionnel de mon agence aurait constaté un solde positif important sur mon compte, il souhaiterait s'en entretenir avec moi – qui n'a pas besoin, à un moment ou un autre de sa vie, d'un *partenaire placements* ? Un peu méfiant, je désirerais m'orienter vers des options sûres ; il accueillerait cette réaction – si fréquente – avec un léger sourire. La plupart des investisseurs novices, il le savait bien, privilégient la sécurité par rapport au rendement ; ils s'en amusaient souvent, entre collègues. Je ne devais pas me méprendre sur ses termes : en matière de gestion du patrimoine, certaines personnes âgées se comportent comme de parfaits novices. Pour sa part, il tenterait d'attirer mon attention sur un scénario légèrement différent – tout en me laissant, bien entendu, le temps de la réflexion. Pourquoi ne pas investir, effectivement, les deux tiers de mon avoir dans un placement sans surprises, mais à revenu faible ? Et pourquoi ne pas consacrer le dernier tiers à un investissement un peu plus aventureux, mais aux possibilités de valorisation réelles ? Après quelques jours de réflexion, je le savais, je me rendrais à ses arguments. Il se sentirait conforté par mon adhésion, préparerait les documents avec un pétillement d'enthousiasme – et notre poignée de main, au moment de la séparation, serait ouvertement chaleureuse.

Je vivais dans un pays marqué par un socialisme apaisé, où la possession des biens matériels était garantie par une législation stricte, où le système bancaire était entouré de garanties étatiques puissantes. Sauf à me risquer hors des limites de la légalité je ne risquais ni malversation, ni faillite frauduleuse. En somme, je n'avais plus trop de soucis à me faire. Je n'en avais d'ailleurs jamais réellement eu :

après des études sérieuses sans être éblouissantes, je m'étais rapidement orienté vers le secteur public. C'était vers le milieu des années quatre-vingt, dans les débuts de la modernisation du socialisme, à l'époque où l'illustre Jack Lang répandait faste et gloire sur les institutions culturelles d'État ; mon salaire à l'embauche était tout à fait correct. Et puis j'avais vieilli, assistant sans trouble aux changements politiques successifs. J'étais courtois, correct, apprécié par mes supérieurs et mes collègues ; de tempérament peu chaleureux, j'avais cependant échoué à me faire de véritables amis. Le soir tombait rapidement sur la région de Lisieux. Pourquoi n'avais-je jamais, dans mon travail, manifesté une passion comparable à celle de Marie-Jeanne ? Pourquoi n'avais-je jamais, plus généralement, manifesté de véritable passion dans ma vie ?

Quelques semaines passèrent encore, sans m'apporter de réponse ; puis, au matin du 23 décembre, je pris un taxi pour Roissy.

3

Et maintenant j'étais là, seul comme un connard, à quelques mètres du guichet Nouvelles Frontières. C'était un samedi matin pendant la période des fêtes, Roissy était bondé, comme d'habitude. Dès qu'ils ont quelques jours de liberté les habitants d'Europe occidentale se précipitent à l'autre bout du monde, ils traversent la moitié du monde en avion, ils se comportent littéralement comme des évadés de prison. Je ne les en blâme pas ; je me prépare à agir de la même manière.

Mes rêves sont médiocres. Comme tous les habitants d'Europe occidentale, je souhaite *voyager*. Enfin il y a les difficultés, la barrière de la langue, la mauvaise organisation des transports en commun, les risques de vol ou d'arnaque : pour dire les choses plus crûment, ce que je souhaite au fond, c'est pratiquer le *tourisme*. On a les rêves qu'on peut ; et mon rêve à moi c'est d'enchaîner à l'infini les « Circuits passion », les « Séjours couleur » et les « Plaisirs à la carte » – pour reprendre les thèmes des trois catalogues Nouvelles Frontières.

J'ai tout de suite décidé de faire un circuit, mais j'ai pas mal hésité entre « Rhum et Salsa » (réf. CUB CO 033, 16 jours/14 nuits, 11 250 F en chambre double, supplément chambre individuelle : 1 350 F) et « Tropic Thaï » (réf. THA CA 006, 15 jours/13 nuits, 9 950 F en chambre double, supplément chambre individuelle: 1 175 F). En fait, j'étais plus attiré par la Thaïlande; mais l'avantage de Cuba c'est que c'est un des derniers pays communistes, probablement pour pas longtemps, il y a un côté régime en voie de disparition, une espèce d'exotisme politique, bref. Finalement, j'ai pris la Thaïlande. Il faut reconnaître que le texte de présentation de la brochure était habile, propre à séduire les âmes moyennes:

« *Un circuit organisé, avec un zeste d'aventure, qui vous mènera des bambous de la rivière Kwaï à l'île de Koh Samui, pour terminer à Koh Phi Phi, au large de Phuket, après une magnifique traversée de l'isthme de Kra. Un voyage "cool" sous les Tropiques.* »

À 8 heures 30 tapantes, Jacques Maillot claque la porte de sa maison du boulevard Blanqui, dans le 13e arrondissement, enfourche son scooter et entame une traversée de la capitale d'est en ouest. Direction: le siège de Nouvelles Frontières, boulevard de Grenelle. Un jour sur deux, il s'arrête dans trois ou quatre de ses agences: «J'apporte les derniers catalogues, je ramasse le courrier et je prends la température», explique ce patron monté sur ressorts, toujours affublé d'une invraisemblable cravate bariolée. De quoi redonner un coup de fouet aux vendeurs: «Les jours suivants, ces agences-là dopent leur chiffre d'affaires…» expliquet-il avec un sourire. Visiblement sous le charme, la journaliste de *Capital* s'étonne un peu plus loin: qui aurait pu prédire en 1967 que la petite association fondée par une poignée d'étudiants contestataires prendrait un tel envol? Certainement pas les milliers de manifestants qui défilaient en mai 1968 devant la première agence Nouvelles Frontières, place Denfert-Rochereau, à Paris. «On était pile au bon endroit, face aux caméras de télévision… » se souvient Jacques Maillot, ancien boy-scout et catho de gauche passé par l'UNEF. Ce fut le premier coup de pub de l'entreprise, au nom inspiré des discours de John Kennedy sur les *nouvelles frontières* de l'Amérique.

Libéral ardent, Jacques Maillot s'était battu avec succès contre le monopole d'Air France, pour la démocratisation des transports aériens. L'odyssée de son entreprise, devenue en un peu plus de trente ans le premier voyagiste français, fascinait les magazines économiques. Comme la FNAC, comme le Club Med, Nouvelles Frontières – née avec la civilisation des loisirs – pouvait symboliser une nouvelle face du capitalisme moderne. En l'an 2000, pour la première fois, l'industrie touristique était devenue, en chiffre d'affaires, la première activité économique mondiale. Même s'il n'exigeait qu'une condition physique moyenne, *Tropic Thaï* s'inscrivait dans le cadre des « circuits aventure » : catégories d'hébergement variables (simple, standard, première catégorie) ; nombre des participants limité à vingt afin d'assurer une meilleure cohésion du groupe. J'ai vu s'approcher deux Blacks très mignonnes, avec des sacs à dos, je me suis pris à espérer qu'elles avaient choisi le même circuit ; puis j'ai baissé le regard, je suis allé retirer mes documents de voyage. Le vol durait un peu plus de onze heures.

Prendre l'avion aujourd'hui, quelle que soit la compagnie, quelle que soit la destination, équivaut à être traité comme une merde pendant toute la durée du vol. Recroquevillé dans un espace insuffisant et même ridicule, dont il sera impossible de se lever sans déranger l'ensemble de ses voisins de rangée, on est d'emblée accueilli par une série d'interdictions énoncées par des hôtesses arborant un sourire faux. Une fois à bord, leur premier geste est de s'emparer de vos affaires personnelles afin de les enfermer dans les coffres à bagages – auxquels vous n'aurez plus jamais accès, sous aucun prétexte, jusqu'à l'atterrissage. Pendant toute la durée du voyage, elles s'ingéniaient ensuite à multiplier les brimades, tout en vous rendant impossible tout déplacement, et plus généralement toute action, hormis celles appartenant à un catalogue restreint : dégustation de sodas, vidéos américaines, achat de produits *duty-free*. La sensation constante de danger, alimentée par des images mentales de crashs aériens, l'immobilité forcée dans un espace limité provoquent un stress si violent qu'on a parfois observé des décès de passagers par crise cardiaque sur certains vols long-courriers. Ce stress, l'équipage s'ingénie à le porter à son plus haut niveau en vous interdisant de le combattre par les moyens usuels. Privé de cigarettes et de lecture, on est également, de plus en plus souvent, privé d'alcool. Dieu merci, les salopes ne pratiquent pas encore la *fouille au corps* ; passager expérimenté, j'avais donc pu me munir d'un petit nécessaire de survie : quelques Nicopatch 21 mg, une plaquette de somnifères, une fiasque de Southern Comfort. Je sombrai dans un sommeil pâteux au moment où nous survolions l'ex-Allemagne de l'Est.

Je fus réveillé par un poids sur mon épaule, et par un souffle tiède. Je redressai mon voisin de gauche sur son siège, sans ménagements excessifs : il émit un grognement doux, mais n'ouvrit pas les yeux. C'était un grand type d'une trentaine d'années, avec des cheveux châtain clair coupés au bol ; il n'avait pas l'air très antipathique, ni très malin. Il était même assez attendrissant, enveloppé dans la couverture bleu tendre fournie par la compagnie, ses grosses mains de travailleur manuel posées sur ses genoux. Je ramassai le livre de poche tombé à ses pieds : un best-seller anglo-saxon merdique d'un certain Frederic Forsyth.

J'avais déjà lu un ouvrage de cet imbécile, rempli d'hommages appuyés à Margaret Thatcher et d'évocations grand-guignolesques de l'URSS comme *empire du Mal*. Je me suis demandé comment il s'en était sorti après la chute du mur de Berlin. J'ai feuilleté son nouvel opus : apparemment, le rôle des méchants était cette fois tenu par les *rouges-bruns*, et autres nationalistes serbes ; voilà un homme qui se tenait au courant de l'actualité. Quant à son héros favori, l'ennuyeux Jason Monk, il reprenait du service à la CIA, alliée pour la circonstance à la mafia tchétchène. Eh bien ! me dis-je en reposant l'ouvrage sur les genoux de mon voisin, elle est belle, la moralité des auteurs de best-sellers anglo-saxons ! La page était marquée par une feuille pliée en trois dans laquelle je reconnus la convocation Nouvelles Frontières : je venais donc de faire la connaissance de mon premier compagnon de voyage. Un brave garçon, j'en avais la certitude, certainement beaucoup moins égocentrique et névrosé que moi-même. Je jetai un œil sur l'écran vidéo qui retraçait le déroulement du vol : nous avions probablement dépassé la Tchétchénie, pour autant que nous l'ayons survolée ; la température extérieure était de − 53 °C, l'altitude de 10 143 mètres, l'heure locale de 00 : 27. Une carte vint remplacer ces indications : nous abordions le survol de l'Afghanistan. Par le hublot, on ne distinguait évidemment qu'un noir total. De toute façon les talibans devaient être couchés, et mariner dans leur crasse. « Bonne nuit, les talibans, bonne nuit… Faites de beaux rêves… » murmurai-je avant d'avaler un deuxième somnifère.

4

L'avion atterrit vers cinq heures du matin à l'aéroport de Don Muang. Je me réveillai avec difficulté. Mon voisin de gauche était déjà levé, et piaffait dans la file d'attente pour sortir de l'appareil. Je le perdis rapidement de vue dans le couloir qui menait au hall d'arrivée. J'avais les jambes en coton, la bouche pâteuse ; mes oreilles étaient emplies d'un violent bourdonnement.

Sitôt les portes automatiques franchies, la chaleur m'enveloppa comme une bouche. Il faisait au moins 35 °C. La chaleur de Bangkok a ceci de particulier qu'elle est en quelque sorte *graisseuse*, probablement à cause de la pollution ; on est toujours surpris, après un long séjour à l'extérieur, de ne pas se retrouver couvert d'une fine pellicule de résidus industriels. Je mis une trentaine de secondes pour adapter ma respiration. J'essayais de ne pas me faire distancer par l'accompagnatrice thaïe, dont je n'avais pas vu grand-chose, sinon qu'elle paraissait réservée et de bonne éducation – mais beaucoup de Thaïes peuvent produire le même effet. Mon sac à dos me sciait les épaules ; c'était un *Lowe Pro Himalaya Trekking*, le modèle le plus cher que j'aie pu trouver au Vieux Campeur ; il était garanti à vie. C'était un objet impressionnant, gris acier, avec des mousquetons, des Velcro spéciaux – brevet déposé par la firme – et des fermetures éclair qui pouvaient fonctionner à une température de – 65 °C. Sa contenance était malheureusement très limitée : quelques shorts et tee-shirts, un maillot de bain, des chaussures spéciales permettant de marcher sur les coraux (125 F au Vieux Campeur), une trousse de toilette contenant les médicaments décrits comme indispensables par le *Guide du Routard*, un caméscope JVC HRD-9600 MS avec ses batteries et ses cassettes de rechange, et deux best-sellers américains que j'avais achetés un peu au hasard à l'aéroport.

Le car Nouvelles Frontières était garé une centaine de mètres plus loin. À l'intérieur du puissant véhicule – un Mercedes M-800 64 places – la climatisation était poussée à fond, on avait l'impression de pénétrer dans un congélateur. Je m'installai près d'une fenêtre sur la gauche, au milieu du car ; je distinguais confusément une dizaine d'autres passagers, parmi lesquels mon voisin d'avion. Personne ne vint s'asseoir à mes côtés. J'avais manifestement raté ma première occasion de m'intégrer au groupe ; j'étais également bien parti pour attraper un bon rhume.

Le jour n'était pas encore levé, mais, sur l'autoroute à six voies qui menait au centre de Bangkok, la circulation était déjà dense. Nous longions alternativement des buildings d'acier et de verre, avec de temps en temps une construction de béton massive évoquant l'architecture soviétique. Des sièges sociaux de banques, des grands hôtels, des compagnies d'électronique – le plus souvent japonaises. Après l'embranchement de Chatuchak, l'autoroute surplomba des voies radiales qui encerclaient le cœur de la ville. Entre les bâtiments illuminés des hôtels on commençait à distinguer des groupes de maisons, petites, à toits de tôle, au milieu de terrains vagues. Éclairées par des néons, des échoppes ambulantes proposaient de la soupe et du riz ; on voyait fumer les marmites de fer-blanc. L'autocar décéléra légèrement pour prendre la sortie de *New Petchaburi Road*. Un moment nous aperçûmes un échangeur aux contours fantasmagoriques, dont les spirales de macadam semblaient suspendues au milieu des cieux, éclairées par des batteries de projecteurs d'aéroport ; puis, après une longue courbe, l'autocar rejoignit la voie rapide.

Le *Bangkok Palace Hotel* appartenait à une chaîne proche des hôtels Mercure, et qui partageait les mêmes valeurs sur le plan de la restauration et de la qualité de l'accueil ; c'est ce que j'appris dans une brochure que je ramassai dans le hall en attendant que la situation se décante. Il était un peu plus de six heures du matin – minuit à Paris, pensai-je sans raison aucune – mais l'animation était déjà vive, la salle des petits déjeuners venait d'ouvrir. Je m'assis sur une banquette ; j'étais étourdi, mes oreilles continuaient à bourdonner violemment et je commençais à avoir mal au ventre. À leur attitude d'attente, je parvins à reconnaître certains membres du groupe. Il y avait deux filles d'environ vingt-cinq ans, plutôt *bimbos* – pas mal roulées, au demeurant – qui promenaient un regard méprisant sur le monde. Un couple de retraités, au contraire – lui qu'on pouvait qualifier de *sémillant*, elle un peu plus morne – observait avec émerveillement la décoration intérieure de l'hôtel, composée de miroirs, de dorures et de lustres. Dans les premières heures de la vie d'un groupe, on n'observe en général qu'une *sociabilité phatique*, caractérisée par l'emploi de phrases passe-partout et par un engagement émotionnel restreint. Selon Edmunds et White[1], la consti-

---

1. Sightseeing Tours : a sociological approach, *Annals of Tourism Research*, vol. 23, p. 213-227, 1998.

tution de mini-groupes n'est repérable que lors de la première excursion, parfois lors du premier repas pris en commun.

Je sursautai, à la limite de l'évanouissement, allumai une cigarette pour me reprendre : ces somnifères étaient vraiment trop forts, ils me rendaient malade ; mais les précédents ne parvenaient plus à m'endormir : il n'y avait pas d'issue évidente. Les retraités tournaient lentement sur eux-mêmes, j'eus l'impression que l'homme plastronnait un peu ; dans l'attente d'une personne précise avec laquelle échanger un sourire, ils faisaient pivoter un sourire potentiel sur le monde extérieur. Ils avaient dû être petits commerçants dans une vie antérieure, c'était la seule hypothèse. Peu à peu les membres du groupe se dirigeaient vers l'accompagnatrice à l'appel de leur nom, recevaient leurs clefs, montaient vers leur chambre – ils se dispersaient, en somme. Il nous était possible, rappela l'accompagnatrice d'une voix bien timbrée, de prendre notre petit déjeuner dès maintenant ; nous pouvions aussi nous reposer dans nos chambres ; c'était entièrement libre. Quoi qu'il en soit, le rendez-vous pour la visite des *klongs* était fixé dans le hall à quatorze heures.

La baie vitrée de ma chambre donnait directement sur la voie rapide. Il était six heures et demie. La circulation était intense, mais le double vitrage ne laissait filtrer qu'un grondement faible. Les illuminations de la nuit étaient éteintes, le soleil ne faisait pas encore réverbérer l'acier et le verre ; à cette heure de la journée, la ville était grise. Je commandai un double express au room service, que j'avalai avec un Efferalgan, un Doliprane et une double dose d'Oscillococcinum ; puis je me couchai et tentai de fermer les yeux.

Des formes bougeaient avec lenteur dans un espace restreint; elles émettaient un bourdonnement grave; il s'agissait peut-être d'engins de chantier, ou d'insectes géants. Dans le fond, un homme armé d'un cimeterre de petite taille en estimait le tranchant avec précaution; il était vêtu d'un turban et d'un pantalon bouffant blancs. Tout à coup l'atmosphère devint rouge et poisseuse, presque liquide; aux gouttelettes de condensation qui se formaient devant mes yeux, je pris conscience qu'une vitre me séparait de la scène. L'homme était maintenant à terre, immobilisé par une force invisible. Les engins de chantier s'étaient regroupés autour de lui; il y avait plusieurs pelleteuses et un petit bulldozer à chenillettes. Les pelleteuses relevèrent leurs bras articulés et rabattirent avec ensemble leurs godets sur l'homme, tronçonnant aussitôt son corps en sept ou huit parties; sa tête, cependant, semblait toujours animée d'une vitalité démoniaque, un sourire mauvais continuait à plisser son visage barbu. Le bulldozer avança à son tour sur l'homme, sa tête éclata comme un œuf; un jet de cervelle et d'os broyés fut projeté sur la vitre, à quelques centimètres de mon visage.

5

En somme le tourisme, comme quête de sens, avec les sociabilités ludiques qu'il favorise, les images qu'il génère, est un dispositif d'appréhension graduée, codée et non traumatisante de l'extérieur et de l'altérité.

Rachid AMIROU

Je me réveillai vers midi, la climatisation émettait un bourdonnement grave ; j'avais un peu moins mal à la tête. Allongé en travers du lit *king size* je pris conscience du déroulement du circuit, et de ses enjeux. Le groupe jusqu'alors informe allait se métamorphoser en communauté vivante ; dès cet après-midi je devrai entamer un positionnement, et déjà choisir un short pour la promenade sur les *klongs*. J'optai pour un modèle mi-long, en toile bleu jean, pas trop moulant, que je complétai par un tee-shirt « Radiohead » ; puis je fourrai quelques affaires dans un sac à dos. Dans le miroir de la salle de bains, je me considérai avec dégoût : mon visage crispé de bureaucrate jurait tragiquement avec l'ensemble ; je ressemblais au total exactement à ce que j'étais : un fonctionnaire quadragénaire qui tentait de se déguiser en jeune pour la durée de ses vacances ; c'était décourageant. Je marchai vers la fenêtre, tirai les rideaux en grand. Du 27ᵉ étage, le spectacle était extraordinaire. La masse imposante de l'hôtel Mariott se dressait sur la gauche comme une falaise de craie, striée de traits noirs horizontaux par des rangées de fenêtres à demi dissimulées derrière les balcons. La lumière du soleil à son zénith soulignait avec violence les plans et les arêtes. Droit devant, les réflexions se multipliaient à l'infini sur une structure complexe de pyramides et de cônes de verre bleuté. À l'horizon, les cubes de béton gigantesques du *Grand Plaza President* se superposaient comme les étages d'une pyramide à degrés. Sur la droite, surmontant la surface frissonnante et verte du Lumphini Park, on apercevait, comme une citadelle ocre, les tours angulaires du Dusit Thani. Le ciel était d'un bleu absolu. Je bus lentement une Singha Gold en méditant sur la notion d'irrémédiable.

En bas, l'accompagnatrice procédait à une sorte d'appel afin de distribuer les *breakfast coupons*. J'appris ainsi que les deux bimbos se prénommaient Babette et Léa. Babette avait des cheveux blonds frisés, enfin pas frisés naturellement, sans doute plutôt *ondulés*; elle avait de beaux seins, la salope, bien visibles sous sa tunique translucide – un imprimé ethnique Trois Suisses, vraisemblablement. Son pantalon, du même tissu, était tout aussi translucide; on distinguait nettement la dentelle blanche du slip. Léa, très brune, était plus filiforme; elle compensait par une jolie cambrure des fesses, bien soulignée par son cycliste noir, et par une poitrine agressive, dont les bouts se tendaient sous un bustier jaune vif. Un diamant minuscule ornait son nombril étroit. Je fixai très attentivement les deux pouffes, afin de les oublier à tout jamais.

La distribution des coupons continuait. L'accompagnatrice, Sôn, appelait tous les participants par leurs prénoms; j'en étais malade. Nous étions des *adultes*, bordel de Dieu. J'eus un moment d'espoir quand elle désigna les seniors sous le nom de « monsieur et madame Lobligeois » ; mais elle ajouta aussitôt, avec un sourire ravi : « Josette et René ». C'était peu probable, et pourtant c'était vrai. « Je m'appelle René, confirma le retraité sans s'adresser à personne en particulier. – Ce n'est pas de chance... » grommelai-je. Sa femme lui jeta un regard las, du genre : « Tais-toi, René, tu embêtes le monde. » Je compris soudain à qui il me faisait penser : au personnage de *Monsieur Plus* dans les publicités Bahlsen. C'était peut-être lui, d'ailleurs. Je m'adressai directement à sa femme : avaient-ils, par le passé, interprété en tant qu'acteurs des personnages de second plan ? Pas du tout, m'informa-t-elle, ils tenaient une charcuterie. Ah oui, ça pouvait coller aussi. Ce joyeux drille était donc un ancien charcutier (à Clamart, précisa sa femme) ; c'est dans un établissement modeste, dévolu à l'alimentation des humbles, qu'il avait jadis fait étalage de ses pirouettes et ses saillies.

Il y eut ensuite deux autres couples, plus indistincts, qui semblaient reliés par une fraternité obscure. Étaient-ils déjà partis ensemble ? Avaient-ils fait connaissance autour d'un *breakfast* ? Tout était possible, à ce stade du voyage. Le premier couple était également le plus déplaisant. L'homme ressemblait un peu à Antoine Waechter jeune, si la chose est imaginable ; mais en plus châtain, et avec une barbe bien taillée ; finalement il ne ressemblait pas tellement à Antoine Waechter mais plutôt à Robin des Bois, avec cependant quelque chose de suisse, ou pour mieux dire de jurassien. Pour tout dire il ne ressemblait pas à grand-chose, mais il avait vraiment l'air d'un con. Sans parler de sa femme, en salopette, sérieuse, bonne laitière. Il était invraisemblable que ces êtres ne se soient pas déjà reproduits, pensai-je ; sans doute avaient-ils laissé l'enfant chez leurs parents à Lonsle-Saulnier. Le second couple, plus âgé, ne donnait pas une impression de sérénité aussi profonde. Maigre, moustachu et nerveux, l'homme se présenta à moi comme un naturopathe ; devant mon ignorance il précisa qu'il soignait par les plantes, ou par d'autres moyens naturels si possible. Sa femme, sèche et menue, travaillait dans le secteur social, à l'insertion de je ne sais quels délinquants primaires alsaciens ; ils donnaient l'impression de n'avoir pas baisé depuis trente ans. L'homme semblait disposé à m'entretenir des vertus des médecines naturelles ; mais, un peu étourdi par ce premier échange, j'allai m'asseoir sur une banquette proche. D'où j'étais je distinguais mal les trois derniers participants, qui m'étaient à demi cachés par le couple de charcutiers. Une sorte de beauf d'une cinquantaine d'années, prénommé Robert, à l'expression étrangement dure ; une femme d'âge *idem*, aux cheveux bouclés noirs encadrant un visage à la fois méchant, avisé et mou, qui se prénommait Josiane ; une femme plus jeune enfin, presque indistincte, guère plus de vingt-sept ans, qui suivait Josiane avec une attitude de soumission canine, et se prénommait elle-même Valérie. Bon, j'aurais l'occasion d'y revenir ; je n'aurais que trop l'occasion d'y revenir, me dis-je sombrement en marchant vers l'autocar. Je remarquai que Sôn fixait toujours sa liste de passagers. Son visage était tendu, des mots se formaient involontairement sur ses lèvres ; on y lisait de l'appréhension, presque du désarroi. En la comptant, le groupe comportait treize personnes ; et les Thaïs sont parfois très superstitieux, encore plus que les Chinois : dans les étages des immeubles, la numérotation des rues, il est fréquent qu'on passe directement du douze au quatorze, uniquement pour éviter de mentionner le chiffre treize. Je m'installai du côté gauche, à peu près au milieu du véhicule. Les gens prennent leurs repères assez vite, dans ce genre de déplacement de groupe : il s'agit pour être tranquille de prendre sa place très tôt, de s'y tenir, peut-être d'y disposer quelques objets personnels ; de l'habiter activement, en quelque sorte.

À ma grande surprise je vis Valérie s'installer à mes côtés, alors que l'autocar était aux trois quarts vide. Deux rangées derrière, Babette et Léa échangèrent quelques mots narquois. Elles avaient intérêt à se calmer, ces salopes. Je fixai discrètement mon attention sur la jeune femme : elle avait de longs cheveux noirs, un visage je ne sais pas, un visage qu'on pouvait qualifier de *modeste* ; ni belle ni laide, à proprement parler. Après une réflexion brève mais intense, j'articulai péniblement : « Vous n'avez pas trop chaud ? – Non non, dans l'autocar ça va », répondit-elle très vite, sans sourire, juste soulagée que j'aie entamé la conversation. Ma phrase était pourtant remarquablement stupide : on gelait, en réalité, dans cet autocar. « Vous êtes déjà venu en Thaïlande ? enchaîna-t-elle avec à-propos. – Oui, une fois. » Elle s'immobilisa dans une attitude d'attente, prête à écouter un récit intéressant. Allais-je lui raconter mon précédent séjour ? Peut-être pas tout de suite. « C'était bien… » dis-je finalement, adoptant une voix chaude pour compenser la banalité du propos. Elle hocha la tête avec satisfaction. Je compris alors que cette jeune femme n'était nullement soumise à Josiane : elle était simplement soumise *en général*, et peut-être tout à fait prête à se chercher un nouveau maître ; elle en avait peut-être déjà assez, de Josiane – qui, assise deux rangées devant nous, feuilletait son *Guide du Routard* avec fureur en jetant des regards mauvais dans notre direction. Romance, romance.

Juste après le Payab Ferry Pier, le bateau tourna à droite dans le Klong Samsen, et nous pénétrâmes dans un monde différent. La vie avait très peu changé, ici, depuis le dernier siècle. Des maisons de teck sur pilotis se succédaient le long du canal ; du linge séchait sous les auvents. Certaines femmes s'avançaient vers leurs fenêtres pour nous regarder passer ; d'autres s'arrêtaient au milieu de leur lessive. Des enfants se baignaient et s'ébrouaient au milieu des pilotis ; ils nous faisaient de grands signes de la main. La végétation était partout présente ; notre pirogue frayait son chemin au milieu de massifs de nénuphars et de lotus ; une vie intense et grouillante jaillissait de partout. Chaque espace libre de terre, d'air ou d'eau semblait aussitôt se couvrir de papillons, de lézards, de carpes. Nous étions, dit Sôn, en pleine saison sèche ; il n'empêche que l'atmosphère était totalement, irrémédiablement moite.

Valérie était assise à mes côtés ; elle paraissait enveloppée par une grande paix. Elle échangeait de petits signes de main avec les vieux qui fumaient leur pipe sur le balcon, les enfants qui se baignaient, les femmes à leur lessive. Les écologistes jurassiens semblaient eux aussi apaisés ; même les naturopathes avaient l'air à peu près calmes. Autour de nous, il n'y avait que de légers sons et des sourires. Valérie se tourna vers moi. J'avais presque envie de lui prendre la main ; sans raison précise, je m'abstins. Le bateau ne bougeait plus du tout : nous demeurions dans l'éternité brève d'une après-midi heureuse ; même Babette et Léa se taisaient. Elles planaient un peu, pour reprendre l'expression qu'employa Léa, plus tard, sur le débarcadère.

Pendant que nous visitions le Temple de l'Aurore, je notai mentalement de racheter du Viagra dans une pharmacie ouverte. Sur le trajet de retour j'appris que Valérie était bretonne, et que ses parents avaient possédé une ferme dans le Trégorrois ; moi-même, je ne savais pas trop quoi lui dire. Elle avait l'air intelligente, mais je n'avais pas envie d'une conversation intelligente. J'appréciais sa voix douce, son zèle catholique et minuscule, le mouvement de ses lèvres quand elle parlait ; elle devait avoir une bouche bien chaude, prompte à avaler le sperme d'un ami véritable. « C'était bien, cette après-midi… » dis-je finalement avec désespoir. Je m'étais trop éloigné des gens, j'avais vécu trop seul, je ne savais plus du tout comment m'y prendre. « Oh oui, c'était bien… » répondit-elle ; elle n'était pas exigeante, c'était vraiment une brave fille. Pourtant, dès l'arrivée de l'autocar à l'hôtel, je me précipitai vers le bar.

Trois cocktails plus tard, je commençais à regretter mon attitude. Je sortis faire un tour dans le hall. Il était dix-neuf heures ; il n'y avait encore personne du groupe. Moyennant quatre cents bahts, ceux qui le désiraient pouvaient assister à un dîner-spectacle avec des « danses traditionnelles thaïes » ; le rendez-vous était fixé à vingt heures. Valérie y serait certainement. Pour ma part j'avais déjà quelques lueurs sur ces danses traditionnelles thaïes, ayant effectué trois ans auparavant un circuit *Thaïlande classique, de la « Rose du Nord » à la « Cité des Anges »*, proposé par Kuoni. Pas mal du tout d'ailleurs, mais un peu cher, et d'un niveau culturel effrayant, tous les participants avaient au moins Bac + 4. Les trente-deux positions du Bouddha dans la statuaire Ratanakosin, les styles thaï-birman, thaï-khmer ou thaï-thaï, rien ne leur échappait. J'étais revenu épuisé, et je m'étais senti constamment ridicule sans Guide Bleu. Pour l'heure, je commençais à avoir sérieusement envie de baiser. Je tournais en rond dans le hall, en proie à un état d'indécision croissante, lorsque j'aperçus un écriteau « HEALTH CLUB » qui conduisait à l'étage inférieur.

L'entrée était éclairée par des néons rouges et une guirlande d'ampoules multicolores. Sur un panneau lumineux à fond blanc, trois sirènes en bikini aux seins un peu exagérés tendaient des coupes de champagne au visiteur potentiel ; une tour Eiffel très stylisée se dessinait dans le lointain ; enfin, ce n'était pas tout à fait le même concept que les *espaces forme* des hôtels Mercure. J'entrai et commandai un bourbon au bar. Une douzaine de filles, derrière la vitre, tournèrent la tête dans ma direction ; certaines avec un sourire aguicheur, d'autres non. J'étais le seul client. Malgré la petite taille de l'établissement, les filles portaient des macarons numérotés. Mon choix se porta rapidement sur la numéro 7 : d'abord parce qu'elle était mignonne, ensuite parce qu'elle n'avait pas l'air de prêter une attention démesurée au programme de télévision, ni d'être plongée dans une conversation passionnante avec sa voisine. Effectivement, à l'appel de son nom, elle se leva avec une satisfaction visible. Je lui offris un Coca au bar, puis nous passâmes dans la chambre. Elle s'appelait Oôn, enfin c'est ce que j'ai compris, et elle venait du nord du pays – un petit village près de Chiang Maï. Elle avait dix-neuf ans.

Après le bain pris ensemble, je m'allongeai sur le matelas recouvert de mousse ; je compris tout de suite que je n'aurais pas à regretter mon choix. Oôn bougeait très bien, très souplement ; elle avait mis juste assez de savon. À un moment, elle caressa longuement mes fesses avec ses seins ; ça c'était une initiative personnelle, toutes les filles ne le faisaient pas. Sa chatte bien savonnée frottait mes mollets comme une petite brosse dure. Je bandai presque tout de suite, à ma légère surprise ; lorsqu'elle me retourna et commença à caresser mon sexe avec ses pieds, je crus même que je n'allais pas pouvoir me retenir. Au prix d'un gros effort, en tendant brusquement les abducteurs des cuisses, j'y parvins.

Lorsqu'elle vint au-dessus de moi sur le lit, je m'imaginais encore pouvoir tenir longtemps ; mais je dus rapidement déchanter. Elle avait beau être toute jeune, elle savait se servir de sa chatte. Elle vint d'abord très doucement, par petites contractions sur le gland ; puis elle descendit de plusieurs centimètres en serrant plus nettement. « Oh non, Oôn, non !… » criai-je. Elle éclata de rire, contente de son pouvoir, puis continua à descendre, contractant les parois de son vagin par pressions fortes et lentes ; elle me regardait en même temps dans les yeux avec un amusement visible. Je jouis bien avant qu'elle ait atteint la racine de mon sexe.

Après nous bavardâmes un peu, enlacés sur le lit ; elle n'avait pas l'air très pressée de retourner sur scène. Elle n'avait pas beaucoup de clients, me dit-elle ; c'était plutôt un hôtel destiné aux groupes en phase terminale, des gens sans histoires, à peu près revenus de tout. Il y avait beaucoup de Français, mais ils semblaient rares à apprécier le *body massage*. Ceux qui venaient étaient gentils, mais il y avait surtout des Allemands et des Australiens. Quelques Japonais aussi, mais elle ne les aimait pas, ils étaient bizarres, ils voulaient toujours vous frapper ou vous ligoter ; ou bien ils restaient là, à se masturber en regardant vos chaussures ; ça n'avait aucun intérêt.

Et qu'est-ce qu'elle pensait de moi ? Pas mal, mais elle aurait espéré que je tienne un peu plus longtemps. « *Much need…* » dit-elle en secouant gentiment mon sexe repu entre ses doigts. Par ailleurs, je lui faisais l'effet d'un homme gentil. « *You look quiet…* » dit-elle. Là elle se trompait un peu, mais enfin c'est vrai, elle m'avait bien calmé. Je lui donnai trois mille bahts, ce qui, d'après mon souvenir, était un bon prix. À sa réaction je vis que oui, effectivement, c'était un bon prix. « *Krôp khun khât !* » fit-elle avec un grand sourire en joignant les mains à hauteur de son front. Puis elle me raccompagna jusqu'à la sortie en me tenant la main ; devant la porte, nous échangeâmes plusieurs bises sur les joues.

En montant l'escalier je me retrouvai en face de Josiane, qui, apparemment, hésitait à descendre. Elle avait revêtu pour la soirée une tunique noire aux liserés dorés, mais ça ne la rendait nullement plus sympathique. Son visage gras et intelligent me fixait sans ciller. Je remarquai qu'elle s'était lavé les cheveux. Elle n'était pas laide, non ; elle aurait même pu être belle si on veut, j'avais apprécié des Libanaises dans son genre ; mais son expression de base était nettement méchante. Je l'imaginais très bien exprimer des positions politiques quelconques ; je ne distinguais en elle aucune pitié. Je n'avais rien à lui dire, non plus. Je baissai la tête. Peut-être un peu gênée, elle prit la parole : « Il y a quelque chose d'intéressant en bas ? » Elle m'énervait tellement que j'ai failli répondre : « Un bar à putes », mais finalement j'ai menti, c'était plus simple : « Non non, je ne sais pas, une sorte de salon de beauté... – Vous n'êtes pas allé au dîner-spectacle... fit observer la salope. – Vous non plus... » rétorquai-je du tac au tac. Cette fois elle traîna un peu sur sa réponse, elle faisait sa chochotte. « Oh non, je n'apprécie pas trop ce genre de choses... poursuivit-elle avec une ondulation quasi racinienne du bras. C'est un peu trop touristique... » Qu'est-ce qu'elle voulait dire par là ? Tout est touristique. Je me retins une fois de plus de lui foutre mon poing sur la gueule. Debout au milieu de l'escalier, elle me barrait le passage ; il me fallait faire preuve de patience. Épistolier fougueux à l'occasion, saint Jérôme a également su, lorsque les circonstances l'exigeaient, manifester les vertus de *patience chrétienne* ; voici pourquoi il est tenu pour un grand saint, et un docteur de l'Église.

Ce spectacle de « danses traditionnelles thaïes » était selon elle tout juste bon pour Josette et René, qu'elle qualifiait en son for intérieur de *bidochons* ; je compris avec malaise qu'elle cherchait en moi un allié. Il est vrai que le circuit allait bientôt bifurquer vers l'intérieur des terres, nous serions divisés en deux tables aux repas ; il était temps de choisir son camp. « Eh bien… » dis-je après un long silence. À ce moment, surgi comme par miracle, Robert fut au-dessus de nous. Il cherchait à passer dans l'escalier. Je m'effaçai en souplesse, grimpant de plusieurs marches. Juste avant de me précipiter vers le restaurant, je me retournai : Josiane, restée immobile, fixait Robert, qui, d'un pas brusque, se dirigeait vers le salon de massage.

Babette et Léa étaient proches des bacs à légumes. Je hochai la tête en signe de reconnaissance minimal avant de me servir en liserons d'eau. Elles aussi avaient dû juger *ringardes* les danses traditionnelles thaïes. En revenant à ma table, je m'aperçus que les deux pétasses étaient assises à quelques mètres. Léa portait un tee-shirt « Rage Against The Machine » et un bermuda en jean très serré, Babette une espèce de chose déstructurée qui alternait des bandes de soie de différentes couleurs et des zones transparentes. Elles papotaient avec animation, évoquant apparemment différents hôtels new-yorkais. Épouser une de ces nanas, me dis-je, ça doit être l'épouvante *radicale*. Est-ce que je pouvais encore changer de table ? Non, c'était un peu gros. Je m'installai sur une chaise en face pour, au moins, leur tourner le dos, j'expédiai mon repas et je remontai dans ma chambre.

Un cafard apparut alors que je m'apprêtais à pénétrer dans la baignoire. Justement c'était le moment d'apparaître, dans ma vie, pour un cafard ; il ne pouvait pas tomber mieux. Il filait rapidement sur la céramique, le petit bougre ; je cherchai des yeux une pantoufle, mais au fond je savais que j'avais bien peu de chances de l'écraser. À quoi bon lutter ? Et que pouvait Oôn, malgré son vagin merveilleusement élastique ? Nous étions d'ores et déjà condamnés. Les cafards copulent sans grâce, et sans joie apparente ;

mais ils copulent nombreusement, et leurs mutations génétiques sont rapides ; nous ne pouvons absolument rien contre les cafards.

Avant de me déshabiller je rendis encore une fois hommage à Oôn, et à toutes les prostituées thaïes. Ce n'était pas un métier facile qu'elles faisaient, ces filles ; il ne devait pas être si fréquent de tomber sur un brave garçon, doté d'un physique acceptable, et qui ne demandait honnêtement qu'à jouir de concert. Sans même parler des Japonais – je frissonnai à cette idée, et empoignai mon *Guide du Routard*. Babette et Léa, pensais-je, n'auraient pas été capables d'être des prostituées thaïes ; elles n'en étaient pas dignes. Valérie, peut-être ; il y avait quelque chose chez cette fille, à la fois un peu mère de famille et un peu salope, les deux potentiellement d'ailleurs, jusqu'à présent c'était surtout une gentille fille, amicale et sérieuse. Intelligente, aussi. Décidément, j'aimais bien Valérie. Je me masturbai légèrement pour aborder ma lecture avec sérénité ; il y eut quelques gouttes.

S'il se proposait dans son principe de préparer au voyage en Thaïlande, le *Guide du Routard* émettait en pratique les plus vives réserves, et se sentait obligé dès sa préface de dénoncer le tourisme sexuel, cet *esclavage odieux*. En somme ces routards étaient des *grincheux*, dont l'unique objectif était de gâcher jusqu'à la dernière petite joie des touristes, qu'ils haïssaient. Ils n'aimaient d'ailleurs rien tant qu'eux-mêmes, à en juger par les petites phrases sarcastiques qui parsemaient l'ouvrage, du genre : « Ah ma bonne dame, si vous aviez connu ça au temps des z'hippies !... » Le plus pénible était sans doute ce ton tranchant, calme et sévère, frémissant d'indignation contenue : « Ce n'est pas par pudibonderie, mais nous, Pattaya, on n'aime pas. Trop, c'est trop. » Un peu plus loin, ils en rajoutaient sur les « Occidentaux gras du bide » qui se pavanaient avec des petites Thaïes ; eux, ça les faisait

« carrément gerber ». Des connards humanitaires protestants, voilà ce qu'ils étaient, eux et toute la « chouette bande de copains qui les avaient aidés pour ce livre », dont les sales gueules s'étalaient complaisamment en quatrième de couverture. Je projetai l'ouvrage avec violence dans la pièce, ratant de peu le téléviseur Sony, et ramassai avec résignation *La Firme*, de John Grisham. C'était un best-seller américain, un des meilleurs ; un des plus vendus, s'entend. Le héros était un jeune avocat plein d'avenir, brillant et beau garçon, qui travaillait quatre-vingt-dix heures par semaine ; non seulement cette merde était préscénarisée jusqu'à l'obscène, mais on sentait que l'auteur avait déjà pensé au casting, c'était manifestement un rôle écrit pour Tom Cruise. La femme du héros n'était pas mal non plus, bien qu'elle ne travaille que quatre-vingts heures par semaine ; mais là par contre Nicole Kidman n'allait pas, ce n'était pas un rôle pour une frisée ; plutôt un rôle à brushing. Dieu merci les tourtereaux n'avaient pas d'enfant, ce qui allait permettre d'éviter quelques scènes éprouvantes. Il s'agissait d'un récit à suspense, enfin un suspense modéré : dès le deuxième chapitre il était clair que les dirigeants de la firme étaient des salauds, et il n'était pas question que le héros meure à la fin ; non plus que sa femme, d'ailleurs. Seulement, dans l'intervalle, pour montrer qu'il ne plaisantait pas, le romancier allait sacrifier quelques sympathiques personnages de second plan ; restait à savoir lesquels, ça pouvait justifier une lecture. Peut-être le père du héros : ses affaires étaient dans une mauvaise passe, il avait du mal à s'adapter au management à flux tendus ; j'avais bien l'impression qu'on était en train d'assister à son dernier Thanksgiving.

6

Valérie avait vécu les premières années de sa vie à Tréméven, un hameau à quelques kilomètres au nord de Guingamp. Dans les années 1970, le début des années 1980, le gouvernement et les collectivités locales avaient eu l'ambition de constituer en Bretagne un pôle massif de production de viande porcine, susceptible de rivaliser avec la Grande-Bretagne et le Danemark. Encouragés à développer des unités de production intensive, les jeunes éleveurs – dont faisait partie le père de Valérie – s'endettèrent lourdement auprès du Crédit Agricole. En 1984, les cours du porc commencèrent à s'effondrer; Valérie avait onze ans. C'était une petite fille sage, plutôt solitaire, bonne élève; elle s'apprêtait à rentrer en sixième au CES de Guingamp. Son frère aîné, bon élève lui aussi, venait d'avoir son bac; il s'était inscrit en classes préparatoires Agro au lycée de Rennes.

Valérie se souvenait du réveillon 1984; son père avait passé la journée avec le comptable de la FNSEA. Pendant la plus grande partie du repas de Noël, il était resté silencieux. Au dessert, après deux verres de champagne, il parla à son fils. « Je peux pas te conseiller de reprendre la ferme, dit-il. Ça fait vingt ans que je me lève avant l'aube, que je termine ma journée à huit ou neuf heures; ta mère et moi, on n'a pratiquement jamais pris de vacances. Il suffirait que je vende maintenant, avec toutes les machines et le système de stabulation, et que j'investisse dans l'immobilier de loisirs : je pourrais passer le restant de mes jours à me dorer au soleil. »

Les années suivantes, les cours du porc continuèrent à chuter. Des manifestations d'agriculteurs eurent lieu, marquées par une violence sans espoir ; des tonnes de lisier furent déversées sur l'esplanade des Invalides, plusieurs porcs égorgés devant le Palais-Bourbon. Fin 1986, le gouvernement décréta dans l'urgence des mesures d'aide, puis annonça un plan de relance en faveur des éleveurs. En avril 1987, le père de Valérie revendit son exploitation – pour un peu plus de quatre millions de francs. Avec le prix de la vente il acheta un grand appartement à Saint-Quay-Portrieux, pour y vivre, et trois studios à Torremolinos ; il lui restait un million de francs, qu'il plaça dans des SICAV ; il put même – c'était un rêve d'enfant – faire l'acquisition d'un petit voilier. Il signa l'acte de vente avec tristesse, et un peu de dégoût. Le nouveau propriétaire était un jeune type de vingt-trois ans, célibataire, originaire de Lannion, qui venait d'achever ses études agricoles ; il croyait encore aux plans de relance. Lui-même avait quarante-huit ans, et sa femme quarante-sept ; ils avaient consacré les meilleures années de leur vie à une tâche sans espoir. Ils vivaient dans un pays où l'investissement productif n'apportait aucun réel avantage par rapport à l'investissement spéculatif ; cela, maintenant, il le savait. Dès la première année, la location des studios lui apporta un revenu supérieur à celui de ses années de travail. Il prit l'habitude de faire des mots croisés, il sortait dans la baie en voilier, parfois pour une partie de pêche. Sa femme s'habitua plus facilement à leur nouvelle vie, et lui fut d'une grande aide : elle recommençait à avoir envie de lire, d'aller au cinéma, de sortir.

À l'époque de la vente Valérie avait quatorze ans, elle commençait à se maquiller ; dans la glace de la salle de bains, elle surveillait la croissance régulière de ses seins. La veille du déménagement, elle se promena longtemps entre les corps de ferme. Dans l'étable principale il restait une dizaine de porcs, qui s'approchèrent d'elle en grognant doucement. Le soir même ils seraient emmenés par le grossiste, et abattus dans les prochains jours.

L'été qui suivit fut une période bizarre. Par rapport à Tréméven, Saint-Quay-Portrieux était presque une petite ville. Elle ne pouvait plus, en sortant de chez elle, s'allonger dans l'herbe, laisser ses pensées flotter avec les nuages, dériver avec les eaux de la rivière. Parmi les vacanciers il y avait des garçons, qui se retournaient sur son passage ; elle n'arrivait jamais tout à fait à se détendre. Vers la fin du mois d'août elle rencontra Bérénice, une fille du CES qui allait rentrer avec elle en seconde au lycée de Saint-Brieuc. Bérénice avait un an de plus qu'elle ; elle se maquillait déjà, portait des jupes de marque ; elle avait un joli visage aigu et des cheveux très longs, d'un extraordinaire blond vénitien. Elles prirent l'habitude d'aller ensemble à la plage Sainte-Marguerite ; elles se changeaient dans la chambre de Valérie avant de partir. Une après-midi, alors qu'elle venait d'enlever son soutien-gorge, Valérie croisa le regard de Bérénice posé sur ses seins. Elle savait qu'elle avait des seins splendides, ronds, haut placés, tellement gonflés et fermes qu'ils en paraissaient artificiels. Bérénice tendit la main, frôla la courbure et le mamelon. Valérie ouvrit la bouche, ferma les yeux au moment où les lèvres de Bérénice s'approchaient des siennes ; elle s'abandonna totalement au baiser. Son sexe était déjà humide au moment où Bérénice glissa une main dans sa culotte. Elle s'en débarrassa avec impatience, se laissa tomber sur le lit et écarta les cuisses. Bérénice s'agenouilla devant elle, posa la bouche sur sa chatte. Son ventre était parcouru de contractions chaudes, elle avait l'impression que son esprit glissait dans les espaces infinis du ciel ; jamais elle n'aurait soupçonné l'existence d'un tel plaisir.

Elles recommencèrent tous les jours, jusqu'à la rentrée. Une première fois en début d'après-midi, avant d'aller à la plage ; puis elles s'allongeaient ensemble au soleil. Valérie sentait peu à peu le désir monter dans sa peau, enlevait son haut de maillot pour offrir ses seins au regard de Bérénice. Elles rentraient presque en courant dans la chambre, s'aimaient une seconde fois.

Dès la première semaine de la rentrée Bérénice s'éloigna de Valérie, évita de rentrer du lycée avec elle ; peu après, elle commença à sortir avec un garçon. Valérie accueillit la séparation sans réelle tristesse ; c'était la voie normale. Elle avait pris l'habitude de se masturber, tous les matins au réveil. À chaque fois, en quelques minutes, elle atteignait l'orgasme ; c'était un processus merveilleux, facile, qui s'accomplissait en elle, et qui installait sa journée dans la joie. À l'égard des garçons, elle éprouvait plus de réserves : après avoir acheté quelques numéros de *Hot Video* au kiosque de la gare, elle savait à quoi s'en tenir sur leur anatomie, leurs organes, sur les différentes procédures sexuelles ; mais elle ne ressentait qu'une légère répugnance pour leurs poils, pour leurs muscles ; leur peau semblait épaisse et sans douceur. La surface brunâtre et ridée des couilles, l'aspect violemment anatomique du gland décalotté, rouge et luisant... tout cela n'avait rien de spécialement attirant. Elle finit quand même par coucher avec un type de terminale, un grand blond, après une soirée en boîte à Paimpol ; elle n'eut pas tellement de plaisir. Elle recommença plusieurs fois avec d'autres, pendant ses années de première et de terminale; il était facile de séduire les garçons, il suffisait de porter une jupe courte, de croiser les jambes, d'avoir un chemisier décolleté ou transparent pour mettre ses seins en valeur; aucune de ces expériences ne fut réellement concluante. Intellectuellement, elle parvenait à comprendre la sensation à la fois triomphale et douce qu'éprouvaient certaines filles à sentir une bite s'enfoncer dans les profondeurs de leur chatte; mais, à titre personnel, elle ne ressentait rien de semblable. Le préservatif, c'est vrai, n'arrangeait pas les choses; le petit bruit flasque et répétitif du latex la rappelait constamment à la réalité, empêchait son esprit de glisser dans l'infini sans formes des sensations voluptueuses. Au moment du bac, elle avait à peu près complètement arrêté.

Dix ans plus tard, elle n'avait pas vraiment repris, songea-t-elle avec tristesse en se réveillant dans sa chambre du *Bangkok Palace*. Le jour n'était pas encore levé. Elle alluma le plafonnier, considéra son corps dans la glace. Les seins étaient toujours aussi fermes, ils n'avaient pas bougé depuis qu'elle avait dix-sept ans. Son cul lui aussi était bien rond, sans aucune trace de graisse; indiscutablement, elle avait un très beau corps. Elle enfila pourtant un sweat-shirt large et un bermuda informe avant de descendre pour le petit déjeuner. Avant de refermer la porte, elle se regarda une dernière fois dans la glace: son visage était plutôt quelconque, agréable sans plus; ni ses cheveux noirs et plats, qui retombaient en désordre sur ses épaules, ni ses yeux très bruns ne lui apportaient réellement d'atout supplémentaire. Elle aurait sans doute pu en tirer mieux parti, jouer sur le maquillage, se coiffer différemment, consulter une esthéticienne. La plupart des femmes de son âge y consacraient au moins quelques heures par semaine; elle n'avait pas l'impression, dans son cas, que ça changerait grand-chose. Ce qui lui manquait, au fond, c'était surtout le désir de séduire.

Nous quittâmes l'hôtel à sept heures ; la circulation était déjà dense. Valérie me fit un petit signe de tête et s'installa au même niveau que moi, de l'autre côté du couloir. Personne ne parlait dans l'autocar. La mégalopole grise s'éveillait lentement ; des scooters occupés par des couples, avec parfois un enfant dans les bras de la mère, filaient entre les bus bondés. Une brume légère stagnait encore dans certaines ruelles proches du fleuve. Bientôt le soleil allait percer les nuages matinaux, il allait commencer à faire chaud. À la hauteur de Nonthaburi le tissu urbain s'effilocha, nous aperçûmes les premières rizières. Des buffles immobiles dans la boue suivaient l'autocar du regard, exactement comme l'auraient fait des vaches. Je sentis quelques trépignements du côté des écologistes jurassiens ; sans doute auraient-ils souhaité réaliser deux ou trois clichés de buffles.

Le premier arrêt eut lieu à Kanchanaburi, ville dont les guides s'accordent à souligner le caractère animé et gai. Pour le *Michelin*, c'est un « merveilleux point de départ pour la visite des contrées environnantes » ; le *Routard*, quant à lui, la qualifie de « bon camp de base ». La suite du programme impliquait un parcours de plusieurs kilomètres sur le chemin de fer de la mort, qui serpentait le long de la rivière Kwaï. Je n'avais jamais bien démêlé cette histoire de rivière Kwaï, aussi tentai-je d'écouter les explications de la guide. Heureusement René, muni de son guide Michelin, suivait au fur et à mesure, toujours prêt à rectifier tel ou tel point. En résumé les Japonais, après leur entrée en guerre en 1941, avaient décidé de construire un chemin de fer pour relier Singapour et la Birmanie – avec, comme objectif à long terme, l'invasion de l'Inde. Ce chemin de fer devait traverser la Malaisie et la Thaïlande. Mais que faisaient donc les Thaïs, au fait, pendant la Seconde Guerre mondiale ? Eh bien, en fait, pas grand-chose. Ils étaient « neutres », m'apprit pudiquement Sôn. En réalité, compléta René, ils avaient conclu un accord militaire avec les Japonais, sans pour autant déclarer la guerre aux Alliés. C'était la voie de la sagesse. Ainsi, une fois de plus, ils avaient su faire preuve de ce fameux *esprit de subtilité* qui leur avait permis pendant plus de deux siècles, pris en étau entre les puissances coloniales française et anglaise, de ne céder à aucune, et de demeurer le seul pays d'Asie du Sud-Est à ne jamais avoir été colonisé.

En 1942, quoi qu'il en soit, les travaux avaient commencé sur le secteur de la rivière Kwaï, mobilisant soixante mille prisonniers de guerre anglais, australiens, néo-zélandais et américains, ainsi qu'une quantité « innombrable » de travailleurs forcés asiatiques. En octobre 1943 le chemin de fer était terminé, mais seize mille prisonniers de guerre avaient trouvé la mort – compte tenu de l'absence de nourriture, du mauvais climat et de la méchanceté naturelle des Japonais. Peu après, un bombardement allié avait détruit le pont de la rivière Kwaï, élément essentiel de l'infrastructure – rendant ainsi le chemin de fer inutilisable. En résumé il y avait eu pas mal de viande froide, pour un résultat à peu près nul. Depuis, la situation n'avait guère évolué – et il demeurait impossible d'avoir une liaison ferroviaire correcte entre Singapour et Delhi.

C'est dans un état de légère détresse que j'entamai la visite du *JEATH Museum*, construit pour commémorer les souffrances épouvantables des prisonniers de guerre alliés. Certes, me disais-je, tout cela était bien regrettable ; mais enfin il y avait tout de même eu pire, pendant la Seconde Guerre mondiale. Je ne pouvais pas m'empêcher de penser que, si les prisonniers avaient été polonais ou russes, on aurait fait moins d'histoires.

Un peu plus tard, il fallut subir la visite du *cimetière* des prisonniers de guerre alliés – ceux qui avaient, en quelque sorte, accompli l'ultime sacrifice. Il y avait des croix blanches, bien alignées, toutes exactement identiques ; l'endroit dégageait un ennui profond. Ça me rappelait Omaha Beach, qui ne m'avait pas tellement ému non plus – qui m'avait plutôt, à vrai dire, fait penser à une installation d'art contemporain. « Ici, m'étais-je dit avec un sentiment de tristesse que je sentais insuffisant, ici, tout un tas d'imbéciles sont morts pour la démocratie. » Le cimetière de la rivière Kwaï, cela dit, était beaucoup plus petit, on pouvait même envisager de compter les tombes ; je renonçai assez vite à l'exercice. « Il ne peut pas y en avoir seize mille... conclus-je cependant à voix haute. – C'est exact ! m'informa René, toujours armé de son guide Michelin. Le nombre de morts est estimé à seize mille ; mais, dans ce cimetière, on ne trouve que cinq cent quatre-vingt-deux tombes. Ils sont considérés (il lisait en suivant les lignes avec son doigt) comme les *cinq cent quatre-vingt-deux martyrs de la démocratie.* »

Lorsque j'avais obtenu ma troisième étoile, à l'âge de dix ans, j'étais allé dans une pâtisserie pour me bourrer de crêpes au Grand Marnier. C'était une petite fête solitaire ; je n'avais pas de camarades avec qui partager cette joie. Comme tous les ans à la même époque, je séjournais chez mon père à Chamonix. Lui-même était un guide de haute montagne, et un alpiniste confirmé. Il avait des amis dans son genre, des hommes courageux et virils ; je ne me sentais pas bien parmi eux. Je ne me suis jamais senti bien parmi les hommes. J'avais onze ans la première fois qu'une fille m'avait montré sa chatte ; tout de suite j'avais été émerveillé, j'avais adoré ce petit organe fendu, étrange. Elle n'avait pas beaucoup de poils, c'était une fille de mon âge, elle s'appelait Martine. Elle était restée longtemps les cuisses ouvertes, maintenant sa culotte bien écartée pour que je puisse voir ; mais quand j'avais voulu approcher la main elle avait pris peur, elle s'était enfuie. Tout cela me paraissait récent, je n'avais pas l'impression d'avoir tellement changé. Mon enthousiasme pour les chattes n'avait pas décru, j'y voyais même un de mes derniers traits pleinement humains, reconnaissables ; pour le reste, je ne savais plus très bien.

Peu après que nous fûmes remontés dans l'autocar, Sôn prit la parole. Nous nous dirigions maintenant vers l'hébergement de ce soir, qui serait, elle tenait à le souligner, de la qualité très exceptionnelle. Pas de TV, pas de vidéo. Pas d'électricité, des bougies. Pas de salle de bains, l'eau du fleuve. Pas de matelas, des nattes. Retour nature complet. Ce retour à la nature, je le notai mentalement, se manifestait d'abord sous l'aspect d'une série de privations ; les écologistes jurassiens – qui, je l'avais appris malgré moi pendant le parcours en train, se prénommaient Éric et Sylvie – en bavaient d'impatience. « Cuisine française ce soir, conclut Sôn sans relation apparente. Nous maintenant manger thaï. Petit restaurant aussi, bord rivière. »

L'endroit était charmant. Des arbres ombrageaient les tables. Près de l'entrée il y avait un bassin ensoleillé, avec des tortues et des grenouilles. Je restai longtemps à observer les grenouilles ; une fois de plus, j'étais frappé par l'extraordinaire prolifération de la vie sous ces climats. Des poissons blanchâtres nageaient entre deux eaux. Plus haut, il y avait des nénuphars et des puces d'eau. Des insectes se posaient continûment sur les nénuphars. Les tortues observaient tout cela avec la placidité qu'on reconnaît à leur espèce.

Sôn vint me prévenir que le repas avait commencé. Je me dirigeai vers la salle près de la rivière. On avait dressé deux tables de six ; toutes les places étaient prises. Je jetai autour de moi un regard légèrement paniqué, mais René vint très vite à mon secours. « Pas de problème, venez à notre table ! lança-t-il avec largesse, on va rajouter un couvert au bout. » Je m'installai donc à la table qui était apparemment celle des *couples constitués* : les écologistes jurassiens, les naturopathes – qui, je l'appris à cette occasion, répondaient aux prénoms d'Albert et Suzanne – et les deux seniors charcutiers. Cet arrangement, j'en eus vite la conviction, ne répondait à aucune affinité réelle, mais à la situation d'urgence qui avait dû se présenter lors de l'attribution des tables ; les couples s'étaient regroupés instinctivement, comme dans toute situation d'urgence ; ce déjeuner n'était en somme qu'un *round d'observation*.

La conversation roula d'abord sur le sujet des *massages*, qui semblait cher aux naturopathes. La veille au soir, Albert et Suzanne, délaissant les danses traditionnelles, avaient bénéficié d'un excellent massage du dos. René eut un léger sourire égrillard ; l'expression d'Albert lui apprit vite que son attitude était complètement déplacée. Le massage traditionnel thaï, s'enflamma-t-il, n'avait rien à voir avec on ne sait quelles pratiques ; c'était la manifestation d'une civilisation centenaire, voire millénaire, qui d'ailleurs rejoignait parfaitement l'enseignement chinois sur les points d'acupuncture. Eux-mêmes le pratiquaient, dans leur cabinet de Montbéliard, sans pouvoir naturellement atteindre à la dextérité des praticiens thaïs ; ils avaient pris la veille au soir, conclut-il, une belle leçon. Éric et Sylvie les écoutaient, fascinés. René toussota avec embarras ; le couple de Montbéliard n'évoquait en effet aucune image lubrique. Qui avait bien pu accréditer cette idée que la France était le pays de la *gaudriole* et du *libertinage* ? La France était un pays sinistre, entièrement sinistre et administratif.

« Moi aussi on m'a massé le dos, mais la fille a terminé par les couilles… » intervins-je sans conviction. Comme j'étais en train de mastiquer des noix de cajou personne n'entendit, à l'exception de Sylvie, qui me jeta un regard horrifié. J'avalai une gorgée de bière et soutins son regard sans gêne : est-ce que cette fille était au moins capable de s'occuper *correctement* d'une bite ? Ça n'avait rien de démontré. Dans l'intervalle, je pouvais attendre mon café.

« C'est vrai qu'elles sont mignonnes, les petites… » remarqua Josette en attrapant une tranche de papaye, ajoutant ainsi au malaise général. Le café se faisait attendre. Que faire, en fin de repas, si on n'a pas le droit de fumer de cigarettes ? J'assistais tranquillement à la montée de l'ennui mutuel. Nous conclûmes la conversation, avec difficulté, par quelques considérations sur le climat.

Je revoyais mon père cloué dans son lit, terrassé par une dépression subite – terrifiante chez un homme si actif ; ses amis alpinistes l'entouraient, gênés, impuissants devant ce mal. S'il avait fait tant de sport, m'avait-il expliqué une fois, c'était pour s'abrutir, pour s'empêcher de penser. Il avait réussi : j'étais persuadé qu'il avait réussi à traverser la vie sans jamais ressentir de réelle interrogation sur la condition humaine.

7

Dans l'autocar, Sôn reprit la parole. La région frontalière que nous allions aborder était en partie peuplée de réfugiés birmans, d'origine karen ; ce n'était nullement un inconvénient. Karens bien, estima Sôn, courageux, enfants travaillent bien à l'école, pas de problème. Rien à voir avec certaines tribus du Nord, que nous n'aurions pas l'occasion de rencontrer au cours de notre périple ; et, d'après elle, nous ne perdions pas grand-chose. En particulier dans le cas des Akkhas, contre qui elle semblait avoir une dent. Malgré les efforts du gouvernement, les Akkhas semblaient incapables de renoncer à la culture du pavot, leur activité traditionnelle. Ils étaient vaguement animistes et dévoraient des chiens. « Akkhas mauvais, souligna Sôn avec énergie : à part culture pavot et cueillette fruits, savent rien faire ; enfants travaillent pas à l'école. Argent beaucoup dépensé pour eux, résultat aucun. Ils sont complètement nuls », conclut-elle avec un bel esprit de synthèse.

En arrivant à l'hôtel j'observai donc avec curiosité ces fameux *Karens*, qui s'activaient au bord du fleuve. Vus de près, je veux dire sans mitraillette, ils n'avaient pas l'air tellement méchants ; le point le plus évident est qu'ils semblaient adorer leurs éléphants. Se baigner dans la rivière et brosser le dos de leurs éléphants, ça paraissait être leur plus grande joie. Il est vrai qu'il ne s'agissait pas de *rebelles karens*, mais de *Karens ordinaires* – ceux qui, justement, avaient fui la zone des combats parce qu'ils étaient las de toutes ces histoires, et qu'ils restaient à peu près indifférents à la cause de l'indépendance karen.

Un prospectus, dans la chambre, me donna quelques indications sur l'histoire du *resort*, qui s'identifiait avant tout à une très belle aventure humaine : celle de Bertrand Le Moal, *routard avant la lettre*, qui, tombé amoureux de l'endroit, y avait «posé son sac» dès la fin des années 1960. Avec acharnement, et aussi avec l'aide de ses amis karens, il avait peu à peu édifié ce «paradis écologique», dont pouvait maintenant bénéficier une clientèle internationale.

L'endroit, c'est vrai, était splendide. De petits chalets en bois de teck très finement sculpté, reliés par une coursive fleurie, surplombaient la rivière – qu'on sentait battre sous ses pieds. L'hôtel était situé au fond d'une vallée très encaissée, aux pentes recouvertes d'une jungle dense. Au moment où je sortais sur la terrasse, il se fit un profond silence. Je mis quelques secondes à en comprendre la raison : tous les oiseaux venaient de s'arrêter de chanter d'un seul coup. C'était l'heure où la jungle se prépare à la nuit. Qu'est-ce qu'il pouvait y avoir, comme grands prédateurs, dans cette forêt ? Sans doute pas grand-chose, deux ou trois léopards ; mais les serpents et les araignées, ça ne devait pas manquer. Le jour baissait rapidement. Un singe isolé bondissait entre les arbres, sur l'autre rive ; il poussa un cri bref. On le sentait anxieux, et pressé de rejoindre son groupe.

Je rentrai dans la chambre, allumai les bougies. L'ameublement était sommaire : une table en teck, deux châlits de bois rustique, des sacs de couchage et des nattes. Je passai un quart d'heure à me frictionner méthodiquement de Cinq sur Cinq. Les rivières c'est sympa, mais on sait ce que c'est, ça attire les moustiques. Il y avait aussi un pain de citronnelle, qu'on pouvait faire fondre; la précaution ne me paraissait pas inutile.

Lorsque je sortis pour le dîner, la nuit était tout à fait tombée; des guirlandes d'ampoules multicolores couraient entre les maisons. Il y avait donc bien l'électricité dans ce village, notai-je; simplement, on n'avait pas jugé nécessaire de l'installer dans les chambres. Je m'arrêtai un instant et m'appuyai à la rambarde pour observer la rivière; la lune s'était levée et miroitait sur les eaux. On distinguait confusément, en face, la masse sombre de la jungle; de temps à autre s'en élevait le cri rauque d'un oiseau nocturne.

Les groupes humains composés d'au moins trois personnes ont une tendance apparemment spontanée à se diviser en deux sous-groupes hostiles. Le dîner était servi sur un ponton aménagé au milieu du fleuve; cette fois, on avait dressé pour nous deux tables de huit. Les écologistes et les naturopathes étaient déjà installés à une table; les anciens charcutiers, pour l'instant isolés, à la seconde. Qu'est-ce qui avait bien pu provoquer la cassure? Peut-être la discussion de ce midi sur les massages, qui ne s'était, au fond, pas si bien passée. Par ailleurs, dès le matin, Suzanne, sobrement vêtue d'une tunique et d'un pantalon de lin blancs – bien conçus pour souligner la sécheresse de ses formes – avait pouffé de rire en apercevant la robe à fleurs de Josette. La répartition, quoi qu'il en soit, avait commencé. Un peu lâchement, je ralentis le pas pour me laisser devancer par Lionel, mon voisin d'avion – et maintenant de bungalow. Son choix s'opéra très vite, de manière à peine consciente; je n'eus même pas l'impression d'un choix par affinités, mais d'une sorte de *solidarité de classe*, ou plutôt (car il travaillait à GDF, et était donc fonctionnaire, alors que les autres étaient d'ex-petits commerçants) d'une *solidarité de niveau d'éducation*. René nous accueillit avec un soulagement visible. Notre décision, à ce stade de l'installation, n'avait d'ailleurs rien de crucial : en rejoignant les autres, nous aurions confirmé avec vigueur l'isolement des anciens charcutiers ; alors que là, au fond, nous ne faisions que rééquilibrer les tables.

Babette et Léa arrivèrent peu après et s'installèrent, sans la moindre hésitation, à la table voisine.

Un long moment plus tard – les entrées étaient déjà servies – Valérie apparut à l'extrémité du ponton ; elle promena autour d'elle un regard indécis. À la table voisine, il restait deux places à côté de Babette et Léa. Elle hésita encore un peu, eut un bref sursaut et vint s'asseoir à ma gauche.

Josiane avait mis encore plus de temps que d'habitude à se préparer ; elle devait avoir eu du mal à se maquiller, à la lumière des bougies. Sa robe de velours noir n'était pas mal, un peu décolletée mais sans excès. Elle aussi marqua un temps d'arrêt, puis vint s'asseoir en face de Valérie.

Robert arriva le dernier, d'une démarche hésitante – il avait dû picoler avant le repas, je l'avais vu tout à l'heure avec une bouteille de Mékong. Il s'abattit lourdement sur le banc à la gauche de Valérie. Un cri bref mais atroce s'éleva de la jungle proche ; probablement un petit mammifère qui venait de vivre ses derniers instants.

Sôn passa entre les tables pour vérifier que tout allait bien, que nous étions installés au mieux. Elle-même dînait de son côté avec le chauffeur – répartition peu démocratique, qui avait provoqué dès le déjeuner la réprobation de Josiane. Mais au fond je pense que ça l'arrangeait bien, même si elle n'avait rien contre nous ; elle avait beau faire des efforts, les

72

longues discussions en français semblaient lui peser un peu.

À la table voisine, la conversation ronronnait gaiement sur la beauté de l'endroit, la joie de se retrouver en pleine nature, loin de la civilisation, les valeurs essentielles, etc. « Ouais, c'est top, confirma Léa. Et vous avez vu, on est vraiment en pleine jungle… J'y crois pas. »

Nous avions plus de difficultés à trouver un terrain commun. En face de moi Lionel mangeait placidement, sans envisager de faire le moindre effort. Je jetais nerveusement des regards de côté. À un moment donné j'aperçus un gros barbu qui sortait des cuisines pour haranguer violemment les serveurs ; ce ne pouvait être que le fameux Bertrand Le Moal. Pour moi, jusqu'à présent, son mérite le plus clair était d'avoir appris la recette du gratin dauphinois aux Karens. C'était délicieux ; et le rôti de porc était parfaitement cuit, à la fois croustillant et tendre. « Ça manque juste un peu de pinard… » émit René avec mélancolie. Josiane crispa les lèvres avec mépris. Ce qu'elle pensait des touristes français qui ne pouvaient pas voyager sans leur pinard, il ne fallait pas le lui demander. Assez maladroitement, Valérie prit la défense de René. Avec la cuisine thaïe, dit-elle, on n'en ressentait pas du tout le besoin ; mais, là, un peu de vin aurait pu se justifier. Elle-même, de toute façon, ne buvait que de l'eau.

« Si on part à l'étranger, martela Josiane, c'est pour manger la cuisine *locale*, et pour suivre les coutumes *locales* !… Sinon, autant rester chez soi.

— Je suis d'accord ! gueula Robert. Elle s'interrompit, brisée dans son élan, et le regarda avec haine.

— C'est quand même un peu épicé, des fois… avoua timidement Josette. Vous, ça n'a pas l'air de vous déranger… dit-elle en s'adressant à moi, sans doute pour alléger l'atmosphère.

— Non non, j'adore. Plus c'est épicé, plus ça me plaît. Déjà à Paris je mange chinois tout le temps », répondis-je avec hâte. La conversation put ainsi dévier sur les restaurants chinois, qui s'étaient tellement multipliés à Paris ces derniers temps. Valérie les appréciait beaucoup pour le repas de midi : ce n'était pas cher du tout, bien meilleur que les fast-foods, et probablement beaucoup plus sain. Josiane n'avait rien à dire sur la question, elle avait un restaurant d'entreprise ; quant à Robert, il devait juger le sujet indigne de lui. Bref, les choses se déroulèrent à peu près calmement jusqu'au dessert.

Tout se joua autour du riz gluant. Il était légèrement doré, aromatisé à la cannelle – une recette originale, il me semble. Prenant le taureau par les cornes, Josiane décida d'aborder de front la question du *tourisme sexuel*. Pour elle c'était absolument dégueulasse, il n'y avait pas d'autre mot. Il était scandaleux que le gouvernement thaï tolère ce genre de choses, la communauté internationale devait se mobiliser. Robert l'écoutait avec un sourire en coin qui ne me disait rien de bon. C'était scandaleux mais ce n'était pas surprenant, poursuivit-elle ; il fallait bien savoir qu'une grande partie de ces établissements (des *bordels*, on ne pouvait pas les appeler autrement) étaient en fait possédés par des *généraux* ; c'est dire la protection dont ils pouvaient bénéficier.

« Je suis général… » intervint Robert. Elle en resta interloquée, sa mâchoire inférieure pendait lamentablement. « Non non, je blague… démentit-il avec un léger rictus. Je n'ai même pas fait l'armée. »

Ça n'avait pas l'air de la faire sourire du tout. Elle mit un peu de temps à se remettre, mais réembraya avec une énergie décuplée :

« C'est absolument honteux que des gros beaufs puissent venir profiter impunément de la misère de ces filles. Il faut savoir qu'elles viennent toutes des provinces du Nord ou du Nord-Est, les régions les plus pauvres du pays.

— Pas toutes… objecta-t-il, il y en a qui sont de Bangkok.

— C'est de l'esclavage sexuel ! hurla Josiane, qui n'avait pas entendu. Il n'y a pas d'autre mot !… »

Je bâillai légèrement. Elle me jeta un regard noir, mais poursuivit, prenant tout le monde à témoin : « Vous ne trouvez pas scandaleux que n'importe quel gros beauf puisse venir se taper des gamines pour une bouchée de pain ?

— Pas une bouchée de pain… protestai-je modestement. Moi j'ai payé trois mille bahts, c'est à peu près les prix français. » Valérie se retourna et posa sur moi un regard surpris. « Vous avez payé un peu cher… nota Robert. Enfin, si la fille en valait la peine… »

Josiane tremblait de tous ses membres, elle commençait à m'inquiéter un peu. « Eh bien ! glapit-elle d'une voix suraiguë, moi ça me fait vomir qu'un gros porc puisse payer pour fourrer sa bite dans une gosse !

— Rien ne vous oblige à m'accompagner, chère madame… » répondit-il calmement.

Elle se leva en tremblant, son assiette de riz à la main. À la table d'à côté, toutes les conversations s'étaient interrompues. J'ai bien cru qu'elle allait lui balancer l'assiette à la gueule, et je crois que finalement c'est un reste de trouille qui l'a retenue. Robert la regardait avec le plus grand sérieux, ses muscles étaient tendus sous son polo. Il n'avait pas l'air du genre à se laisser faire, je l'imaginais très bien lui mettre un pain. Elle reposa violemment son assiette, qui se brisa en trois morceaux, se retourna et disparut dans la nuit, marchant rapidement vers les bungalows.

« Tsss… » fit-il avec réserve.

Valérie était coincée entre lui et moi ; avec élégance il se leva, contourna la table et vint s'asseoir à la place de Josiane, pour le cas où elle aurait souhaité quitter la table, elle aussi. Mais elle n'en fit rien ; à ce moment, le serveur apporta les cafés. Après avoir bu deux gorgées, Valérie se retourna à nouveau vers moi. « Alors c'est vrai, vous avez payé pour une fille ?... » demanda-t-elle doucement. Son ton était intrigué, mais dénué de réprobation franche.

« Elles ne sont pas si pauvres, ces filles, ajouta Robert, elles peuvent se payer des scooters et des fringues. Il y en a même qui se font refaire les seins. Ce n'est pas bon marché, de se faire refaire les seins. Elles aident aussi leurs parents, c'est vrai... » conclut-il pensivement.

À la table voisine, après quelques phrases échangées à voix basse, on se sépara rapidement – sans doute par solidarité. Nous restions seuls maîtres du terrain, en quelque sorte. La lune éclairait maintenant à plein la surface du ponton, qui brillait légèrement. « Elles sont si bien que ça, ces petites masseuses ?... interrogea rêveusement René.

— Ah, monsieur ! » s'exclama Robert avec une émotion volontairement grandiloquente, mais, me sembla-t-il, au bout du compte sincère, « ce sont des merveilles ! de pures merveilles ! Et encore, vous ne connaissez pas Pattaya. C'est une station de la côte Est, poursuivit-il avec enthousiasme, entièrement dédiée à la luxure et au stupre. Ce sont d'abord les Américains qui sont venus, au moment de la guerre du Vietnam ; ensuite, beaucoup d'Anglais et d'Allemands ; et maintenant on commence à voir des Polonais et des Russes. Là-bas tout le monde est servi, il y en a pour tous les goûts : des homosexuels, des hétérosexuels, des travestis... C'est Sodome et Gomorrhe réunis. Mieux, même, parce qu'il y a également des lesbiennes.

— Ah, ah… » L'ancien charcutier semblait pensif. Sa femme bâilla calmement, s'excusa et se tourna vers son mari ; elle avait visiblement envie d'aller se coucher.

« En Thaïlande, conclut Robert, tout le monde peut avoir ce qu'il désire, et tout le monde peut avoir quelque chose de *bien*. On vous parlera des Brésiliennes, ou des filles de Cuba. J'ai beaucoup voyagé, monsieur, j'ai voyagé pour mon plaisir, et je n'hésite pas à vous le dire : pour moi, les Thaïes sont les meilleures amantes du monde. »

Valérie, assise en face de lui, l'écoutait avec le plus grand sérieux. Elle s'éclipsa peu après, avec un petit sourire, suivie par Josette et René. Lionel, qui n'avait pas dit un mot de la soirée, se leva à son tour ; je l'imitai. Je n'avais pas très envie de poursuivre une conservation avec Robert. Je le laissai donc seul dans la nuit, statue apparente de la lucidité, qui commandait un deuxième cognac. Il semblait en possession d'une pensée complexe, et nuancée ; à moins peut-être qu'il ne *relativise*, ce qui donne toujours l'illusion de la complexité, et de la nuance. Devant le bungalow, je souhaitai bonne nuit à Lionel. L'atmosphère était saturée par le ronronnement des insectes ; j'étais à peu près certain de ne pas fermer l'œil.

Je poussai la porte et rallumai une bougie, plus ou moins résigné à poursuivre ma lecture de *La Firme*. Des moustiques s'approchaient, certains carbonisaient leurs ailes à la lumière de la flamme, leurs cadavres s'engluaient dans la cire fondue ; aucun ne se posait sur moi. J'étais pourtant rempli jusqu'au derme d'un sang nourrissant, et délectable ; mais ils rebroussaient chemin mécaniquement, incapables de franchir la barrière olfactive du diméthylperoxyde carbique. On pouvait féliciter les laboratoires Roche-

Nicolas, créateurs du Cinq sur Cinq *Tropic*. Je soufflai la bougie, la rallumai, assistant au ballet de plus en plus dense des sordides petites machines volantes. De l'autre côté de la cloison j'entendais Lionel, qui ronflait doucement dans la nuit. Je me levai, remis à fondre un nouveau pain de citronnelle, puis allai pisser. Un trou rond était aménagé dans le plancher de la salle de bains; il donnait directement sur la rivière. On entendait des clapotis, des bruits de nageoires; j'essayais de ne pas penser à ce qui pouvait se trouver en dessous. Au moment où je me recouchais, Lionel émit une longue série de pets. « T'as raison, mon gars! approuvai-je avec force. Comme disait Martin Luther, y a rien de tel que de péter dans son sac de couchage! » Ma voix résonnait bizarrement dans la nuit, au-dessus du bruissement de l'eau et du vrombissement persistant des insectes. L'audition du monde réel était déjà en soi une souffrance. « Il en est du royaume des cieux comme d'un coton-tige! hurlai-je à nouveau dans la nuit. Que celui qui a des oreilles pour entendre, entende! » Lionel se retourna dans son lit et grogna légèrement, sans se réveiller. Je n'avais pas tellement de solutions: il fallait que je prenne un nouveau somnifère.

8

Emportées par le courant, des touffes d'herbe descendaient le fleuve. Le chant des oiseaux reprenait, montait de la jungle légèrement brumeuse. Tout à fait vers le sud, au débouché de la vallée, les contours étranges des montagnes birmanes se dessinaient dans le lointain. J'avais déjà vu ces formes arrondies et bleutées, mais coupées de décrochements brusques. Peut-être dans des paysages de primitifs italiens, au cours d'une visite de musée, pendant mes années de lycée. Le groupe n'était pas réveillé ; c'était l'heure où la température est encore douce. J'avais très mal dormi.

Après la crise de la veille, une certaine bénévolence flottait autour des tables du petit déjeuner. Josette et René avaient l'air en pleine forme ; par contre les écologistes jurassiens étaient dans un état lamentable, je m'en aperçus dès leur arrivée clopinante. Les prolétaires de la génération précédente, qui apprécient sans complexe le confort moderne lorsqu'il se présente, se montrent en cas d'inconfort avéré beaucoup plus résistants que leurs enfants, ceux-ci dussent-ils afficher des positions «écologistes». Éric et Sylvie n'avaient pas fermé l'œil de la nuit ; Sylvie, de plus, était littéralement couverte de cloques rouges.

« Oui, les moustiques m'ont pas ratée, confirma-t-elle avec amertume.

— J'ai une crème apaisante, si vous voulez. Elle est très efficace ; je peux aller la chercher.

— Oui je veux bien, c'est gentil ; mais on va d'abord prendre un café. »

Le café était dégueulasse, très clair, presque imbuvable ; de ce point de vue là, au moins, on était aux normes américaines. Ils avaient l'air bien cons, ce jeune couple, ça me faisait presque de la peine de voir leur «paradis écologique» se fissurer sous leurs yeux ; mais je sentais que tout allait me faire de la peine, aujourd'hui. Je regardai à nouveau vers le sud. «Je crois que c'est très beau, la Birmanie» dis-je à mi-voix, plutôt pour moi-même. Sylvie confirma avec sérieux : en effet c'était très beau, elle avait entendu dire la même chose ; cela dit, elle *s'interdisait* d'aller en Birmanie. Ce n'était pas possible d'être complice en aidant par ses devises au maintien d'une dictature pareille. Oui, oui, pensai-je ; les devises. «Les droits de l'homme, c'est important ! » s'exclama-t-elle, presque avec désespoir. Quand les gens parlent de «droits de l'homme», j'ai toujours plus ou moins l'impression qu'ils font du *second degré* ; mais ce n'était pas le cas, je ne crois pas, pas en l'occurrence.

«Personnellement, j'ai cessé d'aller en Espagne *après* la mort de Franco», intervint Robert en s'asseyant à notre table. Je ne l'avais pas vu arriver, celui-là. Il avait l'air en pleine forme, toutes ses capacités de nuisance reconstituées. Il nous apprit qu'il s'était couché ivre mort, et avait par conséquent très bien dormi. Il avait failli plusieurs fois se foutre dans la rivière en rejoignant son bungalow ; mais, finalement, cela ne s'était pas produit. «*Inch Allah* », conclut-il d'une voix sonore.

Après cette caricature de petit déjeuner, Sylvie m'accompagna jusqu'à ma chambre. En chemin, nous rencontrâmes Josiane. Elle était sombre, renfermée, et ne nous adressa pas un regard ; elle aussi semblait loin de la voie du pardon. J'avais appris qu'elle était prof de lettres *dans le civil*, comme disait plaisamment René ; ça ne m'avait pas du tout étonné. C'était exactement le genre de salopes qui m'avaient fait renoncer à mes études littéraires, bien des années auparavant.

Je remis à Sylvie le tube de crème apaisante. « Je vous le rapporte tout de suite, dit-elle. – Vous pouvez le garder, on ne rencontrera probablement plus de moustiques ; je crois qu'ils détestent le bord de mer. » Elle me remercia, s'approcha de la porte, hésita, se retourna : « Vous ne pouvez tout de même pas approuver l'exploitation sexuelle des enfants !... » s'exclamat-elle avec angoisse. Je m'attendais à quelque chose de ce genre ; je secouai la tête et répondis avec lassitude : « Il n'y a pas tellement de prostitution enfantine en Thaïlande. Pas plus qu'en Europe, à mon avis. » Elle hocha la tête, pas vraiment convaincue, et sortit. En fait je disposais d'informations plus précises, à travers un curieux livre appelé *The White Book*, que j'avais acheté lors de mon précédent voyage. Il était publié sans nom d'auteur ni d'éditeur, apparemment par une association appelée « Inquisition 2000 ». Sous couvert de dénonciation du tourisme sexuel ils donnaient toutes les adresses, pays par pays – chaque chapitre informatif étant précédé d'un bref paragraphe véhément appelant au respect du plan divin et au rétablissement de la peine de mort pour les délinquants sexuels. Sur la question de la pédophilie, le *White Book* était clair : ils déconseillaient formellement la Thaïlande, qui n'avait plus d'intérêt, si même elle en avait jamais eu. Il était bien préférable d'aller aux Philippines, ou mieux encore au Cambodge – le voyage pouvait être dangereux, mais il en valait la peine.

L'apogée du royaume khmer se situe au XIIe siècle, époque de la construction d'Angkor Vât. Ensuite, ça se casse plus ou moins la gueule ; l'ennemi principal de la Thaïlande est désormais constitué par les Birmans. En 1351, le roi Ramathibodi Ier fonde la ville d'Ayutthaya. En 1402, son fils Ramathibodi II envahit l'empire d'Angkor sur le déclin. Les trente-six souverains successifs d'Ayutthaya marquent leur règne par la construction de temples bouddhistes et de palais. Aux XVIe et XVIIe siècles, d'après la description des voyageurs français et portugais, c'est la ville la plus magnifique d'Asie. Les guerres avec les Birmans continuent, et Ayutthaya tombe en 1767 après un siège de quinze mois. Les Birmans pillent la ville, fondent l'or des statues et ne laissent derrière eux que des ruines.

Maintenant c'était bien paisible, une légère brise soufflait de la poussière entre les temples. Du roi Ramathibodi il ne restait pas grand-chose, sinon quelques lignes dans le guide Michelin. L'image du Bouddha, par contre, était encore très présente, et elle avait gardé tout son sens. Les Birmans avaient déporté les artisans thaïs afin de construire des temples identiques, quelques centaines de kilomètres plus loin. La volonté de puissance existe, et se manifeste sous forme d'*histoire* ; elle est en elle-même radicalement improductive. Le sourire du Bouddha continuait de flotter au-dessus des ruines. Il était trois heures de l'après-midi. Selon le guide Michelin il fallait prévoir trois jours pour la visite complète, une journée pour une visite rapide. Nous disposions en réalité de trois heures ; c'était le moment de sortir les caméras vidéo. J'imaginais Chateaubriand au Colisée, avec un caméscope Panasonic, en train de fumer des cigarettes ; probablement des Benson, plutôt que des Gauloises Légères. Confronté à une religion aussi radicale, ses positions auraient sans doute été légèrement différentes ; il aurait éprouvé moins d'admiration pour Napoléon. J'étais sûr qu'il aurait été capable d'écrire un excellent *Génie du bouddhisme*.

Josette et René s'ennuyèrent un peu, au cours de cette visite ; j'eus l'impression qu'ils tournaient rapidement en rond. Il en était de même pour Babette et Léa. Les écologistes jurassiens, par contre, semblaient à leur affaire, aussi bien que les naturopathes ; ils organisèrent un impressionnant déploiement de matériel photographique. Valérie était songeuse, et marchait le long des allées ; sur les dalles, entre les herbes. C'est ça la culture, me disais-je, c'est un peu chiant, c'est bien ; chacun est renvoyé à son propre néant. Comment, cela dit, les sculpteurs de la période d'Ayutthaya avaient-ils *fait* ? Comment avaient-ils fait pour donner à leurs statues de Bouddha une expression de compréhension aussi lumineuse ?

Après la chute d'Ayutthaya, le royaume thaï entra dans une période de grand calme. La capitale s'établit à Bangkok, et ce fut le début de la dynastie des Rāma. Pendant deux siècles (et en fait jusqu'à nos jours), le royaume ne connut aucune guerre extérieure importante, pas davantage de guerre civile ou religieuse ; il réussit également à échapper à toute forme de colonisation. Il n'y eut pas non plus de famine, ni de grandes épidémies. Dans de telles circonstances, lorsque la terre est fertile et produit des récoltes abondantes, lorsque les maladies font moins sentir leur emprise, lorsqu'une religion paisible étend sa loi sur les consciences, les êtres humains croissent et se reproduisent ; ils vivent en général heureux. Maintenant c'était différent, la Thaïlande était entrée dans le *monde libre*, c'est-à-dire dans l'économie de marché ; elle avait connu voici cinq ans une crise économique fulgurante, qui avait fait perdre à la monnaie la moitié de sa valeur, et mis les entreprises les plus prospères au bord de la ruine. C'était le premier drame qui atteignait vraiment ce pays, depuis plus de deux siècles.

L'un après l'autre, dans un silence assez frappant, nous rejoignîmes l'autocar. Nous partîmes au coucher du soleil. Nous devions prendre le train de nuit de Bangkok, à destination de Surat Thani.

9

Surat Thani – 816 000 habitants – se signale selon tous les guides par son manque d'intérêt absolu. Elle constitue, et c'est tout ce qu'on peut en dire, un point de passage obligé pour le ferry de Koh Samui. Cependant les gens vivent, et le guide Michelin nous signale que la ville est depuis longtemps un centre important pour les industries métallurgiques – puis, plus récemment, qu'elle a acquis un certain rôle dans le domaine des constructions métalliques.

Or, que serions-nous sans constructions métalliques ? Du minerai de fer est extrait dans des régions obscures, il est acheminé par cargo. Des machines-outils, par ailleurs, sont produites, le plus souvent sous le contrôle de firmes japonaises. La synthèse se produit dans des villes comme Surat Thani : il en résulte des autocars, des wagons de chemin de fer, des ferry-boats ; tout ceci a lieu sous licence NEC, General Motors ou Fujimori. Le résultat sert en partie à transporter des touristes occidentaux, ou des touristes occidentales comme Babette et Léa.

Je pouvais leur adresser la parole, j'étais membre du même voyage ; je ne pouvais prétendre être un amant potentiel, ce qui limitait d'emblée les conversations possibles ; j'avais cependant acquitté le même *ticket de départ* ; aussi pouvais-je, dans une certaine mesure, établir le contact. Babette et Léa, s'avéra-t-il, travaillaient dans la même *agence de com'*; pour l'essentiel, elles *organisaient des événements*. Des événements? Oui. Avec des acteurs institutionnels, ou des entreprises qui souhaitaient développer leur département mécénat. Il y avait sûrement du fric à ramasser, pensai-je. Oui et non. Maintenant les entreprises étaient plus axées «droits de l'homme», les investissements s'étaient ralentis. Enfin, ça allait tout de même. Je m'informai de leur salaire : il était bon. Il aurait pu être meilleur, mais il était bon. À peu près vingt-cinq fois celui d'un ouvrier des industries métallurgiques de Surat Thani. L'économie est un mystère.

Après l'arrivée à l'hôtel le groupe se dispersa, enfin je suppose; je n'avais pas très envie de déjeuner avec les autres; j'en avais un peu marre, des autres. Je tirai les rideaux et m'allongeai. Curieusement je m'endormis tout de suite, et je rêvai d'une Beurette qui dansait dans le métro. Elle n'avait pas les traits d'Aïcha, du moins je ne crois pas. Elle se tenait au pilier central, comme les filles dans les *go-go bars*. Ses seins étaient recouverts d'un bandeau de coton minuscule, qu'elle relevait progressivement. Avec un sourire, elle les libéra tout à fait; ils étaient gonflés, ronds et bruns, magnifiques. Elle lécha ensuite ses doigts et se caressa les mamelons. Puis elle posa une main sur mon pantalon, fit coulisser la braguette et sortit mon sexe, qu'elle commença à branler. Les gens passaient autour de nous, descendaient à leurs stations. Elle se mit à quatre pattes sur le sol, releva sa minijupe; elle ne portait rien en dessous. Sa vulve était accueillante, entourée de poils très noirs, comme un cadeau; je commençai à la pénétrer. La rame était à demi pleine, mais personne ne faisait attention à nous. Tout cela ne pouvait en aucun cas se produire. C'était un rêve de famine, le rêve ridicule d'un homme déjà âgé.

Je me réveillai vers cinq heures, constatai que les draps étaient largement tachés de sperme. Une *pollution nocturne*... c'était attendrissant. Je constatai aussi, à ma vive surprise, que je bandais encore ; ça devait être le climat. Un cafard reposait, allongé sur le dos, au milieu de la table de nuit ; on distinguait nettement le détail de ses pattes. Celui-là n'avait plus de soucis à se faire, comme aurait dit mon père. Mon père, pour sa part, était mort fin 2000 ; il avait bien fait. Son existence se trouvait ainsi entièrement incluse dans le XXᵉ siècle, dont il constituait un élément hideusement significatif. Moi-même je survivais, dans un état moyen. J'étais dans la quarantaine, enfin *dans le début de la quarantaine*, je n'avais après tout que quarante ans ; j'étais à peu près à mi-course. Le décès de mon père me laissait une certaine liberté ; je n'avais pas dit mon dernier mot.

Situé sur la côte est de Koh Samui, l'hôtel évoquait parfaitement l'image du *paradis tropical* tel qu'on le représente dans les dépliants d'agence. Les collines, alentour, étaient recouvertes d'une jungle épaisse. Les bâtiments bas, entourés de feuillages, s'étageaient en gradins jusqu'à une immense piscine ovale, avec un jacuzzi à chaque extrémité. On pouvait nager jusqu'au bar, situé sur une île au centre de la piscine. Quelques mètres plus bas il y avait une plage de sable blanc, et la mer. Je jetai un regard réservé sur l'environnement ; de loin je reconnus Lionel, qui s'ébrouait entre les vagues comme un dauphin handicapé. Puis je rebroussai chemin, rejoignant le bar par une mince passerelle qui surplombait la piscine. Avec une décontraction étudiée, je pris connaissance de la carte des cocktails ; la *happy hour* venait de commencer.

Je venais d'opter pour un *Singapore Sling* lorsque Babette fit son apparition. « Eh bien, fis-je, eh bien... » Elle portait un deux-pièces très couvrant, short moulant et bandeau large, dans une harmonie de bleu clair et de bleu foncé. Le tissu semblait d'une finesse exceptionnelle ; c'était un maillot de bain qui ne devait prendre toute sa valeur qu'une fois mouillé. « Vous ne vous baignez pas ? demanda-t-elle. – Meuh… » fis-je. Léa apparut à son tour, plus classiquement sexy, en une-pièce de vinyle rouge vif, zippé de fermetures éclair noires qui s'ouvraient sur la peau (l'une d'entre elles, qui traversait son sein gauche, laissait apparaître un mamelon) et largement échancré en bas. Elle m'adressa un signe de tête avant de rejoindre Babette au bord de l'eau ; lorsqu'elle se retourna, je pus me rendre compte qu'elle avait des fesses parfaites. Elles s'étaient méfiées de moi au départ ; mais depuis que je leur avais adressé la parole sur le ferry elles avaient conclu que j'étais un être humain inoffensif, et relativement distrayant. Elles avaient raison : c'était à peu près ça.

Elles plongèrent avec ensemble. Je tournai la tête pour mater un peu. À la table voisine, il y avait un sosie de Robert Hue. Une fois mouillé, le maillot de Babette était en effet spectaculaire : on distinguait parfaitement les mamelons et la raie des fesses ; on apercevait même la légère surépaisseur des poils pubiens, bien qu'elle ait opté pour une coupe assez courte. Pendant ce temps des gens travaillaient, produisaient des denrées utiles ; ou inutiles, parfois. Ils produisaient. Qu'avais-je produit, moi-même, pendant mes quarante années d'existence ? À vrai dire, pas grand-chose. J'avais organisé des informations, facilité leur consultation et leur transport ; parfois aussi, j'avais procédé à des transferts d'argent (sur une échelle modeste : je m'étais contenté de payer des factures en général peu élevées). En un mot, j'avais travaillé dans le *tertiaire*. Des gens comme moi, on aurait pu s'en passer. Mon inutilité était quand même moins flamboyante que celle de Babette et de Léa ;

parasite modeste, je ne m'étais pas *éclaté dans mon job*, ni n'avais éprouvé nul besoin de le feindre.

À la nuit tombée je retournai dans le hall de l'hôtel, où je croisai Lionel ; il était couvert de coups de soleil, et ravi de sa journée. Il s'était beaucoup baigné ; un endroit pareil, il n'aurait pas osé en rêver. « J'ai dû pas mal économiser pour m'offrir le voyage, dit-il ; mais je ne regrette rien. » Il s'assit sur le bord d'un fauteuil ; il repensait à sa vie quotidienne. Il travaillait à Gaz de France, dans le secteur sud-est de la banlieue parisienne ; il vivait à Juvisy. Souvent il devait intervenir chez des gens très pauvres, des petits vieux dont l'installation n'était pas aux normes. Il était obligé de leur couper le gaz s'ils n'avaient pas les moyens de payer les modifications nécessaires. « Il y a des gens qui vivent dans des conditions… dit-il, on n'imagine pas.

» On voit des drôles de choses, parfois… » poursuivit-il en hochant la tête. Lui-même, ça allait. Son quartier n'était pas terrible, il était même franchement dangereux. « Il y a des endroits qu'il vaut mieux éviter », dit-il encore. Mais enfin, dans l'ensemble, ça allait. « On est en vacances », conclut-il avant de se diriger vers la salle à manger. Je ramassai quelques brochures d'information et partis les lire dans ma chambre. Je n'avais toujours pas envie de dîner avec les autres. C'est dans le rapport à autrui qu'on prend conscience de soi ; c'est bien ce qui rend le rapport à autrui insupportable.

J'avais appris de Léa que Koh Samui n'était pas seulement un paradis tropical, mais aussi un endroit plutôt *hype*. À chaque nuit de pleine lune, dans la petite île voisine de Koh Lanta, se déroulait une *rave* gigantesque ; des gens venaient d'Australie ou d'Allemagne pour y participer. « Un peu comme à Goa… émis-je. – Bien mieux qu'à Goa », trancha-t-elle. Goa était complètement *tombée*; pour avoir une *rave* possible il fallait maintenant aller à Koh Samui, ou à Lombok.

Je n'en demandais pas tant. Tout ce que je voulais pour l'instant c'était un honnête *body massage*, suivi d'une pipe et d'une bonne baise. Rien de compliqué, en apparence; pourtant, en parcourant les brochures, je m'aperçus avec une tristesse croissante que ça ne semblait pas du tout être la spécialité de l'endroit. Il y avait beaucoup de choses du genre acupuncture, massage aux huiles aromatiques essentielles, nourriture végétarienne ou tai-chi-chuan; mais de *body massages* ou de *go-go bars*, point. Tout semblait en outre baigner dans une ambiance péniblement américaine, voire californienne, axée sur la *healthy life* et les *meditation activities*. Je parcourus la lettre d'un lecteur de *What's on Samui*, Guy Hopkins; il se définissait lui-même comme un *health addict*, et revenait régulièrement dans l'île depuis une vingtaine d'années. «*The aura that backpackers spread on the island is unlikely to be erased quickly by upmarket tourists*», concluait-il; c'était décourageant. Je ne pouvais même pas partir à l'aventure, puisque l'hôtel était loin de tout; à vrai dire tout était loin de tout, puisqu'il n'y avait rien. La carte de l'île ne révélait aucun centre perceptible: quelques résidences de bungalows comme la nôtre, au bord de plages tranquilles. Je me souvins alors avec effroi que l'île était décrite de manière très élogieuse dans le *Guide du Routard*. Ici, on avait su éviter certaines dérives; j'étais fait comme un rat. J'éprouvais quand même une satisfaction vague, légèrement théorique, à l'idée que je me sentais en état de baiser. Je repris avec résignation *La Firme*, sautai deux cents pages, revins en arrière de cinquante; par hasard, je tombai sur une scène de cul. L'intrigue avait passablement évolué: Tom Cruise se trouvait maintenant dans les îles Caïmans, en train de mettre au point je ne sais quel dispositif d'évasion fiscale – ou de le dénoncer, ce n'était pas clair. Quoi qu'il en soit il faisait la connaissance d'une splendide métisse, et la fille n'avait pas froid aux yeux. « Mitch entendit un bruit sec et vit la jupe glisser jusqu'aux chevilles d'Eilene, découvrant un string retenu par deux cordelettes. » Je défis la fermeture éclair de ma braguette. Ensuite intervenait un passage bizarre, psychologiquement peu compréhensible : « Va-t'en, lui soufflait une voix intérieure. Jette la bouteille de bière dans l'océan et la jupe sur le sable. Prends tes jambes à ton cou et cours jusqu'à l'appartement. Va-t'en ! » Heureusement, Eilene ne l'entendait pas de cette oreille : « Avec des gestes très lents, elle passa la main derrière son dos pour dégrafer le haut de son bikini qui glissa, découvrant ses seins, qui paraissaient encore plus pleins dans leur nudité. – Voulez-vous me tenir ça ? demanda-t-elle en lui tendant l'étoffe douce et blanche, aussi légère qu'une plume. » Je me branlais avec sérieux, essayant de visualiser des métisses vêtues de maillots de bain minuscules, la nuit. J'éjaculai avec un soupir de satisfaction entre deux pages. Ça allait coller ; bon, ce n'était pas un livre à lire deux fois.

Au matin, la plage était déserte. Je me baignai juste après le petit déjeuner ; l'atmosphère était tiède. Le soleil allait bientôt commencer son ascension dans le ciel, augmentant les risques de cancer de la peau chez les individus de race blanche. Je comptais rester à peu près le temps nécessaire pour permettre aux femmes de ménage de faire ma chambre, puis rentrer m'allonger sous les draps et brancher la clim à fond ; j'envisageais avec le plus grand calme cette *journée libre*.

Tom Cruise, de son côté, n'arrêtait pas de se faire du souci avec cette histoire de métisse ; il envisageait même de raconter l'incident à sa femme (qui, et c'était tout le problème, ne se contentait pas d'être aimée ; elle voulait demeurer la plus sexy, la plus désirable de toutes les femmes). L'imbécile se comportait exactement comme si l'avenir de son mariage était en jeu. « Si elle gardait son sang-froid et demeurait magnanime, il lui dirait qu'il regrettait, qu'il regrettait profondément, et promettrait de ne jamais recommencer. Si au contraire elle éclatait en sanglots il implorerait son pardon – à genoux s'il le fallait – et jurerait sur la Bible de ne plus jamais recommencer. » De toute évidence, ça revenait à peu près au même ; mais les remords permanents du héros, malgré leur manque d'intérêt, finissaient par interférer avec l'histoire – qui était tout de même grave : on avait des mafieux très méchants, le FBI, peut-être également des Russes. On en était d'abord agacé, puis, pour finir, réellement indisposé.

Je fis une tentative avec mon autre best-seller américain, *Total Control*, de David G. Balducci ; mais c'était encore pire. Le héros n'était pas cette fois un avocat mais un jeune informaticien surdoué, il travaillait cent dix heures par semaine. Sa femme, par contre, était avocate et travaillait quatre-vingt-dix heures par semaine ; ils avaient un enfant. Le rôle des méchants était cette fois tenu par une société « européenne », qui se livrait à des manœuvres frauduleuses afin de s'approprier un marché. Ce marché aurait normalement dû revenir à l'entreprise américaine où travaillait le héros. Lors d'une conversation avec les méchants de la société européenne, ceux-ci allumaient « sans la moindre gêne » plusieurs cigarettes ; l'atmosphère en était littéralement empuantie, mais le héros parvenait à tenir bon. Je fis un petit trou dans le sable afin d'y enfouir les deux ouvrages ; le problème était maintenant qu'il fallait que je trouve quelque chose à lire. Vivre sans lecture c'est dangereux, il faut se contenter de la vie, ça peut amener à prendre des risques. À l'âge de quatorze ans, une après-midi où le brouillard était particulièrement dense, je m'étais égaré à ski ; j'avais été conduit à traverser des couloirs d'avalanche. Je me souvenais surtout des nuages plombés, très bas, du silence absolu de la montagne. Je savais que ces masses de neige pouvaient se détacher d'un seul coup, sur un mouvement brusque de ma part ou même sans raison apparente, par l'effet d'un minime réchauffement de température ou d'un souffle de vent. Je serais emporté dans leur chute, précipité sur plusieurs centaines de mètres, jusqu'en bas des barres rocheuses ; je mourrais alors, probablement sur le coup. Pourtant, je n'avais absolument pas peur. J'étais ennuyé que les choses se déroulent de cette façon, ennuyé pour moi-même et pour les autres. J'aurais préféré une mort mieux préparée, en quelque sorte plus officielle, avec une maladie, une cérémonie et des larmes. Je regrettais surtout, à vrai dire, de ne pas avoir connu le corps de la femme. Pendant les mois d'hiver, mon père louait le premier étage de sa maison ; cette année, c'était un couple d'architectes. Leur fille, Sylvie, avait quatorze ans aussi ; elle semblait attirée par moi, du moins elle recherchait ma présence. Elle était menue, gracieuse, ses cheveux étaient noirs et bouclés. Est-ce que son sexe était, lui aussi, noir et bouclé ? Voilà les pensées qui me venaient à l'esprit, alors que je cheminais péniblement à flanc de montagne. Souvent, depuis, je me suis interrogé sur cette particularité : en présence du danger, même de la mort proche, je ne ressens aucune émotion particulière, aucune décharge d'adrénaline. Ces sensations qui attirent les « sportifs de l'extrême », je les chercherais pour ma part en vain. Je ne suis nullement courageux, et je fuis le danger autant que possible ; mais, le cas échéant, je l'accueille avec la placidité d'un bœuf. Il ne faut sans doute y chercher aucune signification, c'est juste une affaire technique, une question de dosage d'hormones ; d'autres êtres humains, apparemment semblables à moi, n'éprouvent paraît-il aucune émotion en présence du corps de la femme, qui me plongeait à l'époque, qui me plonge encore parfois dans des transes impossibles à dominer. Dans la plupart des circonstances de ma vie, j'ai été à peu près aussi libre qu'un aspirateur.

Le soleil commençait à chauffer. Je m'aperçus que Babette et Léa étaient arrivées à la plage ; elles s'étaient installées à une dizaine de mètres de moi. Aujourd'hui elles étaient seins nus, et vêtues très simplement, à l'identique, d'un bas de maillot blanc brésilien. Elles avaient apparemment rencontré des garçons, mais je ne pensais pas qu'elles allaient coucher avec eux : les types étaient pas mal, plutôt musclés, mais pas très bien non plus ; un peu moyens, en somme.

Je me levai et pris mes affaires ; Babette avait posé son *Elle* à côté de son drap de bain. Je jetai un regard du côté de la mer : elles se baignaient, plaisantaient avec les garçons. Je me baissai rapidement et fourrai le magazine dans mon sac ; puis je continuai le long de la plage.

La mer était calme ; la vue portait loin vers l'est. De l'autre côté il devait y avoir le Cambodge, ou peut-être le Vietnam. On distinguait un yacht, à mi-distance de l'horizon ; peut-être certains milliardaires passaient-ils leur temps ainsi, à sillonner les mers du monde ; c'était une vie à la fois monotone et romanesque.

Valérie s'approchait, elle longeait la limite des eaux, s'amusant de temps à autre à faire un pas de côté pour éviter une vague plus forte. Je me redressai vivement sur mes coudes, prenant conscience avec douleur qu'elle avait un corps splendide, très attirant dans son deux-pièces plutôt sage ; ses seins remplissaient parfaitement le soutien-gorge du maillot. Je fis un petit signe de la main, croyant qu'elle ne m'avait pas aperçu, mais en fait elle avait déjà obliqué dans ma direction ; ce n'est pas facile de prendre les femmes en défaut.

« Vous lisez *Elle* ? demanda-t-elle un peu surprise, un peu goguenarde.

— Euh... fis-je.

— Je peux ? », elle s'installa à mes côtés. Avec aisance, en habituée, elle survola le magazine : un coup d'œil sur les pages mode, un autre sur les pages du début. *Elle* a envie de lire, *Elle* a envie de sortir...

« Vous êtes retourné dans un salon de massage, hier soir ? demanda-t-elle en me jetant un regard de côté.

— Euh... non. Je n'ai pas trouvé. »

Elle hocha brièvement la tête, se replongea dans la lecture du dossier de fond : *Êtes-vous programmée pour l'aimer longtemps ?*

« Qu'est-ce que ça donne ? demandai-je après un temps de silence.

— Je n'ai pas d'amoureux », répondit-elle sobrement. Cette fille me déstabilisait complètement.

« Je ne comprends pas très bien ce journal, poursuivit-elle sans s'interrompre. Ça ne parle que de la mode, des *nouvelles tendances* : ce qu'il faut aller voir, ce qu'il faut lire, les causes pour lesquelles on doit militer, les nouveaux sujets de conversation... Les lectrices ne peuvent pas porter les mêmes vêtements que ces mannequins, et pourquoi s'intéresseraient-elles aux nouvelles tendances ? Ce sont en général des femmes plutôt âgées.

— Vous croyez ?

— J'en suis sûre. Ma mère le lit.

— Peut-être que les journalistes parlent de ce qui les intéresse, pas de ce qui intéresse les lectrices.

— Économiquement, ça ne devrait pas être viable ; normalement, les choses sont faites pour satisfaire les goûts du client.

— Peut-être que ça satisfait les goûts du client. » Elle réfléchit, répondit : « Peut-être… » avec hésitation.

« Vous croyez, insistai-je, que quand vous aurez soixante ans vous ne vous intéresserez plus aux nouvelles tendances ?

— J'espère bien que non… » fit-elle avec sincérité.

J'allumai une cigarette. « Si je reste, il va falloir que je mette de la crème… commentai-je avec mélancolie. – On va se baigner ! Vous mettrez de la crème après. » En un instant elle fut sur ses pieds, me tira vers le rivage.

Elle nageait bien. Personnellement, je ne peux pas dire que je nage ; je fais vaguement la planche, je me fatigue vite. « Vous vous fatiguez vite, dit-elle. C'est parce que vous fumez trop. Il faut faire du sport. Je vais m'occuper de vous !… » Elle me tordit le biceps. Oh non, pensai-je, non. Elle finit par se calmer et par retourner se faire dorer au soleil, après s'être vigoureusement frictionné la tête. Elle était jolie, comme ça, avec ses longs cheveux noirs ébouriffés. Elle n'enlevait pas son soutien-gorge, c'était dommage ; j'aurais bien aimé qu'elle enlève son soutien-gorge. J'aurais bien aimé voir ses seins, là, maintenant.

Elle surprit mon regard vers sa poitrine, eut un rapide sourire. « Michel… » dit-elle après un léger silence. Je sursautai à l'emploi de mon prénom. « Pourquoi est-ce que vous vous sentez si vieux ? » demanda-t-elle en me regardant droit dans les yeux.

C'était une bonne question ; je suffoquai légèrement. « Vous n'êtes pas forcé de répondre tout de suite… dit-elle gentiment. J'ai un livre pour vous », poursuivit-elle en le sortant de son sac. Je reconnus avec surprise la couverture jaune du Masque, et un titre d'Agatha Christie, *Le Vallon*.

« Agatha Christie ? fis-je avec hébétude.

— Lisez quand même. Je pense que ça va vous intéresser. »

Je hochai la tête comme un abruti. « Vous n'allez pas déjeuner ? demanda-t-elle au bout d'une minute. Il est déjà une heure.

— Non... Non, je ne crois pas.

— Vous n'aimez pas tellement la vie de groupe ? »

Il était inutile de répondre ; je souris. Nous avons ramassé nos affaires, nous sommes partis ensemble. Sur le chemin nous avons croisé Lionel, qui errait un peu comme une âme en peine ; il nous fit un signe aimable, mais il avait déjà l'air de s'amuser beaucoup moins. Ce n'est pas sans raison que les hommes seuls sont si rares dans les clubs de vacances. On les observe, tendus, à la limite des activités de divertissement. Le plus souvent ils rebroussent chemin ; parfois ils se lancent, ils participent. Je quittai Valérie devant les tables du restaurant.

Dans chaque nouvelle de Sherlock Holmes, on reconnaissait, bien sûr, les traits caractéristiques du personnage ; mais, aussi, l'auteur ne manquait jamais d'introduire un trait nouveau (la cocaïne, le violon, l'existence du frère aîné Mycroft, le goût pour l'opéra italien... certains services jadis rendus à des familles régnantes européennes... la première affaire résolue par Sherlock, lorsqu'il était encore adolescent). À chaque nouveau détail révélé il se dessinait de nouvelles zones d'ombre, et on finissait par obtenir un personnage réellement fascinant : Conan Doyle avait réussi à élaborer un mélange parfait entre le *plaisir de la découverte* et le *plaisir de la reconnaissance*. Il m'avait toujours semblé qu'Agatha Christie, au contraire, donnait trop de place au plaisir de la reconnaissance. Dans ses descriptions initiales de Poirot elle avait tendance à se limiter à quelques phrases type, limitées aux caractéristiques les plus évidentes du personnage (son goût maniaque pour la symétrie, ses bottines vernies, le soin qu'il apportait à ses moustaches) ; dans ses ouvrages les plus médiocres on avait même l'impression que ces phrases de présentation étaient recopiées telles quelles, d'un livre à l'autre.

L'intérêt du *Vallon*, cela dit, était ailleurs. Il ne se situait même pas dans l'ambitieux personnage d'Henrietta, le sculpteur, à travers laquelle Agatha Christie avait cherché à représenter, non seulement les tourments de la création (la scène où elle détruisait une de ses statues, juste après l'avoir difficilement achevée, parce qu'elle sentait qu'il manquait *quelque chose*), mais la souffrance spécifique qui s'attache au fait d'être artiste : cette incapacité à être *vraiment* heureuse ou malheureuse ; à ressentir *vraiment* la haine, le désespoir, l'exultation ou l'amour ; cette espèce de filtre esthétique qui s'interposait, sans rémission possible, entre l'artiste et le monde. La romancière avait mis beaucoup d'elle-même dans ce personnage, et sa sincérité était évidente. Malheureusement l'artiste, mis en quelque sorte à part du monde, n'éprouvant les choses que de manière double, ambiguë, et par conséquent moins violente, en devenait par là même un personnage moins intéressant.

Foncièrement conservatrice, hostile à toute idée de répartition sociale des richesses, Agatha Christie avait pris, tout au long de sa carrière romanesque, des positions idéologiques très tranchées. Cet engagement théorique radical lui permettait, en pratique, de se montrer souvent assez cruelle dans la description de cette aristocratie anglaise dont elle défendait les privilèges. Lady Angkatell était un personnage burlesque, à la limite du vraisemblable, et parfois presque effrayant. La romancière était fascinée par sa créature, qui avait oublié jusqu'aux règles qui s'appliquent aux êtres humains ordinaires ; elle devait s'être beaucoup amusée à écrire des phrases comme : « C'est tellement difficile de faire *vraiment* connaissance quand on a un meurtre à la maison » ; mais ce n'était certainement pas à Lady Angkatell qu'allait sa sympathie. Elle traçait par contre un portrait chaleureux de Midge, obligée de travailler comme vendeuse dans la semaine pour gagner sa vie, et passant ses week-ends au milieu de gens qui n'avaient pas la moindre idée de ce que représentait un *travail*. Courageuse, active, Midge aimait Edward d'un amour sans espoir. Edward, lui, se considérait comme un raté : il n'avait jamais rien pu faire de sa vie, *même pas devenir écrivain* ; il rédigeait de petites chroniques emplies d'une ironie désenchantée dans d'obscures revues de bibliophiles. Il avait par trois fois proposé le mariage à Henrietta, sans succès. Henrietta avait été la maîtresse de John, elle admirait sa personnalité rayonnante, sa force ; mais John était marié. Son assassinat bouleversait le subtil équilibre de désirs inassouvis qui reliait ces personnages : Edward comprenait enfin qu'Henrietta ne pourrait jamais vouloir de lui, qu'il n'était décidément pas à la hauteur de John ; pour autant il ne parvenait pas à se rapprocher de Midge, et sa vie semblait définitivement gâchée. C'est à partir de ce moment que *Le Vallon* devenait un livre émouvant, et étrange ; on était comme devant des eaux profondes, et qui bougent. Dans la scène où Midge sauvait Edward du suicide, et où il lui proposait de l'épouser, Agatha Christie avait atteint quelque chose de très beau, une sorte d'émerveillement à la Dickens.

Elle le serra dans ses bras. Il lui sourit :

« Tu es si chaude, Midge... si chaude... »

Oui, pensa Midge, c'est ça, le désespoir. Quelque chose de glacial, un froid et une solitude infinis. Elle n'avait jamais compris jusqu'à présent que le désespoir était froid ; elle l'avait toujours imaginé brûlant, véhément, violent. Mais non. Voilà ce que c'était, le désespoir : un abîme sans fond d'obscurité glacée, de solitude intolérable. Et le péché de désespoir, dont parlaient les prêtres, était un péché froid, qui consistait à se couper de tout contact humain, chaleureux et vivant.

Je terminai ma lecture vers vingt et une heures ; je me levai, marchai jusqu'à la fenêtre. La mer était calme, des myriades de petites taches lumineuses dansaient à sa surface ; un léger halo entourait le disque lunaire. Je savais que ce soir il y avait une *full moon rave party* à Koh Lanta ; Babette et Léa s'y rendraient sans doute, avec une bonne partie de la clientèle. C'est avec facilité qu'on renonce à la vie, qu'on met soi-même sa vie de côté. Au moment où la soirée s'organisait, où les taxis arrivaient à l'hôtel, où tout le monde commençait à s'agiter dans les couloirs, je ne ressentais rien d'autre qu'un soulagement triste.

10

Étroite bande de terre montagneuse qui sépare le golfe de Thaïlande de la mer d'Andaman, l'isthme de Kra est traversé dans sa partie nord par la frontière entre la Thaïlande et la Birmanie. Au niveau de Ranong, à l'extrême sud de la Birmanie, il ne mesure plus que vingt-deux kilomètres ; il s'élargit ensuite progressivement pour former la péninsule malaise.

Sur les centaines d'îles qui parsèment la mer d'Andaman, seules quelques-unes sont habitées, et aucune de celles qui appartiennent au territoire birman n'est exploitée par le tourisme. Les îles de la baie de Phang Nga, en territoire thaï, apportent par contre au pays 43 % de ses recettes touristiques annuelles. La plus importante est Phuket, où les *resorts* se sont développés dès le milieu des années 1980, pour l'essentiel avec des capitaux chinois et français (le Sud-Est asiatique a très vite été considéré comme un secteur clef de son expansion par le groupe Aurore). C'est sans doute dans le chapitre consacré à Phuket que le *Guide du Routard* atteint son plus haut degré de haine, d'élitisme vulgaire et de masochisme agressif. « Phuket, pour certains, annoncent-ils d'emblée, c'est l'île qui monte ; pour nous, elle est déjà sur la descente.

« Il faut bien qu'on y arrive, poursuivent-ils, à cette "perle de l'océan Indien"… On encensait encore Phuket il y a quelques années : soleil, plages de rêve, douceur de vivre. Au risque de faire désordre dans cette belle symphonie, on va vous avouer la vérité : Phuket, on n'aime plus ! *Patong Beach*, la plage la plus célèbre, s'est couverte de béton. Partout la clientèle se masculinise, les bars à hôtesses se multiplient, les sourires s'achètent. Quant aux bungalows pour routards, ils ont subi un lifting version "pelle mécanique" pour faire place à des hôtels pour Européens solitaires et bedonnants. »

Nous devions passer deux nuits à Patong Beach ; je m'installai avec confiance dans l'autocar, tout prêt à jouer mon rôle d'Européen solitaire et bedonnant. Le circuit se terminerait en acmé par un séjour libre de trois jours à Koh Phi Phi, une destination classiquement considérée comme paradisiaque. « Que dire de Koh Phi Phi ? se lamentait le guide de vacances, c'est un peu comme si on nous demandait de parler d'un amour déçu... On a envie d'en dire du bien, mais avec une grosse boule au fond de la gorge. » Pour le masochiste manipulateur, il ne suffit pas que lui-même soit malheureux ; il faut encore que les autres le soient. Après trente kilomètres, l'autocar s'arrêta pour faire de l'essence ; je jetai mon *Guide du Routard* dans la poubelle de la station-service. Le masochisme occidental, me dis-je. Deux kilomètres plus tard, je pris conscience que cette fois je n'avais vraiment plus rien à lire ; j'allais devoir affronter la fin du circuit sans le moindre texte imprimé pour faire écran. Je jetai un regard autour de moi, les battements de mon cœur s'étaient accélérés, le monde extérieur m'apparaissait d'un seul coup beaucoup plus proche. De l'autre côté du couloir, Valérie avait mis son siège en position inclinée ; elle semblait rêvasser ou dormir, son visage était tourné contre la vitre. Je tentai de suivre son exemple. À l'extérieur le paysage défilait, composé de végétaux divers. En désespoir de cause, j'empruntai à René son guide Michelin ; j'appris ainsi que les plantations d'hévéas et le latex jouaient un rôle capital dans l'économie de la région : la Thaïlande était le troisième producteur mondial de caoutchouc. Ces végétations confuses, donc, servaient à la fabrication des préservatifs, et des pneus ; l'ingéniosité humaine était vraiment remarquable. On pouvait critiquer l'homme à différents égards, mais c'est un point qu'on ne pouvait pas lui enlever : on avait décidément affaire à un mammifère *ingénieux*.

Depuis la soirée de la rivière Kwaï, la répartition des tables s'était opérée de manière définitive. Valérie ayant rejoint ce qu'elle appelait le « camp des beaufs », Josiane s'était repliée sur les naturopathes, avec qui elle partageait certaines valeurs – telles que les pratiques axées sur la sérénité. Au déjeuner, je pus ainsi assister de loin à une véritable *compétition de sérénité* entre Albert et Josiane, sous l'œil intéressé des écologistes – qui, vivant dans un trou perdu de la Franche-Comté, avaient évidemment accès à moins de pratiques. Babette et Léa, quoique franciliennes, n'avaient pas non plus grand-chose à dire, à part un « C'est super… » de temps en temps ; la sérénité n'était pour elles qu'un objectif à moyen terme. Au total on avait affaire à une table équilibrée, pourvue de deux *leaders naturels* de sexe différent, qui pouvaient développer une complicité active. De notre côté, les choses avaient plus de mal à décoller. Josette et René commentaient régulièrement le menu, ils s'étaient très bien habitués à la cuisine, Josette avait même l'intention de ramener certaines recettes. De temps en temps ils critiquaient l'autre table, qu'ils considéraient comme des *prétentieux* et des *poseurs* ; tout cela ne pouvait pas nous mener bien loin, et j'attendais généralement le dessert avec impatience.

Je rendis son guide Michelin à René ; il restait quatre heures de route avant Phuket. Au bar du restaurant, j'achetai une bouteille de Mékong. Je passai les quatre heures qui suivirent à lutter contre la honte qui m'empêchait de sortir la bouteille de mon sac pour me bourrer tranquillement la gueule ; finalement, la honte fut la plus forte. L'entrée du *Beach Resortel* était ornée d'une banderole BIENVENUE GROUPE POMPIERS DE CHAZAY. «Ah ça c'est marrant... commenta Josette, Chazay c'est là qu'habite ta sœur...» René ne se souvenait plus. «Si, si...» insista-t-elle. Avant de prendre la clef de ma chambre, j'eus encore le temps de l'entendre dire : «Finalement, la traversée de l'isthme de Kra, ça fait perdre une journée» ; et le pire est qu'elle avait raison. Je m'abattis sur le lit *king size* et me servis une longue rasade d'alcool ; puis une seconde.

Je me réveillai avec un mal de crâne atroce, et je vomis longuement dans la cuvette des W-C. Il était cinq heures du matin : trop tard pour les bars à hôtesses, trop tôt pour le petit déjeuner. Dans le tiroir de la table de nuit il y avait une bible en anglais, ainsi qu'un livre sur l'enseignement de Bouddha. «*Because of their ignorance,* y lus-je, *people are always thinking wrong thoughts and always losing the right viewpoint and, clinging to their egos, they take wrong actions. As a result, they become attached to a delusive existence.*» Je n'étais pas très sûr de comprendre, mais la dernière phrase illustrait à merveille mon état présent ; elle m'apporta un soulagement suffisant pour attendre l'heure du petit déjeuner. À la table voisine il y avait un groupe de Noirs américains gigantesques, on aurait dit une équipe de basket. Plus loin, une tablée de Chinois de Hong-Kong – reconnaissables à leur saleté, déjà difficilement supportable pour un Occidental, mais qui plongeait les serveurs thaïs dans un effarement à peine atténué par l'habitude. Contrairement aux Thaïs, qui se comportent en toute circonstance avec une propreté pointilleuse, voire chichiteuse, les Chinois mangent goulûment, rient très fort la bouche ouverte en projetant autour d'eux des parcelles de nourriture, crachent par terre, se mouchent entre leurs doigts – ils agissent en tout absolument comme des porcs. Pour ne rien arranger, ce sont des porcs nombreux.

Après quelques minutes de marche dans les rues de Patong Beach, je me rendis compte que tout ce que le monde civilisé avait pu produire en fait de touristes se trouvait réuni là, sur les deux kilomètres du front de mer. En quelques dizaines de mètres je croisai des Japonais, des Italiens, des Allemands, des Américains, sans compter quelques Scandinaves et Sud-Américains riches. « On est tous pareils, on cherche tous le soleil », comme me le disait la fille de l'agence de voyages. Je me comportai en client exemplaire, de type moyen : je louai une chaise longue avec matelas incorporé, un parasol, je consommai quelques Sprite ; je fis trempette avec modération. Les vagues étaient douces. Je rentrai à l'hôtel vers cinq heures, moyennement satisfait de ma journée libre, mais cependant décidé à continuer. *I was attached to a delusive existence*. Il me restait les bars à hôtesses ; avant de me diriger vers le quartier approprié, je flânai à la devanture des restaurants. Devant le *Royal Savoey Seafood*, j'aperçus un couple d'Américains qui fixaient un homard avec une attention exagérée. « Deux mammifères devant un crustacé », me dis-je. Un serveur les rejoignit, tout sourire, probablement pour vanter la fraîcheur du produit. « Ça fait trois », poursuivis-je machinalement. La foule se déversait continûment, composée de solitaires, de familles, de couples ; tout cela donnait une grande impression d'innocence.

Parfois, lorsqu'ils ont beaucoup bu, les seniors allemands se réunissent en groupe et entonnent des chansons lentes, d'une tristesse infinie. Ceci amuse beaucoup les serveurs thaïs, qui les entourent en poussant de petits cris.

Emboîtant le pas à trois quinquagénaires bonhommes, qui échangeaient avec vigueur des: «*Ach!*» et des «*Ja*», je me retrouvai sans l'avoir cherché dans la rue des bars à hôtesses. Des jeunes filles en jupe courte rivalisaient de roucoulements pour m'entraîner vers le *Blue Nights*, le *Naughty Girl*, le *Classroom*, le *Marilyn*, le *Venus*... J'optai finalement pour le *Naughty Girl*. Il n'y avait pas encore grand monde: une dizaine d'Occidentaux, seuls à leur table – surtout des Anglais et des Américains jeunes, entre vingt-cinq et trente ans. Sur la piste de danse, une dizaine de filles ondulaient lentement sur une sorte de rythme disco-rétro. Les unes étaient en bikini blanc, les autres avaient enlevé leur haut de maillot pour ne garder que le string. Elles avaient toutes autour de vingt ans, elles avaient toutes une peau d'un brun doré, un corps excitant et souple. Un vieil Allemand était attablé à ma gauche devant une Carlsberg: ventre imposant, barbe blanche, lunettes, il ressemblait assez à un professeur d'université à la retraite. Il fixait les jeunes corps qui bougeaient devant ses yeux, complètement hypnotisé; son immobilité était si prononcée qu'à un moment je le crus mort.

Plusieurs machines à fumée entrèrent en action, la musique changea pour être remplacée par un slow polynésien. Les filles quittèrent la scène pour être remplacées par une dizaine d'autres, vêtues de colliers de fleurs à la hauteur de la poitrine et de la taille. Elles tournaient doucement sur elles-mêmes, les colliers de fleurs faisaient apparaître tantôt les seins, tantôt la naissance des fesses. Le vieil Allemand fixait toujours la scène; à un moment il enleva ses lunettes pour les essuyer, ses yeux étaient humides. Il était au paradis.

À proprement parler, les filles ne racolaient pas ; mais on pouvait inviter l'une d'entre elles à prendre un verre, discuter un peu, éventuellement payer à l'établissement un *bar fee* de cinq cents bahts, et emmener la fille à l'hôtel après avoir négocié les prix. Pour la nuit complète, je crois que le tarif était de quatre ou cinq mille bahts – à peu près le salaire mensuel d'un ouvrier non qualifié en Thaïlande ; mais Phuket est une station chère. Le vieil Allemand fit un signe discret à l'une des filles qui attendait, toujours vêtue d'un string blanc, avant de remonter sur scène. Elle s'approcha aussitôt, s'installa familièrement entre ses cuisses. Ses jeunes seins ronds étaient à la hauteur du visage du vieillard, qui rougissait de plaisir. J'entendis qu'elle l'appelait : « Papa ». Je payai ma tequila citron et sortis, un peu gêné ; j'avais l'impression d'assister à une des dernières joies du vieil homme, c'était trop émouvant et trop intime.

Juste à côté du bar, je trouvai un restaurant de plein air où je m'assis pour manger une assiette de riz au crabe. Pratiquement toutes les tables étaient occupées par des couples composés d'un Occidental et d'une Thaïe – la plupart ressemblaient à des Californiens, à l'idée qu'on se fait des Californiens, en tout cas ils portaient des tongs. En réalité, il s'agissait peut-être d'Australiens – c'est facile à confondre ; quoi qu'il en soit ils avaient l'air sains, sportifs et bien nourris. Ils étaient l'avenir du monde. C'est à ce moment, en voyant tous ces Anglo-Saxons jeunes, irréprochables et pleins d'avenir, que je compris à quel point le tourisme sexuel était l'avenir du monde. À la table voisine, deux Thaïes d'une trentaine d'années, aux formes généreuses, papotaient avec animation ; elles faisaient face à deux jeunes Anglais aux crânes rasés, au look de bagnards postmodernes, qui avalaient difficilement leurs bières sans prononcer une parole. Un peu plus loin, deux gouines allemandes en salopette, assez boulottes, aux cheveux ras et rouges, s'étaient offert la compagnie d'une délicieuse adolescente aux longs cheveux noirs, au visage très pur, vêtue d'un sarong multicolore. Il y avait également deux Arabes isolés, à la nationalité indéfinissable – leur crâne était entouré de cette espèce de torchon de cuisine auquel on reconnaît Yasser Arafat dans ses apparitions télévisées. En résumé le monde riche ou demi-riche était là, il répondait présent à l'appel immuable et doux de la chatte asiatique. Le plus étrange était qu'on avait l'impression, au premier regard posé sur chaque couple, de savoir si, oui ou non, les choses allaient coller. Le plus souvent les filles s'ennuyaient, arboraient une mine boudeuse ou résignée, jetaient des regards de côté sur les autres tables. Mais certaines, le regard tourné vers leur compagnon dans une attitude d'attente amoureuse, restaient accrochées à leurs paroles, leur répondaient avec animation ; on pouvait alors imaginer que les choses aillent plus loin, qu'il se développe une amitié ou même une relation plus durable : je savais que les cas de mariage n'étaient pas rares, en particulier avec les Allemands.

Pour ma part, je n'avais pas trop envie d'engager la conversation avec une fille dans un bar ; trop axés sur la nature et le coût de la prestation sexuelle à venir, ces échanges sont en général décevants. Je préférais les salons de massage, où l'on commence par le sexe ; parfois une intimité se développe, parfois non. Dans certains cas on envisage une prolongation à l'hôtel, et c'est là qu'on s'aperçoit que la fille n'en a pas toujours envie : parfois elle est divorcée, elle a des enfants à faire garder ; c'est triste, et c'est bien. En terminant mon riz, je jetai les bases d'un film pornographique d'aventures intitulé *Le Salon de massage*.

Sirien, une jeune Thaïe du Nord, était tombée éperdument amoureuse de Bob, un étudiant américain qui avait échoué là par hasard après une soirée trop arrosée, entraîné par des compagnons de beuverie. Bob ne l'avait pas touchée, il s'était contenté de la regarder de ses beaux yeux bleu clair et de lui parler de son pays – la Caroline du Nord, ou quelque chose d'approchant. Ils se voyaient ensuite plusieurs fois en dehors du travail de Sirien, mais, malheureusement, Bob devait repartir pour achever sa dernière année d'études à l'université de Yale. Ellipse. Sirien attendait avec espoir tout en satisfaisant aux exigences de ses nombreux clients. Quoique pure dans son cœur, elle branlait et suçait avec ardeur des Français bedonnants et moustachus (second rôle pour Gérard Jugnot), des Allemands adipeux et chauves (second rôle pour un acteur allemand). Finalement Bob revenait, et tentait de la sortir de son enfer; mais la mafia chinoise ne l'entendait pas de cette oreille. Bob faisait intervenir l'ambassadeur des États-Unis et la présidente d'une association humanitaire opposée à la traite des jeunes filles (second rôle pour Jane Fonda). Compte tenu de la mafia chinoise (évocation des Triades) et de la complicité des généraux thaïs (dimension politique, appel aux valeurs de la démocratie), on pouvait s'attendre à des bagarres et des poursuites dans Bangkok. Au bout du compte, Bob l'emportait. Dans une scène quasi finale, Sirien faisait étalage de sa science sexuelle, pour la première fois avec sincérité. Toutes ces bites qu'elle avait sucées, humble employée de salon de massage, elle ne les avait sucées que dans l'attente et dans l'espérance de la bite de Bob, qui résumait toutes les autres – enfin, il faudrait voir au dialogue. Fondu enchaîné sur les deux fleuves (la Chao Phraya, le Delaware). Générique de fin. Pour l'exploitation européenne je prévoyais déjà une publicité particulière, un peu *genre* : « Vous avez aimé *Le Salon de musique* ; vous adorerez *Le Salon de massage.* » Enfin c'était flou tout ça, pour l'instant je manquais de partenaires. Je me levai après avoir payé, marchai cent cinquante mètres en évitant différentes propositions et me retrouvai devant le *Pussy Paradise*. Je poussai la porte et entrai. Trois mètres devant moi je reconnus Robert et Lionel, attablés devant des *Irish coffees*. Dans le fond, derrière une vitre, une cinquantaine de filles étaient assises sur des gradins, avec leurs macarons numérotés. Un serveur s'approcha de moi avec rapidité. Tournant la tête Lionel m'aperçut, une expression de honte envahit son visage. Robert se retourna à son tour, m'invita d'un geste lent à les rejoindre. Lionel se mordait les lèvres, il ne savait plus où se mettre. Le serveur prit ma commande. « Je suis de droite... dit Robert sans raison apparente ; mais attention... » Il agita l'index au-dessus de la table, comme pour me mettre en garde. Depuis le début du voyage, je l'avais noté, il s'imaginait que j'étais *de gauche*, et attendait l'occasion favorable pour entamer une conversation avec moi ; je n'avais aucune intention de me laisser prendre à ce petit jeu. J'allumai une cigarette ; il me toisa avec sévérité. « Le bonheur est chose délicate, prononça-t-il d'une voix sentencieuse ; il est difficile de le trouver en nous, et impossible de le trouver ailleurs. » Au bout de quelques secondes, il ajouta d'une voix sévère : « Chamfort. » Lionel le regardait avec admiration, il semblait complètement sous le charme. La phrase me paraissait discutable : en intervertissant « difficile » et « impossible », on se serait peut-être davantage rapproché de la réalité ; mais je ne souhaitais pas poursuivre le dialogue, il me paraissait impératif de revenir à une situation touristique normale. En plus je commençais à avoir envie de la 47, une petite Thaïe très mince, même un peu maigre, mais avec des lèvres épaisses, et l'air gentille; elle portait une minijupe rouge et des bas noirs. Conscient de la dispersion de mon attention, Robert se retourna vers Lionel. « Je crois à la vérité, dit-il d'une voix basse; je crois à la vérité et au principe de la preuve. » Écoutant distraitement, j'appris avec surprise qu'il était agrégé de mathématiques, et que dans sa jeunesse il avait été l'auteur de travaux prometteurs sur les groupes de Lie. Je réagis vivement à l'information : il y avait donc certains domaines, certains secteurs de l'intelligence humaine où il avait été le premier à percevoir nettement la vérité, à en acquérir une certitude absolue, démontrable. « Oui… en convint-il presque à regret. Naturellement, tout cela a été redémontré dans un cadre plus général. » Il avait ensuite enseigné, en particulier dans des classes préparatoires; c'est sans plaisir qu'il avait consacré les années de son âge mûr à faire bachoter des jeunes cons dont l'obsession était d'intégrer Polytechnique ou Centrale – et encore, pour les plus doués d'entre eux. « De toute façon, ajouta-t-il, je n'avais pas l'étoffe d'un mathématicien créateur. C'est donné à très peu. » Vers la fin des années 1970, il avait participé à une commission ministérielle sur la réforme de l'enseignement des mathématiques – une belle connerie, de son propre aveu. Aujourd'hui, il avait cinquante-trois ans; ayant pris sa retraite depuis trois ans, il se consacrait au tourisme sexuel. Il avait été marié trois fois. « Je suis raciste… dit-il gaiement. Je suis devenu raciste… Un des premiers effets du voyage, ajouta-t-il, consiste à renforcer ou à créer les préjugés raciaux; car comment imaginerait-on les autres avant de les connaître? Comme identiques à soi, cela va sans dire; ce n'est que peu à peu qu'on prend conscience que la réalité est légèrement différente. Quand il le peut, l'Occidental *travaille*; souvent son travail l'ennuie ou l'exaspère, mais il feint de s'y intéresser : on observe cela.

À l'âge de cinquante ans, las de l'enseignement, des mathématiques et de toutes choses, je décidai de découvrir le monde. Je venais de divorcer pour la troisième fois; sur le plan sexuel, je n'avais pas d'attente particulière. Mon premier voyage fut pour la Thaïlande; tout de suite après, je suis parti à Madagascar. Depuis, je n'ai plus jamais baisé avec une Blanche; je n'en ai même plus jamais éprouvé le désir. Croyez-moi, ajouta-t-il en posant une main ferme sur l'avant-bras de Lionel, la bonne chatte douce, docile, souple et musclée, vous ne la trouverez plus chez une Blanche; tout cela a complètement disparu. » La 47 s'aperçut que je la fixais avec insistance; elle me sourit et croisa les jambes très haut, découvrant un porte-jarretelles écarlate. Robert continuait d'exposer ses conceptions. « À l'époque où les Blancs se considéraient comme supérieurs, dit-il, le racisme n'était pas dangereux. Pour les colons, les missionnaires, les instituteurs laïques du XIXᵉ siècle, le Nègre était un gros animal pas très méchant, aux coutumes distrayantes, une sorte de singe un peu plus évolué. Dans le pire des cas on le considérait comme une bête de somme utile, déjà capable d'effectuer des tâches complexes; dans le meilleur des cas comme une âme fruste, mal dégrossie, mais capable par l'éducation de s'élever jusqu'à Dieu – ou jusqu'à la raison occidentale. De toute façon on voyait en lui un "frère inférieur", et pour un inférieur on n'éprouve pas de haine, tout au plus une bonhomie méprisante. Ce racisme bienveillant, presque humaniste, a complètement disparu. À partir du moment où les Blancs se sont mis à considérer les Noirs comme des *égaux*, il était clair qu'ils en viendraient tôt ou tard à les considérer comme *supérieurs*. La notion d'égalité n'a nul fondement chez l'homme », continua-t-il en dressant à nouveau l'index. Je crus un moment qu'il allait citer ses sources

– La Rochefoucauld, ou je ne sais qui – mais finalement non. Lionel plissa le front. «Les Blancs se considérant eux-mêmes comme inférieurs, poursuivit Robert, soucieux d'être compris, tout est prêt pour l'apparition d'un racisme de type nouveau, basé sur le masochisme : historiquement, c'est dans ces conditions qu'on en arrive à la violence, à la guerre interraciale et au massacre. Tous les antisémites, par exemple, s'accordent à attribuer aux Juifs une supériorité *d'un certain ordre* : si vous lisez les écrits antisémites de l'époque, vous serez frappé par le fait que le Juif est considéré comme plus intelligent, plus malin, qu'on lui prête des qualités spéciales dans le domaine de la finance – et, par ailleurs, de la solidarité communautaire. Résultat : six millions de morts.»

Je jetai un nouveau regard sur la 47 : c'est un moment excitant, l'attente, on aimerait la faire durer très longtemps ; mais il y a toujours le risque que la fille parte avec un autre client. Je fis un petit signe de la main en direction du serveur. «Je ne suis pas juif !» s'exclama Robert, croyant que je m'apprêtais à faire une objection. J'aurais pu, en effet, objecter différentes choses : après tout nous étions en Thaïlande, et les individus de race jaune n'ont jamais été considérés par les Blancs comme des «frères inférieurs», mais comme des êtres évolués, membres de civilisations différentes, complexes, éventuellement dangereuses ; j'aurais également pu faire remarquer que nous étions là pour baiser, et que ces discussions faisaient perdre du temps ; c'était là, au fond, mon objection principale. Le serveur s'approcha de notre table ; d'un geste rapide, Robert lui fit signe de renouveler les consommations. «*I need a girl*, prononçai-je d'une voix grêle, *the girl forty seven.*» Il tendit vers moi un visage inquiet et interrogatif ; un groupe de Chinois venait de s'installer à la table d'à côté, ils faisaient un bruit effroyable. «*The girl num-*

ber four seven ! » hurlai-je en détachant les syllabes. Cette fois il comprit, fit un large sourire et se dirigea vers un micro placé devant la vitre, où il articula quelques paroles. La fille se leva, descendit des gradins, se dirigea vers une sortie latérale en se lissant les cheveux. « Le racisme, continua Robert en me jetant un regard de côté, semble d'abord se caractériser par une antipathie accrue, une sensation de compétition plus violente entre mâles de race différente ; mais il a pour corollaire une augmentation du désir sexuel pour les femelles de l'autre race. Le véritable enjeu de la lutte raciale, articula Robert avec netteté, n'est ni économique ni culturel, il est biologique et brutal : c'est la compétition pour le vagin des jeunes femmes. » Je sentais qu'il n'allait pas tarder à embrayer sur le darwinisme ; à ce moment le serveur revint près de notre table, accompagné de la numéro 47. Robert leva les yeux vers elle, la considéra longuement. « Vous avez bien choisi… conclut-il sombrement, elle a l'air salope. » La fille sourit avec timidité. Je passai une main sous sa jupe et lui caressai les fesses, comme pour la protéger. Elle se blottit contre moi.

« C'est vrai que dans mon quartier, c'est plus les Blancs qui font la loi… intervint Lionel sans nécessité apparente.

— Exactement ! approuva Robert avec force. Vous avez peur, et vous avez raison d'avoir peur. Je prévois pour les années à venir une augmentation des violences raciales en Europe ; tout cela se terminera en guerre civile, dit-il en écumant légèrement ; tout cela se réglera à la Kalachnikov. » Il but d'un trait son cocktail ; Lionel commençait à le regarder avec un peu d'appréhension. « Je n'en ai plus rien à foutre ! ajouta-t-il en reposant son verre sur la table avec violence. Je suis un Occidental, mais je peux vivre où je veux, et pour l'instant c'est encore moi qui ai le fric. Je suis allé au Sénégal, au Kenya, en Tanzanie, en Côte-d'Ivoire. Les filles sont moins expertes que les Thaïes, c'est vrai, elles sont moins douces, mais elles sont bien cambrées, et elles ont une chatte odorante. » Quelques réminiscences le parcoururent sans doute à ce moment, il se tut d'un seul coup. «*What is your name?* en profitai-je pour demander à la numéro 47. – *I am Sin* », dit-elle. Les Chinois de la table voisine avaient fait leur choix, ils se dirigeaient vers les étages avec des gloussements et des rires ; un relatif silence revint. «Elles se mettent à quatre pattes, les petites négresses, elles présentent leur chatte et leur cul, poursuivit pensivement Robert ; et l'intérieur de leur chatte est tout rose… » ajouta-t-il dans un murmure. Je me levai à mon tour. Lionel me jeta un regard reconnaissant ; il était visiblement content que je parte en premier avec une fille, c'était moins gênant pour lui. Je hochai la tête en direction de Robert pour prendre congé. Son visage aux traits durs, crispé dans une grimace amère, parcourait la salle – et, au-delà, le genre humain – sans la moindre aménité. Il s'était exprimé, du moins il en avait eu l'occasion ; je sentais que j'allais l'oublier assez vite. Il m'apparut d'un seul coup comme un homme battu, fini ; j'avais l'impression qu'il n'avait même plus vraiment envie de faire l'amour à ces filles. On peut caractériser la vie comme un processus d'immobilisation, bien visible chez le bouledogue français – si frétillant dans sa jeunesse, si apathique dans son âge mûr. Chez Robert, le processus était déjà bien avancé ; il avait peut-être encore des érections, mais ce n'était même pas certain ; on peut toujours faire le malin, donner l'impression d'avoir compris quelque chose à la vie, toujours est-il que la vie se termine. Mon sort était similaire au sien, nous partagions la même défaite ; je ne ressentais pourtant aucune espèce de solidarité active. En l'absence d'amour, rien ne peut être sanctifié. Sous la peau des paupières, des taches lumineuses fusionnent; il y a des visions, et il y a des rêves. Tout cela ne concerne plus l'homme, qui attend la nuit; la nuit vient. Je payai deux mille bahts au serveur, qui me précéda jusqu'à la double porte menant aux étages. Sin me tenait par la main; elle allait, pendant une ou deux heures, essayer de me rendre heureux.

Il est évidemment très rare, dans un salon de massage, de tomber sur une fille qui a envie de faire l'amour. Aussitôt dans la chambre Sin s'agenouilla devant moi, baissa mon pantalon et mon slip, prit mon sexe entre ses lèvres. Je commençai à durcir aussitôt. Elle avança les lèvres, dégagea le gland à petits coups de langue. Je fermai les yeux, je fus parcouru d'un vertige, j'eus l'impression que j'allais venir dans sa bouche. Elle s'arrêta d'un seul coup, se déshabilla en souriant, plia ses vêtements et les plaça sur une chaise. «*Massage later…*» dit-elle en s'allongeant sur le lit; puis elle ouvrit les cuisses. J'étais déjà en elle, et j'allais et venais avec force, quand je m'aperçus que j'avais oublié de mettre un préservatif. D'après les rapports de Médecins du monde, un tiers des prostituées thaïes étaient séropositives. Je ne peux pourtant pas dire que je ressentis un frisson de terreur; j'étais juste légèrement ennuyé. Décidément, ces campagnes de prévention du sida avaient été un échec complet. Je débandais quand même un peu. «*Something wrong?* s'inquiéta-t-elle en se redressant sur ses coudes. – *Maybe… a condom*, dis-je avec embarras. – *No problem, no condom… I'm OK!*» lança-t-elle avec enjouement. Elle prit mes couilles dans le creux d'une main, passa la paume de son autre main sur ma bite. Je m'allongeai sur le dos, m'abandonnant à la caresse. Le mouvement de sa paume se fit plus rapide, je sentis à nouveau le sang affluer dans mon sexe. Après tout il y avait peut-être des contrôles médicaux, ou autre chose. Dès que je fus dressé elle vint sur moi et descendit d'un seul coup. Je croisai les mains derrière ses reins ; je me sentais invulnérable. Elle commença à bouger le bassin par petits coups, sa jouissance montait, j'écartai les cuisses pour la pénétrer plus à fond. Le plaisir était intense, presque enivrant, je respirais très lentement pour me retenir, je me sentais réconcilié. Elle s'allongea sur moi, frotta vivement son pubis contre le mien avec des petits cris de plaisir ; je remontai les mains pour lui caresser la nuque. Au moment de l'orgasme elle s'immobilisa, poussa un long râle, puis s'abattit contre ma poitrine. J'étais toujours en elle, je sentais sa chatte se contracter. Elle eut un deuxième orgasme, une contraction très profonde, venue de l'intérieur. Je la serrai involontairement dans mes bras et j'éjaculai dans un cri. Elle demeura immobile, la tête posée sur ma poitrine, pendant une dizaine de minutes ; puis elle se leva et me proposa de prendre une douche. Elle me sécha très délicatement, en me tapotant avec la serviette, comme on le fait avec un bébé. Je me rassis sur le canapé et lui proposai une cigarette. « We have time… dit-elle, we have a little time. » J'appris qu'elle avait trente-deux ans. Elle n'aimait pas son travail, mais son mari était parti, la laissant avec deux enfants. « Bad man, dit-elle ; Thaï men, bad men. » Je lui demandai si elle avait des amies parmi les autres filles. Pas tellement, répondit-elle ; la plupart des filles étaient jeunes et sans cervelle, elles dépensaient ce qu'elles gagnaient en vêtements et en parfums. Elle n'était pas comme ça, elle était sérieuse, elle mettait son argent à la banque. Dans quelques années elle pourrait arrêter, et retourner vivre dans son village ; ses parents étaient âgés maintenant, ils avaient besoin d'aide.

Au moment de partir, je lui donnai un pourboire de deux mille bahts ; c'était ridicule, c'était beaucoup trop. Elle prit les billets avec incrédulité, me salua plusieurs fois, les mains jointes à la hauteur de la poitrine. «*You good man*», dit-elle. Elle enfila sa minijupe et ses bas; il lui restait deux heures à faire avant la fermeture. Elle me raccompagna jusqu'à la porte, joignit encore une fois les mains. «*Take care*, dit-elle encore; *be happy.*» Je sortis dans la rue un peu pensif. Le lendemain matin le départ était fixé à huit heures, pour la dernière étape du voyage. Je me demandais comment Valérie avait passé sa journée libre.

11

« J'ai acheté des cadeaux pour ma famille, dit-elle. J'ai trouvé des coquillages splendides. » Le bateau filait sur des eaux turquoise, au milieu de falaises calcaires recouvertes d'une jungle épaisse ; c'était exactement comme ça que j'imaginais le décor de *L'Île au trésor*. « Il faut reconnaître, quand même, la nature, oui… » dis-je. Valérie tourna vers moi un visage attentif ; elle avait attaché ses cheveux en chignon, mais quelques boucles volaient dans le vent sur les côtés de son visage. « La nature, quand même, des fois… » poursuivis-je avec découragement. Il devrait y avoir des *cours de conversation*, comme il y a des cours de danses de salon ; je m'étais trop consacré à la comptabilité, sans doute, j'avais perdu le contact. « Vous vous rendez compte qu'on est le 31 décembre… » remarqua-t-elle sans se troubler. Je jetai un regard circulaire sur l'azur immuable, l'océan turquoise ; non, je ne me rendais pas vraiment compte. Il a fallu beaucoup de courage aux êtres humains pour coloniser les régions froides.

Sôn se leva pour s'adresser au groupe : « Nous maintenant approche Koh Phi Phi. Là je vous ai dit, pas possible aller. Vous mis maillot de bain pour aller ? Aller à pied, pas profond, marcher. Marcher dans eau. Pas valises, valises plus tard. » Le pilote doubla un cap, coupa le moteur, le bateau continua sur son élan jusqu'à une petite crique qui s'arrondissait au milieu des falaises couvertes de jungle. L'eau d'un vert transparent venait battre une plage au sable d'un blanc parfait, irréel. Au milieu de la forêt, avant les premières pentes, on distinguait des bungalows de bois, dressés sur des pilotis, aux toits recouverts de palmes. Il y eut un moment de silence dans le groupe. « Le paradis terrestre… » dit doucement Sylvie, la gorge nouée par une émotion réelle. C'était à peine exagéré. Elle n'était pas Ève, cela dit. Et moi, Adam, pas davantage.

Les membres du groupe se levèrent l'un après l'autre, enjambèrent la coque du bateau. J'aidai Josette à descendre jusqu'à son mari. Elle avait retroussé sa jupe jusqu'à la taille et avait un peu de mal à se soulever, mais elle était ravie, elle en éternuait d'enthousiasme. Je me retournai ; le marin thaï attendait, appuyé à sa rame, que tous les passagers soient descendus. Valérie avait les mains croisées sur ses genoux, elle me jeta un regard par en dessous, sourit avec gêne. « J'ai oublié de mettre mon maillot de bain… » dit-elle finalement. Je levai lentement les mains en signe d'incompétence. « Je peux y aller… » dis-je stupidement. Elle se mordit les lèvres d'agacement, se leva, ôta son pantalon d'un seul coup. Elle avait une culotte en dentelle, très fine, pas du tout conforme à l'esprit du circuit. Ses poils pubiens ressortaient sur les côtés, ils étaient plutôt fournis, très noirs. Je ne détournai pas la tête, c'eût été stupide, mais mon regard ne fut pas trop insistant, non plus. Je descendis sur la gauche du bateau, lui tendis le bras pour l'aider ; elle sauta du bateau à son tour. Nous avions de l'eau jusqu'à la taille.

Avant d'aller à la plage, Valérie regarda à nouveau les colliers de coquillages qu'elle destinait à ses nièces. Tout de suite après son diplôme, son frère avait obtenu un emploi d'ingénieur de recherches chez Elf. Après quelques mois de formation interne, il était parti au Venezuela – sa première mission. Un an plus tard, il s'était marié avec une fille du pays. Valérie avait l'impression qu'il n'avait pas tellement eu d'expériences sexuelles auparavant ; en tout cas, il n'avait jamais ramené de fille à la maison. C'est souvent le cas chez les garçons qui font des études d'ingénieur ; ils n'ont pas le temps de sortir, d'avoir de petites amies. Leurs loisirs sont consacrés à des distractions sans conséquence, du genre jeux de rôle intelligents ou parties d'échecs sur Internet. Ils décrochent leur diplôme, trouvent leur premier emploi et découvrent tout en même temps : l'argent, les responsabilités professionnelles, le sexe ; lorsqu'ils sont nommés dans un pays tropical, il est rare qu'ils résistent. Bertrand avait épousé une femme très métissée, au corps superbe ; plusieurs fois, en vacances chez leurs parents, sur la plage de Saint-Quay-Portrieux, Valérie avait éprouvé une violente bouffée de désir pour sa belle-sœur. Elle avait du mal à imaginer son frère en train de faire l'amour. Pourtant ils avaient deux enfants maintenant, et semblaient former un couple heureux. Il n'était pas difficile d'acheter un cadeau à Juana : elle aimait les bijoux, et les pierres claires ressortaient magnifiquement sur sa peau brune. Par contre, elle n'avait rien trouvé pour Bertrand. Quand les hommes n'ont pas de vices, se dit-elle, il est bien difficile de deviner ce qui peut leur faire plaisir.

J'étais en train de feuilleter le *Phuket Weekly*, que j'avais trouvé dans un salon de l'hôtel, lorsque j'aperçus Valérie qui longeait la plage. Un peu plus loin, il y avait un groupe d'Allemands qui se baignaient nus. Elle eut un instant d'hésitation, puis se dirigea vers moi. Le soleil était éblouissant ; il était à peu près midi. D'une manière ou d'une autre, il fallait que je réussisse à jouer le jeu. Babette et Léa passèrent devant nous ; elles portaient des sacs en bandoulière, mais sinon elles aussi étaient complètement nues. J'enregistrai l'information sans réagir. Valérie, par contre, les suivit longuement des yeux, avec curiosité et sans gêne. Elles s'installèrent non loin des Allemands. « Je vais me baigner, je crois... dis-je. – J'irai plus tard... » répondit-elle. J'entrai dans l'eau sans le moindre effort. Elle était chaude, transparente, délicieusement calme ; de petits poissons argentés nageaient tout près de la surface. La pente était très douce, j'avais encore pied à cent mètres du rivage. Je sortis ma queue de mon slip de bain, fermai les yeux en visualisant le sexe de Valérie, tel que je l'avais aperçu ce matin, à demi découvert par sa culotte de dentelle. Je bandais, c'était déjà quelque chose ; ça pouvait constituer une motivation. Par ailleurs il faut vivre, et avoir des relations humaines ; j'étais trop tendu, en général, et depuis trop longtemps. J'aurais peut-être dû faire des activités le soir, du badminton, du chant choral ou autre chose. Les seules femmes dont je parvenais à me souvenir, c'était quand même celles avec qui j'avais baisé. Ce n'est pas rien, ça non plus ; on constitue des souvenirs pour être moins seul au moment de la mort. Je ne devais pas penser comme ça. « *Think positive*, me dis-je avec affolement, *think different*. » Je revins lentement vers le rivage en m'arrêtant toutes les dix brasses, respirant à fond pour me décontracter. La première chose dont je pris conscience en posant le pied sur le sable, c'est que Valérie avait enlevé son haut de maillot. Pour l'instant elle était couchée sur le ventre, mais elle allait se retourner, c'était aussi inéluctable qu'un mouvement planétaire. Où est-ce que j'en étais exactement ? Je m'assis sur mon drap de bain en me voûtant légèrement. « *Think diffe-*

rent », me répétai-je. J'avais déjà vu des seins, j'en avais caressé et léché; pourtant, cette fois encore, je fus sous le choc. Je me doutais déjà qu'elle avait des seins magnifiques; mais c'était encore pire que ce que j'avais pu imaginer. Je ne parvenais pas à détacher mon regard des mamelons, des aréoles; elle ne pouvait pas ignorer mon regard; pourtant elle se tut, pendant quelques secondes qui me parurent longues. Qu'est-ce qu'il y a, exactement, dans la tête des femmes? Elles acceptent si facilement les termes du jeu. Parfois, lorsqu'elles s'observent, nues, en pied, dans une glace, on distingue dans leur regard une sorte de réalisme, une évaluation froide de leurs propres capacités de séduction, qu'aucun homme ne parviendra jamais à atteindre. Je fus le premier à baisser les yeux.

Il s'écoula ensuite un laps de temps que je ne parvins pas à définir; le soleil était toujours vertical, la lumière extrêmement vive. Mon regard était fixé sur le sable, blanc et pulvérulent. « Michel... » dit-elle doucement. Je relevai la tête brusquement, comme frappé par un coup. Ses yeux très bruns plongèrent dans les miens. « Qu'est-ce que les Thaïes ont de plus que les Occidentales? » demanda-t-elle distinctement. Cette fois encore, je ne parvins pas à soutenir son regard; sa poitrine bougeait au rythme de sa respiration; les mamelons me paraissaient durcis. Là, à ce moment précis, j'avais envie de répondre: « Rien. » Puis une idée me vint; une idée pas très bonne.

« Il y a un article là-dessus, une sorte de publi-reportage... »; je lui tendis le *Phuket Weekly*. « *Find your longlife companion... Well educated Thaï ladies*, c'est ça? – Oui, plus loin il y a une interview. » Cham Sawanasee, souriant, costume noir et cravate sombre, répondait aux dix questions qu'on était en droit de se poser (« *Ten questions you could ask* ») sur le fonctionnement de l'agence Heart to Heart, qu'il dirigeait.

« *There seems to be,* notait Mr Sawanasee, *a near-perfect match between the Western men, who are unappreciated and get no respect in their own countries, and the Thaï women, who would be happy to find someone who simply does his job and hopes to come home to a pleasant family life after work. Most Western women do not want such a boring husband.*

« *One easy way to see this,* continuait-il, *is to look at any publication containing "personal" ads. The Western women want someone who looks a certain way, and who has certain "social skills", such as dancing and clever conversation, someone who is interesting and exciting and seductive. Now go to my catalogue, and look at what the girls say they want. It's all pretty simple, really. Over and over they state that they are happy to settle down* FOREVER *with a man who is willing to hold down a steady job and be a loving and understanding* HUSBAND *and* FATHER. *That will get you exactly nowhere with an American girl!*

« *As Western women,* concluait-il non sans culot, *do not appreciate men, as they do not value traditional family life, marriage is not the right thing for them to do. I'm helping modern Western women to avoid what they despise.* »

« Ça se tient, ce qu'il raconte… nota Valérie avec tristesse. Il y a un marché, c'est sûr… » Elle reposa le magazine et demeura songeuse. À ce moment Robert passa devant nous, il longeait la plage, les mains croisées derrière le dos, le regard sombre. Valérie se tourna brusquement pour regarder de l'autre côté.

« Je n'aime pas ce type… souffla-t-elle avec agacement.

— Il n'est pas bête… j'eus un geste assez indifférent.

— Il n'est pas bête, mais je ne l'aime pas. Il fait

son possible pour choquer les autres, pour se rendre antipathique ; je n'aime pas ça. Vous, au moins, vous essayez de vous adapter.

— Ah bon ? je lui jetai un regard surpris.

— Oui. Évidemment on sent que vous avez du mal, vous n'êtes pas fait pour ce type de vacances ; mais au moins vous faites un effort. Au fond, je crois que vous êtes un garçon plutôt gentil. »

À ce moment j'aurais pu, et j'aurais dû, la prendre dans mes bras, caresser ses seins, embrasser ses lèvres ; stupidement, je m'abstins. L'après-midi se prolongea, le soleil avançait au-dessus des palmiers ; nous prononcions des paroles insignifiantes.

Pour le dîner du réveillon Valérie avait mis une robe longue d'un tissu vert très fluide, légèrement transparent, avec un bustier qui dégageait largement ses seins. Après le dessert il y eut un orchestre sur la terrasse, avec un vieux chanteur bizarre qui nasillait des adaptations *slow-rock* de Bob Dylan. Babette et Léa s'étaient apparemment intégrées au groupe d'Allemands, j'entendais des exclamations qui venaient de leur côté. Josette et René dansaient tous les deux, tendrement enlacés, comme de gentils bidochons. La nuit était chaude ; des phalènes s'agglutinaient sur les lampions multicolores accrochés à la balustrade. Je me sentais oppressé, je buvais whisky sur whisky.

« Ce que disait ce type, l'interview dans le journal…

— Oui… Valérie leva les yeux vers moi ; nous étions assis côte à côte sur une banquette de rotin. Ses seins s'arrondissaient sous le bustier, comme offerts à l'intérieur de leurs petites coques. Elle s'était maquillée ; ses longs cheveux dénoués flottaient sur ses épaules.

— C'est surtout vrai pour les Américaines, je pense. Pour les Européennes, c'est moins net. »

Elle eut une moue dubitative, garda le silence. De toute évidence, j'aurais mieux fait de l'inviter à danser. Je bus un nouveau whisky, m'adossai à la banquette, pris une inspiration profonde.

Lorsque je me réveillai, la salle était quasi déserte. Le chanteur continuait à fredonner en thaï, mollement accompagné par le batteur; plus personne ne l'écoutait. Les Allemands avaient disparu, mais Babette et Léa étaient en grande conversation avec deux Italiens surgis d'on ne sait où. Valérie était partie. Il était trois heures du matin, heure locale; l'année 2001 venait de commencer. À Paris, le passage officiel ne se produirait que dans trois heures; il était exactement minuit à Téhéran, et cinq heures du matin à Tokyo. L'humanité sous ses différentes espèces entrait dans le troisième millénaire; en ce qui me concerne, j'avais plutôt raté mon entrée.

12

Je rentrai dans mon bungalow, aplati par la honte; dans le jardin, il y avait des rires. Au milieu de l'allée sablonneuse je tombai sur un petit crapaud gris, immobile. Il ne s'enfuyait pas, il n'avait aucun réflexe de défense. Tôt ou tard, quelqu'un allait marcher sur lui sans faire attention; sa colonne vertébrale se briserait, ses chairs écrasées se mêleraient au sable. Le marcheur sentirait quelque chose de mou sous sa semelle, émettrait un bref juron, s'essuierait en se frottant les pieds sur le sol. Je poussai le crapaud du pied: sans hâte, il avança vers la bordure. Je le poussai encore une fois: il regagna l'abri relatif de la pelouse; j'avais peut-être prolongé sa survie de quelques heures. Je me sentais dans une position à peine supérieure à la sienne: je n'avais pas grandi dans un cocon familial, ni dans quoi que ce soit d'autre qui aurait pu s'inquiéter de mon sort, me soutenir en cas de détresse, s'extasier devant mes aventures et mes succès. Je n'avais pas davantage fondé d'entité de cet ordre: j'étais célibataire, sans enfant; sur mon épaule, personne n'aurait eu l'idée de venir s'appuyer. Comme un animal, j'avais vécu et je mourrais seul. Pendant quelques minutes, je me vautrai dans une compassion sans objet.

D'un autre point de vue j'étais un bloc résistant, compact, d'une taille supérieure à la moyenne des espèces animales ; mon espérance de vie était analogue à celle d'un éléphant, ou d'un corbeau ; j'étais quelque chose de bien plus difficile à détruire qu'un petit batracien.

Les deux jours suivants, je restai terré dans mon bungalow. De temps en temps je sortais en rasant les murs, j'allais jusqu'au *minimarket* acheter des pistaches et des bouteilles de Mékong. Je ne pouvais pas envisager de croiser Valérie à nouveau, au buffet du déjeuner ou sur la plage. Il y a des choses qu'on peut faire, et d'autres qui paraissent trop difficiles. Peu à peu, tout devient trop difficile ; c'est à cela que se résume la vie.

Dans l'après-midi du 2 janvier, je trouvai sous ma porte le questionnaire de satisfaction Nouvelles Frontières. Je le remplis scrupuleusement, cochant en général les cases « Bien ». C'est vrai, en un sens, tout était bien. Mes vacances s'étaient déroulées de façon normale. Le circuit avait été *cool*, mais avec un parfum d'aventure ; il correspondait à son descriptif. Dans la rubrique « Observations personnelles », j'inscrivis le quatrain suivant :

Peu après le réveil, je me sens transporté
Dans un autre univers au précis quadrillage
Je connais bien la vie et ses modalités,
C'est comme un questionnaire où l'on cocherait des
[cases.

Au matin du 3 janvier, je préparai ma valise. En me voyant dans le bateau, Valérie étouffa une exclamation ; je détournai la tête. Sôn nous fit ses adieux à l'aéroport de Phuket ; nous étions en avance, l'avion ne partait que dans trois heures. Après les formalités d'enregistrement, j'errai dans le centre commercial. Bien que le hall de l'aéroport soit entièrement couvert, les boutiques affectaient la forme de huttes, avec des montants en teck et un toit de palmes. L'assortiment de produits mêlait les standards internationaux (foulards Hermès, parfums Yves Saint Laurent, sacs Vuitton) aux productions locales (coquillages, bibelots, cravates de soie thaïe); tous les articles étaient repérés par des codes-barres. En somme, les boutiques de l'aéroport constituaient encore un espace de vie nationale, mais de vie nationale sécurisée, affaiblie, pleinement adaptée aux standards de la consommation mondiale. Pour le voyageur en fin de parcours il s'agissait d'un espace intermédiaire, à la fois moins intéressant et moins effrayant que le reste du pays. J'avais l'intuition que, de plus en plus, l'ensemble du monde tendrait à ressembler à un aéroport.

Passant devant le *Coral Emporium*, j'eus soudain envie d'acheter un cadeau à Marie-Jeanne; après tout, je n'avais plus qu'elle au monde. Un collier, une broche? J'étais en train de fouiller dans un bac quand j'aperçus Valérie, à deux mètres de moi.

« J'essaie de choisir un collier... dis-je avec hésitation.

— Pour une brune ou une blonde? dans sa voix, il y avait une pointe d'amertume.

— Une blonde aux yeux bleus.

— Alors, il vaut mieux choisir un corail clair. »

Je tendis ma carte d'embarquement à la fille du comptoir. Au moment de payer je dis à Valérie, d'un ton assez piteux: « C'est pour une collègue de travail... » Elle me jeta un drôle de regard, comme si elle hésitait entre me gifler ou éclater de rire; mais elle m'accompagna sur quelques mètres à la sortie du magasin. La plupart des membres du groupe étaient assis sur des banquettes dans le hall, ils avaient apparemment terminé leurs achats. Je m'arrêtai, pris une longue inspiration, me retournai vers Valérie.

«On pourrait se revoir à Paris... dis-je finalement.

— Vous croyez ? » rétorqua-t-elle, cinglante.

Je ne répondis rien, je me contentai de la regarder de nouveau. À un moment donné, j'eus l'intention de dire : « Ce serait dommage... » ; mais je ne suis pas certain d'avoir prononcé ces paroles.

Valérie jeta un regard autour d'elle, aperçut Babette et Léa sur la banquette la plus proche, détourna la tête avec agacement. Puis elle tira un carnet de son sac, arracha une feuille, y inscrivit rapidement quelque chose. En me tendant la feuille elle essaya de parler, y renonça, se retourna et rejoignit le groupe. Je jetai un regard sur le bout de papier avant de le mettre dans ma poche : c'était un numéro de portable.

Deuxième partie

AVANTAGE CONCURRENTIEL

1

L'avion atterrit à Roissy à onze heures ; je fus un des premiers à récupérer ma valise. À midi et demi, j'étais chez moi. On était samedi ; je pouvais sortir faire des courses, acheter des bibelots pour mon intérieur, etc. La rue Mouffetard était balayée par un vent glacial, et rien ne semblait en valoir la peine. Des militants pour les droits des animaux vendaient des stickers jaunes. Après la période des fêtes, il y a toujours une légère décrue de la consommation alimentaire des ménages. J'achetai un poulet rôti, deux bouteilles de Graves et le dernier numéro de *Hot Video*. Cela constituait une option peu ambitieuse pour mon week-end ; je n'avais pas l'impression de mériter plus. Je dévorai la moitié du poulet, sa peau carbonisée et grasse, légèrement écœurante. Un peu après trois heures, je téléphonai à Valérie. Elle répondit à la deuxième sonnerie. Oui, elle était libre ce soir ; pour dîner, oui. Je pouvais passer la prendre à huit heures ; elle habitait avenue Reille, près du parc Montsouris.

Elle m'ouvrit vêtue d'un bas de jogging blanc et d'un tee-shirt court. « Je suis pas prête… » dit-elle en ramenant ses cheveux en arrière. Le mouvement fit remonter ses seins ; elle ne portait pas de soutien-gorge. Je posai les mains sur sa taille, approchai mon visage du sien. Elle ouvrit les lèvres, glissa tout de suite sa langue dans ma bouche. Je fus traversé par une excitation violente, à la limite de l'évanouissement, je me mis aussitôt à bander. Sans décoller son pubis du mien elle repoussa la porte palière, qui se referma avec un bruit mat.

La pièce, uniquement éclairée par une lampe de chevet, paraissait immense. Valérie me prit par la taille et me conduisit à tâtons jusqu'à sa chambre. Près du lit, elle m'embrassa à nouveau. Je remontai son tee-shirt pour lui caresser les seins ; elle chuchota quelque chose que je ne compris pas. Je m'agenouillai devant elle en faisant glisser son bas de jogging et sa culotte, puis je posai le visage sur son sexe. La fente était humide, ouverte, elle sentait bon. Elle poussa un gémissement et bascula sur le lit. Je me déshabillai très vite et entrai en elle. Mon sexe était chaud, traversé de vifs élancements de plaisir. « Valérie... dis-je, je vais pas pouvoir tenir très longtemps, je suis trop excité. » Elle m'attira vers elle et chuchota à mon oreille : « Viens... » À ce moment, je sentis les parois de sa chatte qui se refermaient sur mon sexe. J'eus l'impression de m'évanouir dans l'espace, seul mon sexe était vivant, parcouru par une onde de plaisir incroyablement violente. J'éjaculai longuement, à plusieurs reprises ; tout à fait à la fin, je me rendis compte que je hurlais. J'aurais pu mourir pour un moment comme ça.

Des poissons jaunes et bleus nageaient tout autour de moi. J'étais debout dans l'eau, en équilibre à quelques mètres de la surface éclairée par le soleil. Valérie était un peu plus loin, elle aussi debout dans l'eau, devant un récif de corail ; elle me tournait le dos. Nous étions nus tous les deux. Je savais que cet état d'apesanteur était dû à une modification de la densité des océans, mais j'étais surpris de parvenir à respirer. En quelques battements de mains, je la rejoignis. Le récif était constellé d'organismes phosphorescents, argentés, en forme d'étoile. Je posai une main sur ses seins, l'autre sur le bas de son ventre. Elle se cambra, ses fesses frottèrent contre mon sexe.

Je me réveillai dans la même position ; il faisait encore nuit. J'écartai doucement les cuisses de Valérie pour la pénétrer. En même temps, je mouillai mes doigts pour caresser son clitoris. Je compris qu'elle était réveillée quand elle se mit à gémir. Elle se souleva et s'agenouilla sur le lit. Je commençai à la pénétrer de plus en plus fort, je la sentais venir, elle respirait vite. Au moment de l'orgasme elle eut un soubresaut et poussa un cri déchirant ; puis elle resta immobile, comme anéantie. Je me retirai et m'allongeai à ses côtés. Elle se détendit et m'enlaça ; nous étions en sueur. « C'est agréable d'être réveillée par le plaisir... » dit-elle en posant une main sur ma poitrine.

Lorsque je m'éveillai à nouveau, le jour était levé ; j'étais seul dans le lit. Je me levai et traversai la chambre. L'autre pièce était effectivement très vaste, haute de plafond. Des bibliothèques couraient le long d'une mezzanine au-dessus du canapé. Valérie était sortie ; sur la table de la cuisine elle avait posé du pain, du fromage, du beurre, des confitures. Je me servis une tasse de café et retournai m'allonger. Elle revint dix minutes plus tard avec des croissants et des pains au chocolat, apporta un plateau dans la chambre. « Il fait vachement froid dehors... » dit-elle en se déshabillant. Je repensai à la Thaïlande.

« Valérie... dis-je avec hésitation, qu'est-ce que tu me trouves ? Je ne suis ni très beau, ni très amusant ; j'ai du mal à comprendre ce qu'il y a d'attirant en moi. » Elle me regarda sans rien dire ; elle était presque nue, elle n'avait gardé que sa culotte. « Je te pose la question sérieusement, insistai-je. Je suis là, un type usé, pas très liant, plutôt résigné à une vie ennuyeuse. Et puis tu viens vers moi, tu es amicale et affectueuse, et tu me donnes beaucoup de plaisir. Je ne comprends pas. Il me semble que tu cherches quelque chose en moi, qui ne s'y trouve pas. Tu vas être déçue, forcément. » Elle sourit, j'eus l'impression qu'elle hésitait à parler ; puis elle posa une main sur mes couilles, approcha son visage. Je me remis à bander aussitôt. Elle enroula la base de mon sexe avec une mèche de ses cheveux, puis commença à me branler du bout des doigts. « Je ne sais pas… murmura-t-elle sans s'interrompre. C'est agréable que tu ne sois pas sûr de toi. Je t'ai beaucoup désiré pendant ce voyage. C'était horrible, j'y pensais tous les jours. » Elle pressa plus fortement mes couilles, les enveloppant dans sa paume. De l'autre main elle prit un peu de confiture de framboises, qu'elle étala sur mon sexe ; puis elle commença à le lécher soigneusement, à grands coups de langue. Le plaisir montait de plus en plus, j'écartai les jambes dans un effort désespéré pour me retenir. Comme par jeu elle branla un peu plus vite, pressant ma bite contre sa bouche. Au moment où sa langue titilla le frein de mon gland, j'éjaculai violemment dans sa bouche demi-ouverte. Elle avala avec un petit grognement, puis entoura le bout de mon sexe de ses lèvres pour recueillir les dernières gouttes. Je fus envahi par un flot de détente incroyable, comme une vague qui s'insinuait dans chacune de mes veines. Elle retira sa bouche puis s'étendit à mes côtés, se lova contre moi.

« La nuit du 31 décembre, j'ai failli frapper à la porte de ta chambre ; finalement, je n'ai pas osé. J'étais persuadée qu'il ne se passerait plus rien entre nous ; le pire, c'est que je n'arrivais même pas à t'en vouloir. Les gens parlent beaucoup ensemble dans

les voyages organisés, mais ça reste une camarade-
rie factice, ils savent très bien qu'ils ne se reverront
jamais par la suite. C'est très rare qu'ils aient des
relations sexuelles.

— Tu crois ?

— Je le sais ; il y a eu des enquêtes là-dessus. C'est
même vrai pour les clubs de vacances. C'est un problème pour eux d'ailleurs, parce que c'était quand
même le seul intérêt de la formule. Depuis dix ans la
fréquentation décroît régulièrement, alors que les
tarifs ont tendance à baisser. La seule véritable expli-
cation, c'est que les rapports sexuels en période de
vacances sont devenus à peu près impossibles. Les
seules destinations qui s'en sortent un peu, c'est celles
qui ont une forte clientèle homosexuelle, comme Cor-
fou ou Ibiza.

— Tu es très informée sur la question… dis-je avec
surprise.

— C'est normal, je travaille dans le tourisme. Elle
sourit. Ça aussi, c'est une constante des voyages organisés : on parle très peu de sa vie professionnelle. C'est
une sorte de parenthèse ludique, entièrement axée sur
ce que les organisateurs appellent le « plaisir de la
découverte ». Tacitement, les participants s'accordent
à éviter les sujets sérieux, comme le travail ou le sexe.

— Tu travailles où ?

— Nouvelles Frontières.

— Alors, tu étais là à titre professionnel ? Pour
faire un rapport, quelque chose comme ça ?

— Non, j'étais vraiment en vacances. J'ai eu une
grosse réduction, bien sûr, mais j'ai pris sur mon
temps de vacances. Ça fait cinq ans que je travaille là-
bas, c'est la première fois que je pars avec eux. »

En préparant une salade de tomates à la mozza-
rella, Valérie me raconta sa vie professionnelle. En
mars 1990, trois mois avant le bac, elle commença

à se demander ce qu'elle allait faire de ses études – et, plus généralement, de sa vie. Après beaucoup de difficultés, son frère aîné avait réussi à intégrer l'école de géologie de Nancy; il venait d'obtenir son diplôme. Sa carrière d'ingénieur géologue se déroulerait probablement dans des exploitations minières, ou sur des plateformes pétrolières, en tout cas très loin de la France. Il avait le goût des voyages. Elle aussi avait le goût des voyages, enfin plus ou moins; finalement, elle décida de faire un BTS de tourisme. L'acharnement intellectuel nécessité par des études longues ne lui paraissait pas réellement conforme à sa nature.

C'était une erreur, elle ne tarda pas à s'en rendre compte. Le niveau de sa classe de BTS lui parut extrêmement bas, elle réussissait ses contrôles continus sans aucun effort, et pouvait raisonnablement s'attendre à obtenir son diplôme sans même y avoir pensé. Parallèlement, elle s'inscrivit à des cours qui lui permettraient d'avoir l'équivalence du DEUG «Lettres et sciences humaines». Une fois son BTS passé, elle s'inscrivit en maîtrise de sociologie. Là aussi, elle fut rapidement déçue. Le domaine était intéressant, il devait y avoir des découvertes à faire; mais les méthodes de travail proposées, les théories avancées lui paraissaient d'un simplisme ridicule: tout cela puait l'idéologie, l'imprécision et l'amateurisme. Elle arrêta en cours d'année, sans terminer ses certificats, et trouva un emploi d'agent de comptoir dans une succursale Kuoni à Rennes. Au bout de deux semaines, au moment où elle envisageait de louer un studio, elle en prit conscience: le piège s'était refermé; elle était désormais dans le monde du travail.

Elle était restée un an à l'agence Kuoni de Rennes, où elle s'était révélée une très bonne vendeuse. «Ce n'était pas difficile, dit-elle, il suffisait de faire un peu parler les clients, de s'intéresser à eux. C'est très rare, en fin de compte, les gens qui s'intéressent aux autres. » La direction lui avait alors proposé une place d'assistante-forfaitiste au siège parisien. Il s'agissait de participer à la conception des circuits, de prévoir l'itinéraire et les visites, de négocier les prix avec les hôteliers et les prestataires locaux. Là aussi, elle s'en était plutôt bien sortie. Six mois plus tard, elle répondit à une annonce Nouvelles Frontières qui proposait un poste du même ordre. C'est alors que sa carrière avait véritablement décollé. On l'avait mise en équipe avec Jean-Yves Frochot, un jeune diplômé d'HEC qui ne connaissait à peu près rien au tourisme. Tout de suite il l'avait beaucoup appréciée, lui avait fait confiance, et, bien qu'il soit théoriquement son chef, lui avait laissé une grande marge d'initiative.

« Ce qui est bien, avec Jean-Yves, c'est qu'il a eu de l'ambition à ma place. Chaque fois qu'il a fallu négocier une promotion ou une augmentation, c'est lui qui l'a fait. Maintenant, il est responsable produits pour le monde – c'est lui qui supervise la conception de l'ensemble des circuits ; et je suis toujours son assistante.

— Tu dois être bien payée.

— Quarante mille francs par mois. Enfin, maintenant, il faut compter en euros. Un peu plus de six mille euros. »

Je regardai Valérie avec surprise. « Je ne m'attendais pas à ça… dis-je.

— C'est parce que tu ne m'as jamais vue en tailleur.

— Tu as un tailleur ?

— Ça ne sert pas à grand-chose, je travaille presque uniquement par téléphone. Mais s'il le faut, oui, je peux me mettre en tailleur. J'ai même des porte-jarretelles. On essaiera une fois, si tu veux. »

C'est alors que je pris conscience, avec une incrédulité douce, que j'allais revoir Valérie, et que nous allions probablement être heureux. C'était trop imprévu, cette joie, j'avais envie de pleurer ; il fallait que je change de sujet.

« Il est comment, Jean-Yves ?

— Normal. Marié, deux enfants. Il travaille énormément, il emmène des dossiers le week-end. Enfin c'est un jeune cadre normal, plutôt intelligent, plutôt ambitieux ; mais il est sympa, pas du tout caractériel. Je m'entends bien avec lui.

— Je ne sais pas pourquoi, mais je suis content que tu sois riche. En fait ça n'a aucune importance, mais ça me fait plaisir.

— C'est vrai que j'ai réussi, j'ai un bon salaire ; mais je paie 40 % d'impôts, et j'ai un loyer de dix mille francs par mois. Je ne suis pas certaine de m'être si bien débrouillée que ça : si mes résultats baissent, ils n'hésiteront pas à me virer ; c'est arrivé à d'autres. Si j'avais des actions, là, oui, je serais vraiment devenue riche. Au départ, Nouvelles Frontières était surtout un *discounter* de vols secs. S'ils sont devenus le premier tour-opérateur français, c'est grâce à la conception et au rapport qualité-prix de leurs circuits ; en grande partie grâce à notre travail, à Jean-Yves et à moi. En dix ans, la valeur de l'entreprise a été multipliée par vingt ; comme Jacques Maillot détient toujours 30 % des parts, je peux dire qu'il a fait fortune grâce à moi.

— Tu l'as déjà rencontré ?

— Plusieurs fois ; je ne l'aime pas. En surface c'est un catho démagogue branché à la con, avec ses cravates bariolées et ses scooters ; mais en profondeur c'est un salaud hypocrite et impitoyable. Avant Noël, Jean-Yves a été contacté par un chasseur de têtes ; il a dû le rencontrer ces jours-ci, il doit en savoir plus, j'avais promis de l'appeler en rentrant.

— Appelle-le, alors, c'est important.

— Oui… » Elle avait l'air d'en douter un peu, l'évocation de Jacques Maillot l'avait assombrie. « Ma vie aussi, c'est important. En fait, j'ai encore envie de faire l'amour.

— Je ne sais pas si je vais réussir à bander tout de suite.

— Alors, lèche-moi. Ça va me faire du bien. »

Elle se leva, ôta sa culotte, s'installa confortablement dans le canapé. Je m'agenouillai devant elle, écartai largement ses lèvres, commençai à donner de petits coups de langue sur le clitoris. « Plus fort… » murmura-t-elle. Je mis un doigt dans son cul, approchai la bouche et embrassai le bouton, le malaxant entre mes lèvres. « Oh, oui… » fit-elle. J'augmentai encore la force de mes baisers. Elle jouit d'un seul coup, sans que je m'y attende, avec un grand frisson de tout le corps.

« Viens près de moi… » Je m'assis sur le canapé. Elle se pelotonna contre moi, posa sa tête sur mes cuisses. « Quand je t'ai demandé ce que les Thaïes avaient de plus que nous, tu ne m'as pas vraiment répondu ; tu m'as juste montré l'interview d'un directeur d'agence matrimoniale.

— Ce qu'il disait était vrai : il y a beaucoup d'hommes qui ont peur des femmes modernes, parce qu'ils veulent juste une gentille épouse qui tienne leur ménage et s'occupe de leurs enfants. Ça n'a pas disparu, en fait, mais c'est devenu impossible en Occident d'avouer ce genre de désirs ; c'est pour ça qu'ils épousent des Asiatiques.

— D'accord… » Elle réfléchit un instant. « Mais toi, tu n'es pas comme ça ; je vois bien que ça ne te dérange pas du tout que j'aie un poste de responsabilité, un salaire élevé ; je n'ai pas du tout l'impression que ça te fasse peur. Pourtant tu es quand même allé dans les salons de massage, alors que tu n'as pas essayé de me draguer. C'est ça que je ne comprends pas. Qu'est-ce qu'elles ont, les filles là-

141

bas ? Elles font vraiment l'amour mieux que nous ? »

Sa voix s'était légèrement altérée sur ces dernières paroles ; j'étais plutôt ému, je mis une minute avant de parvenir à lui répondre. « Valérie, dis-je finalement, je n'ai jamais rencontré personne qui me fasse l'amour aussi bien que toi ; ce que j'ai ressenti depuis hier soir est presque incroyable. » Je me tus un instant avant d'ajouter : « Tu ne peux pas t'en rendre compte, mais tu es une exception. C'est vraiment rare, maintenant, les femmes qui éprouvent du plaisir, et qui ont envie d'en donner. Séduire une femme qu'on ne connaît pas, baiser avec elle, c'est surtout devenu une source de vexations et de problèmes. Quand on considère les conversations fastidieuses qu'il faut subir pour amener une nana dans son lit, et que la fille s'avérera dans la plupart des cas une amante décevante, qui vous fera chier avec ses problèmes, vous parlera de ses anciens mecs – en vous donnant, au passage, l'impression de ne pas être tout à fait à la hauteur – et qu'il faudra impérativement passer avec elle au moins le reste de la nuit, on conçoit que les hommes puissent préférer s'éviter beaucoup de soucis en payant une petite somme. Dès qu'ils ont un peu d'âge et d'expérience, ils préfèrent éviter l'amour ; ils trouvent plus simple d'aller voir les putes. Enfin pas les putes en Occident, ça n'en vaut pas la peine, ce sont de vrais débris humains, et de toute façon pendant l'année ils n'ont pas le temps, ils travaillent trop. Donc, la plupart ne font rien ; et certains, de temps en temps, se paient un petit peu de tourisme sexuel. Et encore, ça, c'est dans le meilleur des cas : aller voir une pute, c'est encore maintenir un petit contact humain. Il y a aussi tous ceux qui trouvent plus simple de se branler sur Internet, ou en regardant des pornos. Une fois que la bite a craché son petit jet, on est bien tranquille.

— Je vois… dit-elle après un long silence. Je vois ce

que tu veux dire. Et tu ne penses pas que les hommes ou les femmes puissent changer ?

— Je ne pense pas que les choses puissent revenir en arrière, non. Ce qui va probablement se passer, c'est que les femmes deviendront de plus en plus semblables aux hommes ; pour l'instant, elles restent très attachées à la séduction ; alors que les hommes, au fond, s'en foutent de séduire, ils veulent surtout baiser. La séduction n'intéresse que quelques types qui n'ont pas vraiment de vie professionnelle excitante, ni d'autre source d'intérêt dans la vie. À mesure que les femmes s'attacheront davantage à leur vie professionnelle, à leurs projets personnels, elles trouveront plus simple, elles aussi, de payer pour baiser ; et elles se tourneront vers le tourisme sexuel. Les femmes peuvent s'adapter aux valeurs masculines ; elles ont parfois du mal, mais elles peuvent le faire, l'histoire l'a prouvé.

— Donc, en général, c'est plutôt mal parti.

— Très mal parti... confirmai-je avec une satisfaction sombre.

— Donc, on a eu de la chance.

— J'ai eu de la chance de te rencontrer, oui.

— Moi aussi... dit-elle en me regardant dans les yeux. Moi aussi, j'ai eu de la chance. Les hommes que je connais c'est vraiment une catastrophe, il n'y en a plus aucun qui croie aux rapports amoureux ; alors ils vous font tout un cinéma sur l'amitié, la complicité, bref tous ces trucs qui n'engagent à rien. J'en suis arrivée à un point où je n'arrive même plus à supporter le mot d'*amitié*, ça me rend carrément malade. Ou alors il y a l'autre cas, ceux qui se marient, qui se casent le plus tôt possible, et qui ne pensent plus qu'à leur carrière. Tu n'étais pas dans ce cas-là, évidemment ; mais j'ai tout de suite su, aussi, que tu ne me parlerais jamais d'*amitié*, que tu ne serais pas vulgaire à ce point. J'ai tout de suite espéré qu'on coucherait ensemble, et qu'il se passerait quelque chose de fort ; mais il pouvait aussi ne rien se passer, c'était même le plus probable. » Elle s'interrompit, eut un soupir d'agacement. « Bon... fit-elle avec résignation, je vais quand même appeler Jean-Yves. »

Je m'habillai dans la chambre pendant qu'elle passait son coup de fil. « Oui, très bonnes vacances... » entendis-je. Un peu plus tard, elle s'exclama : « Combien ?... » Quand je revins dans la pièce elle tenait le combiné à la main, et paraissait songeuse ; elle ne s'était pas encore rhabillée.

« Jean-Yves a vu le type du cabinet de recrutement, dit-elle ; on lui propose cent vingt mille francs par mois. Ils sont prêts à m'engager aussi ; d'après lui, ils peuvent monter jusqu'à quatre-vingt mille. Il a rendez-vous demain matin pour discuter du poste.

— C'est pour travailler où ?

— À la division loisirs du groupe Aurore.

— C'est une entreprise importante ?

— Plutôt, oui ; c'est le premier groupe hôtelier mondial. »

2

*Comprendre le comportement du consommateur
afin de pouvoir le cerner, lui proposer le bon produit au bon moment, mais surtout le convaincre
que le produit qui lui est proposé est adapté à ses
besoins : voilà ce dont rêvent toutes les entreprises.*

Jean-Louis BARMA,
À quoi rêvent les entreprises

Jean-Yves se réveilla à cinq heures du matin, jeta
un regard à sa femme qui dormait encore. Ils
avaient passé un week-end infect chez ses parents
– sa femme ne supportait pas la campagne. Nicolas, son fils de dix ans, détestait lui aussi le Loiret,
où il ne pouvait pas emmener son ordinateur ; et il
n'aimait pas ses grands-parents, il trouvait qu'ils
sentaient mauvais. C'est vrai que son père baissait,
il se négligeait de plus en plus, et ne s'intéressait
plus guère qu'à ses lapins. Le seul élément supportable de ces week-ends c'était sa fille, Angélique : à
trois ans, elle était encore capable de s'extasier
devant les vaches et les poules ; mais en ce moment
elle était malade, elle avait passé une grande partie
de ses nuits à pleurer et à gémir. Une fois rentrés,
après trois heures d'embouteillage, Audrey avait
décidé de sortir avec des amis. Il s'était préparé des

surgelés en regardant un film américain médiocre qui racontait l'histoire d'un *serial killer* autiste – le scénario s'inspirait paraît-il d'un fait divers réel, l'homme avait été le premier malade mental exécuté dans le Nebraska depuis plus de soixante ans. Son fils n'avait pas voulu dîner, il s'était aussitôt lancé dans une partie de *Total Annihilation* – ou peut-être de *Mortal Kombat II*, il les confondait. De temps en temps, il allait dans la chambre de sa fille pour essayer de calmer ses hurlements. Elle s'était endormie vers une heure ; Audrey n'était pas encore rentrée.

Elle avait fini par rentrer, songea-t-il en se préparant un café avec la machine à espresso ; cette fois-ci tout du moins. Le cabinet d'avocats pour lequel elle travaillait avait *Libération* et *Le Monde* parmi ses clients ; elle s'était mise à fréquenter un milieu de journalistes, de présentateurs de télévision, d'hommes politiques. Ils sortaient beaucoup, parfois dans des endroits bizarres – une fois, en feuilletant un de ses livres, il était tombé sur la carte d'un bar fétichiste. Jean-Yves soupçonnait qu'elle devait coucher avec un type de temps à autre ; en tout cas, ils ne couchaient plus ensemble. Curieusement, de son côté, il n'avait pas d'aventures. Il savait pourtant qu'il était beau, d'un type blond aux yeux bleus plus courant chez les Américains ; mais il n'avait pas vraiment envie de profiter des occasions qui auraient pu se présenter – de toute façon assez rares, il travaillait douze à quatorze heures par jour, et à son niveau de responsabilité on ne rencontrait plus tellement de femmes. Bien sûr, il y avait Valérie ; mais il n'avait jamais songé à la considérer autrement que comme une collègue. C'était assez curieux, d'ailleurs, de voir les choses sous ce nouvel angle ; mais il savait que c'était une rêverie sans conséquence : ça faisait cinq ans qu'il travaillait avec Valérie, et dans ce domaine les choses se font tout de suite – ou elles ne se font jamais. Il avait beaucoup d'estime pour Valérie, sa capacité d'organisation surprenante, sa mémoire sans failles ; il savait que, sans elle, il ne serait pas parvenu à ce niveau – pas si vite. Et, aujourd'hui, il allait peut-être franchir une étape décisive. Il se brossa les dents, se rasa avec soin avant de choisir un complet plutôt strict. Puis il poussa la porte de la chambre de sa fille : elle dormait, toute blonde comme lui, dans son pyjama orné de poussins.

Il se rendit à pied jusqu'au Gymnase-Club République, qui ouvrait à sept heures ; ils habitaient rue du Faubourg-du-Temple, un quartier plutôt branché qu'il détestait. Son rendez-vous au siège du groupe Aurore n'était qu'à dix heures. Pour une fois, Audrey pourrait s'occuper d'habiller les enfants et de les conduire à l'école. Il savait que ce soir en rentrant il aurait le droit à une demi-heure de reproches ; en avançant sur le trottoir humide, parmi les cartons vides et les épluchures, il prit conscience qu'il s'en foutait. Il prit également conscience, pour la première fois aussi nettement, que son mariage avait été une erreur. Ce type de prise de conscience, il le savait, précède en moyenne le divorce de deux à trois ans – ce n'est jamais une décision facile à prendre.

Le grand black à l'accueil lui lança un « La forme, chef ? » pas très convaincant. Il lui tendit sa carte d'abonnement, prit une serviette en acquiesçant. Lorsqu'il avait rencontré Audrey, il n'avait que vingt-trois ans. Deux ans plus tard ils s'étaient mariés, en partie – mais en partie seulement – parce qu'elle était enceinte. Elle était jolie, élégante, elle s'habillait bien – et elle savait être sexy à l'occasion. En plus, elle avait des idées. Le développement en France de procédures judiciaires à l'américaine ne lui paraissait pas une régression, mais au contraire un progrès vers davantage de protection des citoyens et des libertés individuelles. Elle était capable de développer d'assez longues argumentations sur ce thème, elle revenait d'un stage aux États-Unis. En résumé, elle l'avait bluffé. C'était curieux, se dit-il, comme il avait toujours eu besoin d'être impressionné intellectuellement par les femmes.

Il fit d'abord une demi-heure de Stairmaster à différents niveaux, puis une vingtaine de longueurs de piscine. Dans le sauna, désert à cette heure, il commença à se détendre – et en profita pour passer en revue ce qu'il savait du groupe Aurore. La société Novotel-SIEH avait été fondée fin 1966 par Gérard Pélisson et Paul Dubrule – un centralien et un autodidacte – uniquement grâce à des capitaux empruntés à de la famille et des amis. En août 1967, le premier Novotel ouvrait ses portes à Lille ; il possédait déjà les caractéristiques qui devaient forger l'identité de la chaîne : standardisation poussée des chambres, situation à la périphérie des villes – plus précisément sur le tracé de l'autoroute, à la hauteur de la dernière sortie avant l'agglomération, niveau de confort élevé pour l'époque – Novotel fut une des premières chaînes à proposer systématiquement des salles de bains. Le succès auprès de la clientèle d'affaires fut immédiat : en 1972, la chaîne comptait déjà trente-cinq hôtels. Se succédèrent ensuite la création d'Ibis en 1973, la reprise en 1975 de Mercure, en 1981 de Sofitel. Parallèlement, le groupe entamait une diversification prudente dans la restauration – rachat de la chaîne Courtepaille et du groupe Jacques Borel International, très bien implanté dans la restauration collective et le secteur du ticket-restaurant. En 1983, la société changea de nom pour se transformer en groupe Aurore. Puis, en 1985, ce fut la création des Formule 1 – les premiers hôtels sans aucun personnel, et un des plus grands succès dans l'histoire de l'hôtellerie. Déjà bien implantée en Afrique et au Moyen-Orient, la société prit pied en Asie et créa son propre centre de formation – l'académie Aurore. En 1990, l'acquisition de Motel 6, avec ses six cent cinquante établissements répartis sur le territoire américain, hissa le groupe au premier rang mondial ; elle fut suivie en 1991 d'une OPA réussie sur le groupe Wagons Lits. Ces acquisitions coûtèrent cher, et en 1993 Aurore traversa une crise : l'endettement était jugé beaucoup trop élevé par les actionnaires, le rachat de la chaîne Méridien échoua. Grâce à la cession de quelques actifs et au redressement d'Europcar, de Lenôtre et de la Société des Casinos Lucien Barrière, la situation fut redressée dès l'exercice 1995. En janvier 1997, Paul Dubrule et Gérard Pélisson quittèrent la présidence du groupe, qu'ils confièrent à Jean-Luc Espitalier, un énarque au parcours qualifié d'« atypique » par les magazines économiques. Ils restèrent cependant membres du conseil de surveillance. La transition se passa bien, et fin 2000 le groupe avait renforcé son statut de leader mondial, consolidant encore son avance sur Mariott et Hyatt – respectivement numéro deux et numéro trois. Dans les dix premières chaînes hôtelières mondiales, on comptait neuf chaînes américaines et une chaîne française – le groupe Aurore.

Jean-Yves gara sa voiture à neuf heures et demie sur le parking du siège du groupe, à Évry. Il fit quelques pas pour se détendre, dans l'air glacial, en attendant l'heure du rendez-vous. À dix heures précises, il fut introduit dans le bureau de Éric Leguen, le vice-président exécutif hôtellerie, membre du directoire. Centralien et diplômé de Stanford, l'homme avait quarante-cinq ans. Grand, costaud, les cheveux blonds, les yeux bleus, il ressemblait un peu à Jean-Yves – avec dix ans de plus, et quelque chose de plus affirmé dans l'attitude.

« Le président Espitalier va vous recevoir dans un quart d'heure, commença-t-il. En attendant, je vais vous expliquer pourquoi vous êtes là. Il y a deux mois, nous avons racheté la chaîne Eldorador au groupe Jet Tours. C'est une petite chaîne d'une dizaine d'hôtels-clubs de plage répartis dans le Maghreb, en Afrique noire et aux Antilles.

— Elle est déficitaire, je crois.

— Pas plus que l'ensemble du secteur. » Il sourit brusquement. « Enfin, si, un peu plus que l'ensemble du secteur. Pour ne rien vous cacher, le prix de l'acquisition était raisonnable ; mais il n'était pas dérisoire, il y avait d'autres groupes sur les rangs : il y a encore pas mal de gens dans la profession qui pensent que le marché va repartir. C'est vrai que, pour l'instant, le Club Méditerranée est le seul à tirer son épingle du jeu ; tout à fait confidentiellement, nous avions d'ailleurs songé à une OPA sur le Club. Mais la proie était un peu grosse, l'actionnariat n'aurait pas suivi. Et puis ça n'aurait pas été très amical avec Philippe Bourguignon, qui est un de nos anciens employés… » Il eut cette fois un sourire un peu faux, comme s'il voulait indiquer qu'il s'agissait peut-être – mais pas certainement – d'une plaisanterie.

« Bref, reprit-il, ce que nous vous proposons, c'est de reprendre la direction de l'ensemble des clubs Eldorador. Votre objectif, naturellement, serait de revenir assez vite à l'équilibre, puis de dégager des bénéfices.

— Ce n'est pas une tâche facile.

— Nous en sommes conscients ; nous pensons que le niveau de rémunération proposé est suffisamment attractif. Sans parler des possibilités de carrière au sein du groupe, qui sont immenses : nous sommes présents dans cent quarante-deux pays, nous employons plus de cent trente mille personnes. Par ailleurs, la plupart de nos cadres supérieurs deviennent assez rapidement actionnaires du groupe :

c'est un système auquel nous croyons, je vous ai préparé une note là-dessus, avec quelques exemples chiffrés.

— Il faudra aussi que je dispose d'informations plus précises sur la situation des hôtels de la chaîne.

— Bien entendu ; je vous remettrai un dossier détaillé tout à l'heure. Ce n'est pas un achat purement tactique, nous croyons aux possibilités de la structure : l'implantation géographique des établissements est bonne, leur état général excellent – il y a très peu de travaux d'aménagement à prévoir. Du moins, c'est ce qu'il me semble ; mais je n'ai pas d'expérience dans le domaine de l'hôtellerie de loisirs. Nous travaillerons évidemment en concertation ; mais, sur toutes ces questions, ce sera à vous de décider. Si vous souhaitez vous séparer d'un établissement, ou faire l'acquisition d'un autre, c'est à vous qu'appartiendra la décision finale. C'est ainsi que nous travaillons, chez Aurore. »

Il réfléchit un moment avant de poursuivre : « Naturellement, vous n'êtes pas là par hasard. Votre parcours au sein de Nouvelles Frontières a été suivi très attentivement par la profession ; on peut même dire que vous avez fait école. Vous n'avez pas cherché systématiquement à proposer le prix le plus bas, ni les meilleures prestations ; à chaque fois, vous avez collé de très près au niveau de prix acceptable par la clientèle pour un certain niveau de prestations ; c'est exactement la philosophie que nous poursuivons, dans chacune des chaînes du groupe. Et, ce qui est très important également, vous avez participé à la création d'une marque, dotée d'une image forte ; cela, nous n'avons pas toujours su le faire, chez Aurore. »

Le téléphone sonna sur le bureau de Leguen. La conversation fut très brève. Il se leva, conduisit Jean-Yves le long d'un couloir dallé de beige. Le bureau de Jean-Luc Espitalier était immense, il devait faire au moins vingt mètres de côté ; la partie gauche était occupée par une table de conférences entourée d'une quinzaine de chaises. Espitalier se leva à leur approche, les accueillit avec un sourire. C'était un petit homme assez jeune – sûrement pas plus de quarante-cinq ans – au front légèrement dégarni, à l'apparence bizarrement modeste, presque effacée, comme s'il souhaitait aborder avec ironie l'importance de sa fonction. Il ne fallait probablement pas s'y fier, songea Jean-Yves ; les énarques sont souvent comme ça, ils développent une apparence d'humour qui s'avère trompeuse. Ils s'installèrent sur des fauteuils autour d'une table basse devant son bureau. Espitalier le regarda longuement, avec son curieux sourire timide, avant de prendre la parole.

« J'ai beaucoup d'admiration pour Jacques Maillot, dit-il finalement. Il a construit une très belle entreprise, très originale, avec une vraie culture. Ce n'est pas fréquent. Cela dit – et je ne veux pas jouer à l'oiseau de mauvais augure – je pense que les tour-opérateurs français doivent se préparer à aborder une période extrêmement rude. De manière imminente – c'est devenu inévitable, à mon avis ce n'est plus qu'une question de mois – les tour-opérateurs britanniques et allemands vont débarquer sur le marché. Ils disposent d'une puissance financière deux à trois fois plus forte, et ils proposent des circuits de 20 à 30 % moins chers pour un niveau de prestations comparable ou supérieur. La concurrence sera dure, extrêmement dure. Pour parler clairement, il y aura des morts. Je ne veux pas dire que Nouvelles Frontières en fera partie ; c'est un groupe qui a une identité très forte, un actionnariat soudé, il peut résister. Mais, de toute façon, les années à venir seront difficiles pour tout le monde.

« Chez Aurore, nous n'avons pas du tout le même problème, poursuivit-il après un léger soupir. Nous

152

sommes le leader mondial incontesté dans le domaine de l'hôtellerie d'affaires, qui est un marché peu fluctuant ; mais nous restons peu implantés dans le secteur de l'hôtellerie de loisirs, qui est plus volatil, plus sensible aux fluctuations économiques ou politiques.

— Justement, intervint Jean-Yves, je suis assez surpris par votre acquisition. Je pensais que votre axe de développement prioritaire restait l'hôtellerie d'affaires, en particulier en Asie.

— Ça reste notre axe prioritaire, répondit calmement Espitalier. Rien qu'en Chine, par exemple, les possibilités sont extraordinaires dans le domaine de l'hôtellerie économique. Nous avons l'expérience, nous avons le savoir-faire : imaginez des concepts comme Ibis et Formule 1, déclinés à l'échelle du pays. Cela dit... comment vous expliquer ? » Il réfléchit un moment, regarda le plafond, la table de conférences à sa droite, avant de fixer à nouveau son regard sur Jean-Yves. « Aurore est un groupe discret, finit-il par dire. Paul Dubrule répétait souvent que le seul secret de la réussite sur un marché, c'est d'arriver à temps. À temps, ça veut dire pas trop tôt : il est rare que les véritables innovateurs tirent un profit maximum de leur invention – c'est l'histoire d'Apple contre Microsoft. Mais ça veut dire aussi, évidemment, ne pas arriver trop tard. Et c'est là que notre discrétion nous a servis. Si vous vous développez dans l'ombre, sans faire de vagues, lorsque vos concurrents se réveillent et songent à venir sur votre créneau, il est trop tard : vous avez complètement verrouillé votre territoire, vous avez acquis un avantage concurrentiel décisif. Notre niveau de notoriété n'est pas à la hauteur de notre importance réelle ; en grande partie, il s'est agi d'un choix.

« Ce temps est révolu, poursuivit-il après un nouveau soupir. Tout le monde sait maintenant que nous sommes numéro un mondial. À partir de ce moment, il devient inutile – et même dangereux – de tabler sur une discrétion excessive. Un groupe de l'importance d'Aurore se doit d'avoir une image publique. Le métier de l'hôtellerie d'affaires est un métier très sûr, qui garantit des revenus élevés et réguliers. Mais il n'est pas, comment dire ? pas tellement *fun*. On parle rarement de ses déplacements d'affaires, on n'a pas de plaisir à les raconter. Pour développer une image positive auprès du grand public, nous avions le choix entre deux possibilités : le tour-operating, les hôtels-clubs. Le *tour-operating* est plus éloigné de notre métier de base, mais il y a des affaires très saines qui sont prêtes à changer de main, nous avons failli nous engager dans cette voie. Et puis l'opportunité Eldorador s'est présentée, et nous avons décidé de la saisir.

— J'essaie juste de comprendre vos objectifs, précisa Jean-Yves. Est-ce que vous accordez plus d'importance aux résultats ou à l'image ?

— C'est une question complexe… » Espitalier hésita, s'agita légèrement sur sa chaise. « Le problème d'Aurore, c'est qu'il a un actionnariat très dilué. C'est d'ailleurs ce qui a provoqué, en 1994, les rumeurs d'OPA sur le groupe – je peux vous dire à présent, poursuivit-il avec un geste assuré de la main, qu'elles n'étaient absolument pas fondées. Elles le seraient encore moins à présent : notre endettement est nul, et aucun groupe mondial, même en dehors du secteur de l'hôtellerie, n'a la taille suffisante pour se lancer dans ce genre d'entreprise. Ce qui reste vrai, c'est que, contrairement par exemple à Nouvelles Frontières, nous ne bénéficions pas d'un actionnariat cohérent. Paul Dubrule et Gérard Pélisson étaient au fond moins des capitalistes que des entrepreneurs – de très grands entrepreneurs à mon avis, parmi les plus grands entrepreneurs du siècle. Mais ils n'ont pas cherché à garder un contrôle personnel sur l'actionnariat de leur entreprise ; c'est ce qui nous place aujourd'hui dans une position délicate. Vous comme moi, nous savons qu'il est parfois nécessaire de consentir à des dépenses de prestige, qui améliorent la position stratégique du groupe sans avoir d'impact financier positif à court terme. Nous savons aussi qu'il est parfois nécessaire de soutenir temporairement un secteur déficitaire, parce que le marché n'est pas mûr, ou qu'il traverse une crise passagère. Cela, les actionnaires de la nouvelle génération ont de plus en plus de mal à l'accepter : la théorie du retour rapide sur investissement a fait des ravages effroyables dans les mentalités. »

Il leva discrètement la main, voyant que Jean-Yves s'apprêtait à intervenir. « Attention, précisa-t-il, nos actionnaires ne sont quand même pas des imbéciles. Ils savent très bien que pour une chaîne comme Eldorador, dans le contexte actuel, il ne sera pas possible de revenir à l'équilibre dès la première année – probablement pas même dans un délai de deux ans. Mais, dès la troisième année, ils regarderont très sérieusement les chiffres – et ils ne seront pas longs à tirer leurs conclusions. À partir de ce moment, même si votre projet est magnifique, même s'il est porteur de possibilités immenses, je ne pourrai rien faire. »

Il y eut un long moment de silence. Leguen était immobile, il avait baissé la tête. Espitalier se passait un doigt sur le menton, légèrement dubitatif. « Je vois… » dit finalement Jean-Yves. Au bout de quelques secondes, il ajouta calmement : « Je vous donnerai ma réponse dans trois jours. »

3

Je vis très souvent Valérie pendant les deux mois qui suivirent. En fait, à l'exception d'un week-end chez ses parents, je crois même que je la vis tous les jours. Jean-Yves avait décidé d'accepter la proposition du groupe Aurore ; elle avait décidé de le suivre. La première remarque qu'elle me fit, je m'en souviens, fut : « Je vais passer dans la tranche d'imposition à 60 %. » Effectivement, son salaire passait de quarante mille à soixante-quinze mille francs mensuels ; impôts déduits, c'était moins spectaculaire. Elle savait qu'elle aurait un effort énorme à fournir, dès son intégration au groupe début mars. Pour l'instant, à Nouvelles Frontières, tout allait bien : ils avaient annoncé leur démission, ils passaient tranquillement le relais à leurs successeurs. Je conseillais à Valérie d'épargner, d'ouvrir un plan d'épargne-logement ou je ne sais quoi ; mais en réalité nous n'y pensions pas beaucoup. Le printemps était tardif, mais ça n'avait aucune importance. Plus tard, en repensant à cette période heureuse avec Valérie, dont je garderais paradoxalement si peu de souvenirs, je me dirais que l'homme n'est décidément pas fait pour le bonheur. Pour accéder réellement à la possibilité pratique du bonheur, l'homme devrait sans doute se transformer – se transformer *physiquement*. À quoi comparer Dieu ? D'abord, évidemment, à la chatte des femmes ; mais aussi, peut-être, aux vapeurs d'un hammam. À quelque chose de toute façon dans lequel l'esprit puisse devenir possible, parce que le corps est saturé de contentement et de plaisir, et que toute inquiétude est abolie. Je tiens à présent pour certain que l'esprit n'est pas né, qu'il demande à naître, et que sa naissance sera difficile, que nous n'en avons jusqu'à présent qu'une idée insuffisante et nocive. Lorsque j'amenais Valérie à l'orgasme, que je sentais son corps vibrer sous le mien, j'avais parfois l'impression, fugace mais irrésistible, d'accéder à un niveau de conscience entièrement différent, où tout mal était aboli. Dans ces moments suspendus, pratiquement immobiles, où son corps montait vers le plaisir, je me sentais comme un Dieu, dont dépendaient la sérénité et les orages. Ce fut la première joie – indiscutable, parfaite.

La seconde joie que m'apporta Valérie, ce fut l'extraordinaire douceur, la bonté naturelle de son caractère. Parfois, lorsque ses journées de travail avaient été longues – et elles devaient devenir, au fil des mois, de plus en plus longues – je la sentais tendue, épuisée nerveusement. Jamais elle ne se retourna contre moi, jamais elle ne se mit en colère, jamais elle n'eut une de ces crises nerveuses imprévisibles qui rendent parfois le commerce des femmes si étouffant, si pathétique. « Je ne suis pas ambitieuse, Michel… me disait-elle parfois. Je me sens bien avec toi, je crois que tu es l'homme de ma vie, et au fond je n'en demande pas plus. Mais ce n'est pas possible : il faut que j'en demande plus. Je suis prise dans un système qui ne m'apporte plus grand-chose, et que je sais au demeurant inutile ; mais je ne vois pas comment y échapper. Il faudrait, une fois, qu'on prenne le temps de réfléchir ; mais je ne sais pas quand on pourra prendre le temps de réfléchir. »

En ce qui me concerne, je travaillais de moins en moins ; enfin je faisais mon travail, au sens le plus strict. J'étais rentré largement à temps pour regarder *Questions pour un champion*, pour faire les courses du dîner; je dormais toutes les nuits chez Valérie, maintenant. Curieusement, Marie-Jeanne ne semblait pas me tenir rigueur de mon assiduité professionnelle décroissante. Il est vrai qu'elle aimait son travail, elle, et qu'elle était largement prête à faire sa part de surcroît. Ce qu'elle attendait de moi avant tout, je crois, c'était que je sois gentil avec elle – et j'étais gentil pendant toutes ces semaines, j'étais gentil et paisible. Le collier de corail que j'avais rapporté de Thaïlande lui avait beaucoup plu, elle le portait tous les jours. En préparant les dossiers d'expositions elle me jetait parfois des regards inhabituels, difficiles à interpréter. Un matin de février – je m'en souviens très bien, c'était le jour de mon anniversaire – elle me dit franchement: «Tu as changé, Michel… Je ne sais pas, tu as l'air heureux.»

Elle avait raison; j'étais heureux, je m'en souviens. Bien sûr il y a différentes choses, toute une série de problèmes inéluctables, le déclin et la mort, bien sûr. Pourtant, en souvenir de ces quelques mois, je peux en témoigner: je sais que le bonheur existe.

Jean-Yves, lui, n'était pas heureux, c'était une évidence. Je me souviens que nous avons dîné une fois tous les trois, avec Valérie, dans un restaurant italien, ou plutôt vénitien, enfin quelque chose d'assez chic. Il savait que nous allions bientôt rentrer pour baiser ensemble, et que nous allions baiser avec amour. Je ne savais pas trop quoi lui dire – ce qu'il y avait à dire était trop évident, trop clair. De toute évidence sa femme ne l'aimait pas, elle n'avait probablement jamais aimé personne; et elle n'aimerait jamais personne, c'était tout aussi clair. Il n'avait pas eu de chance, c'est tout. Ce n'est pas aussi compliqué qu'on le raconte, les relations humaines: c'est souvent insoluble, mais c'est rarement *compliqué*. Maintenant, bien sûr, il allait falloir qu'il divorce ; ce n'était pas facile, mais il fallait le faire. Qu'est-ce que je pouvais dire d'autre ? Le sujet fut réglé bien avant la fin des *antipasti*.

Ils parlèrent ensuite de leur avenir professionnel au sein du groupe Aurore : ils avaient déjà des idées, des pistes de réflexion pour la reprise des Eldorador. Ils étaient intelligents, compétents, reconnus dans leur secteur professionnel ; mais ils n'avaient pas le droit à l'erreur. Un échec dans ce nouveau poste ne signifierait pas la fin de leur carrière : Jean-Yves avait trente-cinq ans, Valérie vingt-huit ; on leur donnerait une seconde chance. Mais la profession n'oublierait pas ce premier faux pas, ils devraient repartir à un niveau sensiblement inférieur. Dans la société où nous vivions, le principal intéressement au travail était constitué par le *salaire*, et plus généralement par les avantages financiers ; le prestige, l'honneur de la fonction tenaient dorénavant une place beaucoup moins grande. Il existait cependant un système de redistribution fiscale évolué, qui permettait de maintenir en vie les inutiles, les incompétents et les nuisibles – dont, dans une certaine mesure, je faisais partie. Nous vivions en résumé dans une économie mixte, qui évoluait lentement vers un libéralisme plus prononcé, qui surmontait peu à peu les préventions contre le prêt à usure – et, plus généralement, contre l'argent – encore présentes dans les pays d'ancienne tradition catholique. Ils ne tireraient aucun réel profit de cette évolution. Certains jeunes diplômés d'HEC, beaucoup plus jeunes que Jean-Yves – voire encore étudiants – se lançaient d'emblée dans la spéculation boursière, sans même envisager la recherche d'un emploi salarié. Ils disposaient d'ordinateurs reliés à Internet, de logiciels sophistiqués de suivi des marchés. Assez souvent, ils se réunissaient en clubs pour pouvoir décider de mises de fonds plus importantes. Ils vivaient avec leur ordinateur, se relayaient vingt-quatre heures sur vingt-quatre, ne prenaient jamais de vacances. Leur objectif, à tous, était extrêmement simple : devenir milliardaires avant trente ans.

Jean-Yves et Valérie faisaient partie d'une génération intermédiaire, où il paraissait encore difficile d'imaginer sa carrière en dehors d'une entreprise – ou, éventuellement, du secteur public ; un peu plus âgé qu'eux, j'étais à peu près dans la même situation. Nous étions tous les trois pris dans le système social comme des insectes dans un bloc d'ambre ; nous n'avions pas la moindre possibilité de retour en arrière.

Le matin du 1ᵉʳ mars, Valérie et Jean-Yves prirent officiellement leurs fonctions à l'intérieur du groupe Aurore. Dès le lundi 4, une réunion était prévue avec les principaux cadres qui travailleraient sur le projet Eldorador. La direction générale avait commandé une étude prospective sur l'avenir des clubs de vacances à « Profiles », un cabinet assez connu de sociologie des comportements.

En pénétrant pour la première fois dans la salle de réunions du 23ᵉ étage, Jean-Yves se sentit quand même assez impressionné. Il y avait là une vingtaine de personnes, qui avaient toutes plusieurs années d'ancienneté chez Aurore ; et c'est à lui, maintenant, qu'allait revenir la tâche de piloter le groupe. Valérie s'assit immédiatement à sa gauche. Il avait passé son week-end à étudier le dossier : il connaissait le nom, les fonctions exactes, le passé professionnel de chacune des personnes présentes autour de cette table ; pourtant, il ne pouvait réfréner un léger sentiment d'angoisse. Un jour grisâtre s'installait sur les *banlieues sensibles* de l'Essonne. Lorsque Paul Dubrule et Gérard Pélisson avaient décidé de construire leur siège social à Évry, ils avaient tablé sur le faible coût des terrains, la proximité de l'auto-route du Sud et de l'aéroport d'Orly ; à l'époque, c'était une banlieue calme. Aujourd'hui, les communes environnantes avaient les taux de délinquance les plus élevés de France. Chaque semaine il y avait des attaques d'autobus, de véhicules de gendarmerie, de camions de pompiers ; on n'avait même pas de comptabilité exacte pour les agressions et les vols ; d'après certaines estimations, pour avoir le chiffre réel, il fallait multiplier par cinq le nombre des plaintes déposées. Les locaux de l'entreprise étaient gardés vingt-quatre heures sur vingt-quatre par une équipe de vigiles armés. Une note interne recommandait d'éviter les transports en commun à partir d'une certaine heure. Pour les employés qui devaient travailler tard et qui n'avaient pas de véhicule personnel, Aurore avait négocié un forfait avec une compagnie de taxis.

À l'arrivée de Lindsay Lagarrigue, le sociologue des comportements, Jean-Yves eut l'impression de se retrouver en terrain connu. Le type avait à peu près trente ans, le front dégarni, les cheveux noués en catogan ; il portait un jogging Adidas, un tee-shirt Prada, des Nike en mauvais état ; enfin, il ressemblait à un sociologue des comportements. Il commença par leur distribuer un dossier très mince, surtout composé de graphiques avec des flèches et des cercles ; sa serviette ne contenait rien d'autre. La première page était constituée par la photocopie d'un article du *Nouvel Observateur*, plus précisément de l'éditorial du supplément vacances, intitulé : « Partir autrement ».

« "En l'an 2000, commença Lagarrigue en lisant l'article à voix haute, le tourisme de masse a fait son temps. On rêve de voyage comme d'un accomplissement individuel, mais dans un souci éthique." » Ce passage, qui ouvrait l'éditorial, lui paraissait symptomatique des mutations en cours. Il bavarda quelques minutes sur ce thème, puis invita l'assistance à concentrer son attention sur les phrases suivantes : « "En l'an 2000, on s'interroge sur un tourisme respectueux de l'autre. On aimerait bien aussi, nous les nantis, ne pas partir seulement pour un plaisir égoïste ; mais pour témoigner d'une certaine forme de solidarité."

— Combien est-ce qu'on a payé ce mec pour son étude ? demanda discrètement Jean-Yves à Valérie.

— Cent cinquante mille francs.

— Je n'arrive pas à y croire... Est-ce que ce connard va se contenter de nous réciter une photocopie du *Nouvel Obs* ? »

Lindsay Lagarrigue continua de paraphraser vaguement les termes de l'article, puis il lut un troisième passage, d'un ton absurdement emphatique : « "En l'an 2000, s'exclama-t-il, on se veut nomade. On part en train ou en croisière, sur les fleuves ou les océans : à l'ère de la vitesse, on redécouvre les délices de la lenteur. On se perd dans le silence infini des déserts ; et puis, sans transition, on ira se plonger dans l'effervescence des grandes capitales. Mais toujours avec la même passion..." » Éthique, accomplissement individuel, solidarité, passion : les mots clés, selon lui, étaient prononcés. Dans ce nouveau contexte, il ne fallait guère s'étonner que le système des clubs de vacances, basé sur le repli sur soi égoïste et sur l'uniformisation des besoins et des désirs, connaisse des difficultés récurrentes. Le temps des *Bronzés* était définitivement révolu : ce que souhaitaient retrouver les vacanciers modernes c'étaient l'authenticité, la découverte, le sens du partage. Plus généralement, le modèle fordiste du tourisme de loisirs – caractérisé par les célèbres « 4 S » : *Sea, Sand, Sun... and Sex*, avait vécu. Ainsi que le montraient avec éclat les travaux de Michky et Braun, l'ensemble de la profession devait dès à présent se préparer à envisager son activité dans une perspective post-fordiste.

Le sociologue des comportements avait du métier, il aurait pu continuer pendant des heures. « Excusez-moi… l'interrompit Jean-Yves d'une voix où perçait l'agacement.

— Oui ?… le sociologue des comportements lui adressa un sourire enchanteur.

— Je pense que tout le monde autour de cette table, sans exception, est conscient de ce que le système des clubs de vacances connaît en ce moment des difficultés. Ce que nous vous demandons, ce n'est pas de nous décrire à l'infini les caractéristiques du problème ; ce serait plutôt d'essayer, ne serait-ce qu'un minimum, d'indiquer l'ébauche d'une solution. »

Lindsay Lagarrigue en resta bouche bée ; il n'avait nullement prévu d'objection de cet ordre. « Je crois… bredouilla-t-il finalement, je crois que pour résoudre un problème il est déjà important de l'identifier, et d'avoir une idée de ses causes. » Encore une phrase creuse, songea rageusement Jean-Yves ; non seulement creuse, mais en l'occurrence fausse. Les causes faisaient évidemment partie d'un mouvement social général, qu'il n'était pas en leur pouvoir de changer. Il fallait s'y adapter, c'est tout. Comment pouvait-on s'y adapter ? Cet imbécile n'en avait à l'évidence pas la moindre idée.

« Ce que vous nous dites, en gros, reprit Jean-Yves, c'est que le système des clubs de vacances est dépassé.

— Non, non, pas du tout… Le sociologue des comportements commençait à perdre pied. Je crois… je crois simplement qu'il faut réfléchir.

— Et pourquoi on te paie, connard ? » lança Jean-Yves à mi-voix avant de reprendre, à l'attention de tous : « Eh bien, nous allons essayer de réfléchir. Je vous remercie, monsieur Lagarrigue, pour votre communication ; je pense que nous n'aurons plus besoin de vous aujourd'hui. Je propose d'interrompre la réunion dix minutes, le temps de prendre une tasse de café.»

Dépité, le sociologue des comportements rangea ses diagrammes. À la reprise de la réunion, Jean-Yves rassembla ses notes et prit la parole :

«Entre 1993 et 1997, le Club Méditerranée, vous le savez, a traversé la crise la plus grave de son histoire. Les concurrents et les imitateurs s'étaient multipliés, ils avaient repris tels quels les ingrédients de la formule du Club, tout en baissant considérablement les prix : la fréquentation était en chute libre. Comment ont-ils réussi à redresser la situation ? Pour l'essentiel, en baissant eux aussi leurs prix. Mais ils ne les ont pas baissés jusqu'au niveau de la concurrence : ils savaient qu'ils bénéficiaient d'une antériorité, d'une réputation, d'une image ; ils savaient que leur clientèle pouvait accepter un certain différentiel de prix – qu'ils ont fixé, selon les destinations et après des enquêtes minutieuses, entre 20 et 30 % – afin de bénéficier de l'authenticité de la formule Club Med, de sa "version originale" en quelque sorte. Tel est le premier axe de réflexion que je vous proposerai d'explorer au cours des prochaines semaines : y a-t-il place, sur le marché des clubs de vacances, pour une autre formule que celle du Club ? Et, si oui, pouvons-nous déjà visualiser ses contours, nous faire une idée de sa clientèle cible ? Ce n'est pas une question évidente.

«Je viens, reprit-il, vous le savez probablement déjà tous, je viens de Nouvelles Frontières. Nous avons nous aussi, même si ce n'est pas le secteur le plus connu de l'activité du groupe, créé des clubs de vacances : les Paladiens. À peu près en même temps que le Club Méditerranée, nous avons connu des difficultés avec ces clubs ; nous les avons résolues très rapidement. Pourquoi ? parce que nous étions le premier tour-opérateur français. À l'issue de leur découverte du pays, nos participants souhaitaient, dans la grande majorité des cas, une prolongation balnéaire. Nos circuits ont la réputation, d'ailleurs justifiée, d'être parfois difficiles, de demander une bonne condition physique. Après avoir, en quelque sorte, gagné à la dure leurs galons de "voyageur", nos clients se montraient en général ravis de se retrouver pour un temps dans la peau d'un simple touriste. Devant le succès de la formule, nous avons décidé d'inclure directement la prolongation balnéaire dans la plupart des circuits – ce qui permettait de gonfler les durées catalogue : la journée balnéaire, vous le savez, revient beaucoup moins cher que la journée de voyage. Dans ces conditions, il nous était évidemment facile de privilégier nos propres hôtels. Tel est le deuxième axe de réflexion que je vous propose : il est possible que le salut des clubs de vacances passe par une collaboration plus étroite avec le tour-operating. Là encore il vous faudra faire preuve d'imagination, et ne pas vous limiter aux acteurs présents sur le marché français. C'est un domaine nouveau que je vous demande d'explorer ; nous avons peut-être beaucoup à gagner dans une alliance avec les grands voyagistes d'Europe du Nord. »

Après la réunion, une femme d'une trentaine d'années, au joli visage blond, s'approcha de Jean-Yves. Elle s'appelait Marylise Le François, c'était la responsable de la communication. « Je voulais que vous sachiez que j'ai beaucoup apprécié votre intervention… dit-elle. C'était nécessaire. Je crois que vous avez réussi à remotiver les gens. Maintenant, tout le monde est conscient qu'il y a quelqu'un aux commandes ; maintenant, on va vraiment pouvoir se remettre au travail. »

4

Ce n'était pas si facile, ils s'en rendirent rapidement compte. La plupart des tour-opérateurs britanniques, et surtout allemands, possédaient déjà leurs propres chaînes de clubs de vacances ; ils n'avaient aucun intérêt à s'associer avec un autre groupe. Tous les contacts pris dans cette direction échouèrent. D'un autre côté, le Club Méditerranée semblait bien avoir trouvé la formule standard définitive des clubs de vacances ; depuis leur création, aucun concurrent n'avait été capable de proposer d'innovation réelle.

Valérie finit par avoir une idée, deux semaines plus tard. Il était presque dix heures du soir ; elle prenait un chocolat avant de rentrer, affalée dans un fauteuil au milieu du bureau de Jean-Yves. Ils étaient tous les deux épuisés, ils avaient travaillé toute la journée sur le bilan financier des clubs.

« Au fond, soupira-t-elle, on a peut-être tort de scinder les circuits et les séjours.

— Qu'est-ce que tu veux dire ?

— Souviens-toi, à Nouvelles Frontières : même en dehors des prolongations balnéaires, lorsqu'il y avait une journée de repos plage en milieu de circuit, elle était toujours très appréciée. Et ce dont les gens se plaignaient le plus souvent, c'est d'avoir à changer d'hôtel sans arrêt. En fait, ce qu'il faudrait, c'est panacher systématiquement les excursions et le séjour de plage: une journée d'excursion, une journée de repos, et ainsi de suite. Avec retour à l'hôtel tous les soirs, ou tous les deux soirs dans le cas d'excursions longues; mais sans avoir à refaire sa valise, ni à libérer sa chambre.

— Il y a déjà des excursions proposées dans les clubs; je ne suis pas certain qu'elles marchent si bien que ça.

— Oui, mais elles sont en supplément, et les Français détestent les suppléments. En plus, il faut réserver sur place: les gens hésitent, tergiversent, ils n'arrivent pas à choisir, et en définitive ils ne font rien. En fait ils aiment bien les découvertes, à condition qu'on leur mâche le travail; et, surtout, ils adorent le tout compris. »

Jean-Yves réfléchit un court moment. « Tu sais que c'est pas bête, ce que tu proposes... dit-il. En plus, on devrait pouvoir le mettre sur pied assez vite: dès cet été, je pense, on pourrait intégrer la formule en complément des séjours ordinaires. On appellerait ça "Eldorador Découverte", un truc de ce genre. »

Jean-Yves consulta Leguen avant de lancer l'opération; il se rendit rapidement compte que l'autre n'avait aucune envie de prendre position, ni dans un sens ni dans l'autre. « C'est votre responsabilité », dit-il sobrement. En écoutant Valérie me raconter ses journées, je me rendais compte que je ne connaissais pas grand-chose à l'univers des cadres supérieurs. Déjà, le tandem qu'elle formait avec Jean-Yves était en soi exceptionnel. « Dans une situation normale, me dit-elle, il aurait comme assistante une fille qui rêverait de prendre sa place. Ça donne lieu à des calculs compliqués, dans les entreprises: il est parfois avantageux d'échouer, à condition de pouvoir rejeter la responsabilité sur quelqu'un d'autre. » En l'occurrence, ils étaient plutôt dans une situation saine : personne, à l'intérieur du groupe, n'avait envie de prendre leur place ; la plupart des cadres considéraient que le rachat d'Eldorador avait été une erreur.

Jusqu'à la fin du mois, elle travailla beaucoup avec Marylise Le François. Pour les vacances d'été les catalogues devaient impérativement être prêts fin avril, c'était la dernière limite, en fait c'était même un peu tard. Elle s'en rendit tout de suite compte, la communication de Jet Tours sur ses clubs avait été absolument déplorable. « "Les vacances en Eldorador, c'est un peu comme ces moments magiques, en Afrique, quand la chaleur commence à tomber et que tout le village se réunit autour de l'arbre à palabres pour écouter les vieux sages…" lut-elle à Jean-Yves. Franchement, t'arrives à y croire, toi ? Avec les photos d'animateurs à côté, qui sautent en l'air dans leurs costumes jaunes à la con. C'est vraiment n'importe quoi.

— Et le slogan "Eldorador, tu vis plus fort", qu'est-ce que tu en penses ?

— Je ne sais pas ; je ne sais même plus quoi en penser.

— Pour la formule-club ordinaire c'est trop tard, les catalogues sont déjà distribués. Ce qui est sûr, c'est qu'on va devoir repartir à zéro pour le catalogue "Découverte".

— Ce qu'il faut, je pense, intervint Marylise, c'est jouer la juxtaposition de la rudesse et du luxe. Un thé à la menthe en plein désert, mais sur des tapis précieux…

— Ouais, les moments magiques… fit Jean-Yves avec lassitude. Il se leva avec effort de son siège. N'oubliez pas de le mettre quelque part, "moments magiques", bizarrement ça marche toujours. Bon, je vous laisse, je retourne à mes frais fixes… »

C'était certainement lui qui avait la partie la plus ingrate du travail, Valérie en avait conscience. Elle-même ne connaissait à peu près rien à la gestion hôtelière, ça lui rappelait juste de vagues souvenirs de BTS. « Édouard Yang, propriétaire d'un hôtel-restaurant trois étoiles, estime qu'il est de son devoir de satisfaire au mieux sa clientèle ; il cherche constamment à innover et à répondre à ses besoins. Il sait par expérience que le petit déjeuner représente un moment important, qui participe à l'équilibre alimentaire de toute la journée et contribue de manière décisive à la création de l'image de l'hôtel. » Elle avait eu le sujet lors d'un devoir sur table en première année. Édouard Yang décidait une enquête statistique auprès de sa clientèle, en particulier en fonction du nombre d'occupants des chambres (célibataires, couples, familles). Il fallait dépouiller l'enquête, calculer le Khi 2 ; le sujet se terminait par cette question : « En d'autres termes, est-ce que la situation familiale est un critère explicatif de la consommation de fruits frais au petit déjeuner ? »

En fouillant dans ses dossiers, elle parvint à retrouver un sujet de BTS blanc qui correspondait bien à sa situation présente. « Vous venez d'être nommé responsable marketing à la direction internationale du groupe South America. Celui-ci vient de racheter l'hôtel-restaurant *Les Antilles*, un établissement quatre étoiles de cent dix chambres situé en Guadeloupe face à la mer. Construit en 1988 et rénové en 1996, il connaît actuellement de graves problèmes. En effet, le taux d'occupation moyen n'est que de 45 %, ce qui est loin d'atteindre le seuil de rentabilité attendu. » Elle avait obtenu 18/20, ce qui pouvait apparaître comme un bon présage. À l'époque, elle s'en souvenait, tout cela lui était apparu comme une fable, une fable d'ailleurs pas très crédible. Elle ne s'imaginait pas responsable marketing du groupe South America, ni de quoi que ce soit. C'était un jeu, un jeu intellectuel pas très intéressant ni très difficile. Maintenant, ils ne jouaient plus ; ou bien si, mais ils jouaient leur carrière.

Elle rentrait tellement épuisée de son travail qu'elle n'avait plus la force de faire l'amour, à peine de me sucer ; elle s'endormait à moitié, gardait mon sexe dans sa bouche. Quand je la pénétrais c'était en général le matin, au réveil. Ses orgasmes étaient plus doux, plus restreints, comme étouffés au travers d'un rideau de fatigue ; je crois que je l'aimais de plus en plus.

Fin avril les catalogues furent fabriqués, et distribués dans cinq mille agences de voyages – la quasi-totalité du réseau français. Il fallait à présent s'occuper de l'infrastructure des excursions, afin que tout soit prêt le 1er juillet. Le bouche à oreille jouait énormément, pour ce type de produits neufs : une excursion annulée, ou mal organisée, ça pouvait représenter beaucoup de clients perdus. Ils avaient décidé de ne pas investir dans une grosse campagne de pub. Curieusement, Jean-Yves, bien qu'il ait fait une spécialité marketing, croyait assez peu à la pub. « Ça peut être utile pour infléchir une image, disait-il ; mais nous n'en sommes pas là. Pour l'instant, le plus important pour nous, c'est d'être bien distribués, et de donner au produit une réputation de fiabilité. » Ils investirent par contre énormément dans l'information à destination des agences de voyages ; il était capital que le produit soit proposé très vite, et spontanément, par les agents de comptoir. Ce fut surtout Valérie qui s'en chargea, elle connaissait bien le milieu. Elle se souvenait de l'argumentaire CAP/SONCAS, qu'elle avait appris à maîtriser au cours de ses années d'études (Caractéristiques – Avantages – Preuves/Sécurité – Orgueil – Nouveauté – Confort – Argent – Sym-

171

pathie); elle se souvenait aussi de la réalité, infiniment plus simple. Mais la plupart des vendeuses étaient très jeunes, beaucoup sortaient à peine de leur BTS ; il valait mieux leur parler le langage qu'elles étaient préparées à entendre. En discutant avec certaines de ces filles, elle se rendit compte que la typologie de Barma était encore enseignée dans les écoles. (*L'acheteur technicien* : centré sur le produit, sensible à son aspect quantitatif, il attache de l'importance à l'aspect technique et à la nouveauté. *L'acheteur dévot* : il fait une confiance aveugle au vendeur, car il est dépassé par le produit. *L'acheteur complice* : il joue volontiers sur les points communs qu'il peut découvrir avec le vendeur, si ce dernier sait établir une bonne communication interpersonnelle. *L'acheteur profiteur* : c'est un manipulateur dont la stratégie consiste à connaître directement le fournisseur afin d'en tirer le maximum d'avantages. *L'acheteur développement* : attentif au vendeur qu'il respecte, au produit proposé, conscient de ses besoins, il communique aisément.) Valérie avait cinq ou six ans de plus que ces filles ; elle était partie du niveau qu'elles avaient en ce moment, et elle avait atteint une réussite professionnelle dont la plupart auraient à peine osé rêver. Elles lui jetaient des regards d'admiration un peu sotte.

J'avais une clef de son appartement, maintenant ; en général, en l'attendant le soir, je lisais le *Cours de philosophie positive*, d'Auguste Comte. J'aimais ce texte ennuyeux et dense ; souvent, je lisais la même page trois ou quatre fois de suite. Il me fallut à peu près trois semaines pour terminer la cinquantième leçon, « Considérations préliminaires sur la statique sociale, ou théorie générale de l'ordre naturel spontané des sociétés humaines ». Certainement, j'avais besoin d'une théorie quelconque qui m'aiderait à faire le point sur ma situation sociale.

« Tu travailles beaucoup trop, Valérie… lui dis-je un soir de mai, alors qu'elle reposait, recroquevillée par la fatigue, sur le canapé du salon. Il faut au moins que ça serve à quelque chose. Tu devrais mettre du fric de côté, sinon d'une manière ou d'une autre on finira par le dépenser bêtement. » Elle convint que j'avais raison. Le lendemain matin elle prit deux heures et nous nous rendîmes au Crédit Agricole de la Porte d'Orléans pour y ouvrir un compte commun. Elle me signa une procuration, et je revins discuter avec un conseiller deux jours plus tard. Je décidai de mettre de côté vingt mille francs par mois sur son salaire, la moitié dans un plan d'assurance, l'autre dans un plan d'épargne-logement. J'étais maintenant à peu près tout le temps chez elle, ça n'avait plus tellement de sens que je garde un appartement.

Ce fut elle qui me fit la proposition, au début du mois de juin. Nous avions fait l'amour une grande partie de l'après-midi : enlacés entre les draps, nous marquions de longues pauses ; puis elle me branlait ou me suçait, je recommençais à la pénétrer ; ni l'un ni l'autre nous n'avions joui, à chaque fois qu'elle me touchait je rebandais facilement, sa chatte était restée constamment humide. Elle se sentait bien, je le voyais, l'apaisement emplissait son regard. Vers neuf heures, elle me proposa d'aller dîner dans un restaurant italien près du parc Montsouris. La nuit n'était pas encore tout à fait tombée ; il faisait très doux. Je devais passer chez moi ensuite, si je voulais, comme d'habitude, aller au bureau en costume-cravate. Le serveur nous apporta deux cocktails maison.

« Tu sais, Michel… me dit-elle une fois qu'il se fut éloigné, tu pourrais très bien t'installer chez moi. Je ne crois pas que ce soit nécessaire de jouer plus longtemps la comédie de l'indépendance. Ou bien, si tu préfères, on peut prendre un appartement à deux. »

Oui, dans un sens, je préférais; disons, j'avais davantage l'impression d'un nouveau départ. D'un premier départ, à vrai dire, en ce qui me concernait; et, dans son cas, finalement, aussi. On s'habitue à l'isolement, et à l'indépendance; ce n'est pas forcément une bonne habitude. Si je voulais vivre quelque chose qui ressemble à une expérience conjugale, c'était de toute évidence le moment. Je connaissais bien entendu les inconvénients de la formule; je savais que le désir s'émousse plus vite au sein d'un couple constitué. Mais il s'émousse de toute façon, c'est une loi de la vie; et il est peut-être possible, alors, d'atteindre une union d'un autre ordre – beaucoup de personnes, quoi qu'il en soit, l'ont pensé. Ce soir, de toute façon, mon désir pour Valérie était loin d'être émoussé. Juste avant de la quitter, je l'embrassai sur la bouche; elle ouvrit largement les lèvres, s'abandonnant complètement au baiser. Je passai les mains dans son jogging, sous sa culotte, posai mes paumes sous ses fesses. Elle recula son visage, regarda à gauche et à droite: la rue était parfaitement calme. Elle s'agenouilla sur le trottoir, défit ma braguette, prit mon sexe dans sa bouche. Je m'adossai aux grilles du parc; j'étais prêt à venir. Elle retira sa bouche et continua à me branler de deux doigts, tout en passant son autre main dans mon pantalon pour me caresser les couilles. Elle ferma les yeux; j'éjaculai sur son visage. À ce moment, je crus qu'elle allait avoir une crise de larmes; mais finalement non, elle se contenta de lécher le sperme qui coulait le long de ses joues.

Dès le lendemain matin, je me mis à faire les petites annonces; il fallait plutôt chercher dans les quartiers sud, pour le travail de Valérie. Une semaine plus tard, j'avais trouvé: c'était un grand quatre-pièces au trentième étage de la tour Opale, près de la porte de Choisy. Je n'avais jamais eu, auparavant, de belle vue sur Paris; je ne l'avais jamais tellement recherché non plus, à vrai dire. Au moment du déménagement, je pris conscience que je ne tenais à rien de ce qui se trouvait dans mon appartement. J'aurais pu en tirer une certaine joie, ressentir quelque chose qui s'apparente à l'ivresse de l'indépendance ; j'en fus au contraire légèrement effrayé. Ainsi, j'avais pu vivre quarante ans sans établir le moindre contact un tant soit peu personnel avec un objet. J'avais en tout et pour tout deux costumes, que je portais à tour de rôle. Des livres, oui, j'avais des livres ; mais j'aurais pu facilement les racheter, aucun d'entre eux n'avait quoi que ce soit de précieux ni de rare. Plusieurs femmes avaient croisé mon chemin ; je n'en conservais aucune photo, ni aucune lettre. Je n'avais pas non plus de photos de moi : ce que j'avais pu être à quinze, vingt ou trente ans, je n'en gardais aucun souvenir. Pas non plus de papiers véritablement personnels : mon identité tenait en quelques dossiers, aisément contenus dans une chemise cartonnée de format usuel. Il est faux de prétendre que les êtres humains sont uniques, qu'ils portent en eux une singularité irremplaçable ; en ce qui me concerne, en tout cas, je ne percevais aucune trace de cette singularité. C'est en vain, le plus souvent, qu'on s'épuise à distinguer des destins individuels, des caractères. En somme, l'idée d'unicité de la personne humaine n'est qu'une pompeuse absurdité. On se souvient de sa propre vie, écrit quelque part Schopenhauer, un peu plus que d'un roman qu'on aurait lu par le passé. Oui, c'est cela : un peu plus seulement.

5

Durant la deuxième quinzaine de juin, Valérie eut à nouveau énormément de travail; le problème de travailler avec des pays multiples, c'est qu'avec les décalages horaires on pourrait pratiquement être en activité vingt-quatre heures sur vingt-quatre. Il faisait de plus en plus chaud, l'été promettait d'être splendide; pour l'instant, nous n'en profitions pas beaucoup. Après mon travail j'aimais bien aller faire un tour chez Tang Frères, je fis un essai pour me mettre à la cuisine asiatique. Mais c'était trop compliqué pour moi, il y avait un nouvel équilibre à trouver entre les ingrédients, une manière particulière de hacher les légumes, c'était presque une autre structure mentale. Je me rabattis sur la cuisine italienne, quand même plus à ma portée. Je n'aurais jamais pensé que je trouverais, un jour dans ma vie, du plaisir à faire la cuisine. L'amour sanctifie.

Dans la cinquantième leçon de sociologie, Auguste Comte combat cette «étrange aberration métaphysique» qui conçoit la famille sur le type de la société. «Fondée principalement sur l'attachement et la reconnaissance, écrit-il, l'union domestique est surtout destinée à satisfaire directement, par sa seule existence, l'ensemble de nos instincts sympathiques, indépendamment de toute pensée de coopération active et continue à un but quelconque, si ce n'est à celui de sa propre institution. Lorsque malheureusement la coordination des travaux demeure le seul principe de liaison, l'union domestique tend nécessairement à dégénérer en simple association, et même le plus souvent elle ne tarde point à se dissoudre essentiellement. » Au bureau, je continuais à en faire le minimum; j'eus quand même deux ou trois expositions importantes à organiser, je m'en tirai sans grande difficulté. Ce n'est pas très difficile de travailler dans un bureau, il suffit d'être un peu méticuleux, de prendre des décisions rapidement, et de s'y tenir. J'avais vite compris qu'il n'est pas forcément nécessaire de prendre *la meilleure décision*, mais qu'il suffit, dans la plupart des cas, de prendre *une décision quelconque*, à condition de la prendre rapidement; enfin, si on travaille dans le secteur public. J'éliminais des projets artistiques, j'en retenais d'autres: je le faisais selon des critères insuffisants, il ne m'était pas arrivé une seule fois en dix ans de demander un complément d'information; et je n'en éprouvais en général pas le moindre remords. Au fond, j'avais assez peu d'estime pour les milieux de l'art contemporain. La plupart des artistes que je connaissais se comportaient exactement comme des *entrepreneurs*: ils surveillaient avec attention les créneaux neufs, puis ils cherchaient à se positionner rapidement. Comme les entrepreneurs, ils sortaient en gros des mêmes écoles, ils étaient fabriqués sur le même moule. Il y avait quand même quelques différences: dans le domaine de l'art, la prime à l'innovation était plus forte que dans la plupart des autres secteurs professionnels; par ailleurs les artistes fonctionnaient souvent en *meutes* ou en *réseaux*, à l'opposé des entrepreneurs, êtres solitaires, entourés d'ennemis – les actionnaires toujours prêts à les lâcher, les cadres supérieurs toujours prêts à les trahir. Mais il était rare, dans les dossiers d'artistes dont j'avais à m'occuper, que je ressente une véritable nécessité intérieure. Fin juin il y eut quand même l'exposition de Bertrand Bredane, que j'avais soutenu depuis le début avec acharnement – à la grande surprise de Marie-Jeanne, qui s'était habituée à ma docilité indifférente, et était elle-même profondément révulsée par les œuvres de ce type. Ce n'était pas exactement un jeune artiste, il avait déjà quarante-trois ans, et il était physiquement plutôt usé – il ressemblait assez au personnage du poète alcoolique dans *Le Gendarme de Saint-Tropez*. Il s'était surtout fait connaître en laissant pourrir de la viande dans des culottes de jeunes femmes, ou en cultivant des mouches dans ses propres excréments, qu'il lâchait ensuite dans les salles d'exposition. Il n'avait jamais eu beaucoup de succès, il n'appartenait pas aux bons réseaux, et il s'obstinait dans une veine *trash* un peu datée. Je sentais en lui une certaine authenticité – mais c'était peut-être simplement l'authenticité de l'échec. Il ne paraissait pas très équilibré. Son dernier projet était pire que les précédents – ou meilleur, c'est selon. Il avait réalisé une vidéo sur le parcours des cadavres de ces gens qui acceptent après leur mort de donner leur corps à la science – c'est-à-dire, par exemple, de servir de sujet d'entraînement pour les dissections dans les écoles de médecine. Quelques véritables étudiants en médecine, habillés normalement, devaient se mêler au public et exhiber de temps à autre des mains coupées, ou des yeux détachés de leurs orbites – enfin, ils devaient se livrer à ces plaisanteries qu'affectionnent selon la légende les étudiants en médecine. Je commis l'erreur d'emmener Valérie au vernissage, alors qu'elle était déjà épuisée par sa journée. Je fus surpris de constater qu'il y avait pas mal de monde, dont plusieurs personnalités importantes : était-ce le début d'une période de grâce pour Bertrand Bredane ? Au bout d'une demi-heure elle en eut assez, me demanda de partir. Un étudiant en médecine s'immobilisa devant elle, tenant dans sa paume une bite coupée, avec les testicules encore entourés de leurs poils. Elle détourna la tête avec écœurement, m'entraîna vers la sortie. Nous nous réfugiâmes au café Beaubourg.

Une demi-heure plus tard Bertrand Bredane fit son entrée, accompagné de deux ou trois filles que je connaissais et d'autres personnes parmi lesquelles je reconnus le directeur du mécénat de la Caisse des dépôts et consignations. Ils s'installèrent à une table voisine ; je ne pouvais pas faire autrement que d'aller les saluer. Bredane était visiblement content de me voir, il est vrai que ce soir je lui avais donné un sérieux coup de main. La conversation s'éternisa, Valérie vint s'asseoir avec nous. Je ne sais pas qui a proposé d'aller boire un verre au *Bar-bar* ; probablement Bredane lui-même. Je commis l'erreur d'accepter. La plupart des clubs échangistes qui ont tenté d'intégrer à leur programme d'animation une soirée SM hebdomadaire ont échoué. Le *Bar-bar* par contre, consacré dès l'origine exclusivement aux pratiques sado-masochistes, sans pour autant exiger à l'entrée un *dress-code* trop strict – sinon à l'occasion de certaines soirées – ne désemplissait pas depuis son ouverture. D'après ce que je pouvais en savoir, le milieu SM était un milieu assez spécifique, composé de gens qui n'éprouvent plus guère d'intérêt pour les pratiques sexuelles ordinaires, et répugnent par conséquent à se rendre dans une boîte à partouzes classique.

Près de l'entrée, une femme d'une cinquantaine d'années, au visage poupin, menottée, bâillonnée, tournait dans une cage. Je m'aperçus après plus d'examen qu'elle était entravée, ses chevilles étaient fixées aux montants de la cage par des chaînes de métal; elle était uniquement vêtue d'un corset de skaï noir, sur lequel retombaient ses gros seins flasques. Il s'agissait, selon la coutume de l'endroit, d'une esclave que son maître allait mettre aux enchères pour la durée de la soirée. Ça n'avait pas l'air de l'amuser tant que ça, je m'aperçus qu'elle se tournait dans toutes les directions pour tenter de dissimuler ses fesses largement envahies par la cellulite; mais ce n'était pas possible, la cage était ouverte des quatre côtés. Peut-être qu'elle faisait ça pour gagner sa vie, je savais qu'on pouvait se louer comme esclave, entre mille et deux mille francs la soirée. J'avais assez l'impression qu'il s'agissait d'une employée subalterne, du genre standardiste à la Sécurité sociale, qui faisait ça pour arrondir ses fins de mois. Il n'y avait plus qu'une table libre, près de l'entrée de la première salle de tortures. Juste après que nous fûmes installés, un cadre entièrement chauve, ventripotent, en costume trois pièces, passa, traîné au bout d'une laisse par une dominatrice noire aux fesses nues. À la hauteur de notre table elle s'arrêta, lui ordonna de se mettre torse nu. Il obéit. Elle tira de son sac des pinces de métal; il avait des seins assez gras et renflés, pour un homme. Elle referma les pinces sur ses mamelons, qui étaient allongés et rouges. Il eut une grimace de douleur. Elle tira à nouveau sur sa laisse: il se remit à quatre pattes et la suivit tant bien que mal; les replis de son ventre tressautaient, blafards dans la lumière atténuée. Je commandai un whisky, Valérie un jus d'orange. Son regard restait obstinément baissé sur la table; elle n'observait pas ce qui se passait autour d'elle, ne participait pas davantage à la conversation. Marjorie et Géraldine, les deux filles que je connaissais à la Délégation des arts plastiques, semblaient par contre très excitées. « C'est sage, ce soir, c'est sage… » grommelait Bredane, déçu. Il nous expliqua ensuite que, certains soirs, des clients se faisaient planter des aiguilles dans les couilles ou le gland ; une fois, il avait même vu un type à qui sa dominatrice avait arraché un ongle avec une paire de tenailles. Valérie eut un sursaut de dégoût.

« Je trouve ça complètement dégueulasse... dit-elle, incapable de se contenir plus longtemps.

— Pourquoi, *dégueulasse* ? protesta Géraldine. À partir du moment où il y a libre consentement des participants, je ne vois pas le problème. C'est un contrat, c'est tout.

— Je ne crois pas qu'on puisse *librement consentir* à l'humiliation et la souffrance. Et même si c'est le cas, ça ne me paraît pas une raison suffisante. »

Valérie était réellement énervée, j'envisageai un moment de détourner la conversation sur le conflit israélo-palestinien, puis je me rendis compte que je n'en avais rien à foutre, de l'opinion de ces filles ; même, si elles pouvaient cesser de me téléphoner, ça diminuerait plutôt ma charge de travail. « Ouais, ces gens me dégoûtent un peu... renchéris-je. Et vous me dégoûtez aussi... » ajoutai-je à voix plus basse.

Géraldine n'entendit pas, ou elle feignit de ne pas entendre. « Si je suis un majeur consentant, reprit-elle, et que mon fantasme c'est de souffrir, d'explorer la dimension masochiste de ma sexualité, je ne vois pas au nom de quoi on pourrait m'en empêcher. On est en démocratie... » Elle s'énervait elle aussi, je sentais qu'elle n'allait pas tarder à évoquer les *droits de l'homme*. Au mot de *démocratie*, Bredane lui avait jeté un regard légèrement méprisant ; il se retourna vers Valérie. « Vous avez raison... dit-il sombrement, c'est absolument dégueulasse. Quand je vois quelqu'un accepter de se faire arracher un ongle à la tenaille, puis de se faire chier dessus, et de manger la merde de son bourreau, je trouve ça dégueulasse. Mais, justement, c'est la partie dégueulasse de l'être humain qui m'intéresse. »

Au bout de quelques secondes, Valérie demanda douloureusement : « Pourquoi ?...

— Je ne sais pas, répondit Bredane avec simplicité. Je ne crois pas à la *part maudite*, parce que je ne crois à aucune forme de malédiction, ni de bénédiction d'ailleurs. Mais j'ai l'impression qu'en s'approchant de la souffrance et de la cruauté, de la domination et de la servitude, on touche à l'essentiel, à la nature intime de la sexualité. Vous ne croyez pas ?... » Il s'adressait à moi, maintenant. Non, en fait, je ne croyais pas. La cruauté est ancienne chez l'être humain, on la rencontre chez les peuples les plus primitifs : dès les premières guerres de clans, les vainqueurs avaient pris soin de conserver la vie à certains de leurs prisonniers, afin de les faire plus tard expirer dans des tortures abominables. Cette tendance se répétait, constante dans l'histoire, on la retrouvait intacte de nos jours : dès qu'une guerre extérieure ou civile tendait à effacer les contraintes morales ordinaires – et cela quelle que soit la race, la population, la culture – il se trouvait des êtres humains prêts à se livrer aux joies de la barbarie et du massacre. Cela était attesté, permanent, indiscutable, mais n'avait rien à voir avec la recherche du plaisir sexuel – également ancienne, également forte. En résumé, je n'étais pas d'accord ; mais j'avais conscience, comme d'habitude, que la discussion était vaine.

« Allons faire un tour... » dit Bredane après avoir fini sa bière. Je le suivis, accompagné des autres, dans la première salle de tortures. C'était une cave voûtée, aux pierres apparentes. La musique d'ambiance était constituée d'accords d'orgue extrêmement graves, sur lesquels se superposaient des hurlements de damnés. Je constatai que les amplis de basse étaient énormes ; un peu partout il y avait des spots rouges, des masques et des outils de torture accrochés à des râteliers ; l'aménagement avait dû coûter une fortune. Dans une alcôve, un type chauve et presque décharné était assujetti par les quatre membres, ses pieds coincés dans un dispositif en bois qui le maintenait à une cinquantaine de centimètres au-dessus du sol, ses bras soutenus par des menottes accrochées au plafond. Une dominatrice bottée, gantée, vêtue de latex noir, marchait autour de lui, armée d'un fouet aux lanières fines, incrustées d'éclats de pierres précieuses. D'abord elle lui fustigea longuement les fesses, à grands coups appuyés; le type nous faisait face, entièrement nu, il poussait des cris de douleur. Une petite assemblée se forma autour du couple. «Elle doit être au niveau deux... me souffla Bredane. Le niveau un, c'est quand on s'arrête à la vue du premier sang. » La bite et les couilles du type pendaient dans le vide, très longues et comme distordues. La dominatrice tourna autour de lui, fouilla dans une sacoche à sa ceinture, en sortit plusieurs hameçons qu'elle planta dans son scrotum; un peu de sang perla à la surface. Puis, plus doucement, elle commença à fouetter ses parties génitales. C'était très limite: si une des lanières s'accrochait aux hameçons, la peau des couilles risquait d'être déchirée. Valérie détourna la tête, se blottit contre moi. «On y va... dit-elle d'une voix suppliante; on y va, je t'expliquerai. » Nous retournâmes vers le bar; les autres étaient tellement captivés par le spectacle qu'ils ne firent aucune attention à nous. «La fille qui fouettait le type... me dit-elle à mi-voix, je l'ai reconnue. Je ne l'ai vue qu'une fois avant, mais je suis sûre que c'est elle... C'est Audrey, la femme de Jean-Yves. »

Nous partîmes tout de suite après. Dans le taxi Valérie resta prostrée, immobile. Elle se tut encore dans l'ascenseur, jusqu'à l'appartement. Ce n'est qu'une fois la porte refermée qu'elle se retourna vers moi:

« Michel... tu ne me trouves pas trop conventionnelle?

— Non. Moi aussi, j'ai eu horreur de ça.

— Je comprends l'existence des bourreaux : ça me dégoûte, mais je sais que ça existe, les gens qui prennent du plaisir à torturer les autres ; ce qui me dépasse, c'est l'existence des victimes. Je n'arrive pas à comprendre qu'un être humain puisse en venir à préférer la souffrance au plaisir. Je ne sais pas, il faudrait les rééduquer, les aimer, leur apprendre le plaisir. »

Je haussai les épaules, comme pour indiquer que le sujet dépassait mes compétences – ce qui se produisait, maintenant, dans à peu près toutes les circonstances de ma vie. Les choses que les gens font, celles qu'ils acceptent de subir… il n'y avait rien à tirer de tout cela, aucune conclusion générale, aucun sens. Je me déshabillai en silence. Valérie s'assit dans le lit à mes côtés. Je la sentais encore tendue, préoccupée par le sujet.

« Ce qui me fait peur là-dedans, reprit-elle, c'est qu'il n'y a plus aucun contact physique. Tout le monde porte des gants, utilise des ustensiles. Jamais les peaux ne se touchent, jamais il n'y a un baiser, un frôlement ni une caresse. Pour moi, c'est exactement le contraire de la sexualité. »

Elle avait raison, mais je suppose que les adeptes du SM auraient vu dans leurs pratiques l'apothéose de la sexualité, sa forme ultime. Chacun y restait enfermé dans sa peau, pleinement livré à ses sensations d'être unique ; c'était une manière de voir les choses. Ce qui était certain, en tout cas, c'est que ce genre d'endroits connaissait une vogue croissante. J'imaginais très bien des filles comme Marjorie et Géraldine les fréquenter, par exemple, alors que j'avais du mal à leur imaginer la capacité d'abandon nécessaire à une pénétration, voire à n'importe quel rapport sexuel.

185

« C'est plus simple qu'on ne pourrait le croire... dis-je finalement. Il y a la sexualité des gens qui s'aiment, et la sexualité des gens qui ne s'aiment pas. Quand il n'y a plus de possibilité d'identification à l'autre, la seule modalité qui demeure c'est la souffrance – et la cruauté. »

Valérie se blottit contre moi. « On vit dans un monde bizarre... » dit-elle. Dans un sens elle était restée naïve, protégée de la réalité humaine par ses horaires de travail démentiels qui lui laissaient à peine le temps de faire ses courses, de se reposer, de repartir. Elle ajouta : « Je n'aime pas le monde dans lequel on vit. »

6

Les trois grandes attentes des consommateurs qui se sont dégagées de notre enquête sont : le désir de sécurité, le désir d'affectivité et le désir d'esthétique.

Bernard GUILBAUD

Le 30 juin, les résultats de réservation en provenance du réseau des agences de voyages tombèrent. Ils étaient excellents. Le produit « Eldorador Découverte » était un succès, il obtenait d'emblée des résultats supérieurs aux Eldorador « formule normale » – qui, de leur côté, continuaient à baisser. Valérie se décida à prendre une semaine de vacances ; nous partîmes chez ses parents à Saint-Quay-Portrieux. Je me sentais un peu vieux dans le rôle du fiancé qu'on présente à la famille ; j'avais tout de même treize ans de plus qu'elle, et c'était la première fois que je me trouvais dans cette situation. Le train s'arrêta à Saint-Brieuc, son père nous attendait à la gare. Il embrassa chaleureusement sa fille, la serra longtemps contre lui, on voyait qu'elle lui avait manqué. « Tu as un peu maigri… » lui dit-il. Puis il se retourna vers moi, me tendit la main sans trop me regarder. Lui aussi était intimidé, je crois : il savait que je travaillais au ministère de la Culture, alors qu'il n'était qu'un paysan. Sa mère fut beaucoup plus loquace, elle me questionna longuement sur ma vie, mon travail, mes loisirs. Enfin ce n'était pas trop difficile, Valérie était à mes côtés ; de temps en temps elle répondait à ma place, nous échangions des regards. Je n'arrivais pas à m'imaginer comment je me comporterais dans cette situation si j'avais des enfants, un jour ; je n'arrivais pas à imaginer grand-chose, concernant l'avenir.

Le repas du soir fut un vrai repas de fête, avec du homard, une selle d'agneau, des fromages, une tarte aux fraises et du café. Pour ce qui me concerne j'étais tenté d'y voir l'indice d'une acceptation, bien que je sache naturellement que le menu avait été préparé à l'avance. Valérie fit l'essentiel des frais de la conversation, parlant surtout de son nouveau travail – dont je savais à peu près tout. Je laissais flotter mon regard sur le tissu des rideaux, les bibelots, les photos de famille dans leurs cadres. J'étais dans une *famille*, c'était émouvant et un peu angoissant.

Valérie insista pour dormir dans la chambre qui était la sienne quand elle était adolescente. « Vous feriez mieux de prendre la chambre d'amis, protesta sa mère, vous allez être trop serrés. » C'est vrai que le lit était un peu étroit, mais je fus très ému, en écartant la culotte de Valérie, puis en caressant sa chatte, de penser qu'elle y dormait déjà quand elle avait treize ou quatorze ans. Les années perdues, me dis-je. Je m'agenouillai au pied du lit, retirai complètement sa culotte, la tournai vers moi. Elle referma son vagin sur le bout de mon sexe. Je jouai à la pénétrer et à me retirer sur quelques centimètres, par petits coups rapides, tout en serrant ses seins entre mes mains. Elle jouit avec un cri étouffé, puis éclata de rire. « Mes parents… souffla-t-elle, ils dorment pas encore. » Je la pénétrai à nouveau, plus fort, pour jouir moi-même cette fois. Elle me regardait faire, les yeux brillants, et posa une main sur ma bouche juste au moment où je venais en elle avec un grondement rauque.

Plus tard, je regardai avec curiosité l'ameublement de la pièce. Juste au-dessus des Bibliothèque Rose, sur une étagère, il y avait plusieurs petits cahiers soigneusement reliés. « Oh ça, dit-elle, je le faisais quand j'avais dix-douze ans. Tu peux regarder. C'est des histoires du Club des Cinq.

— Comment ça ?

— Des histoires inédites du Club des Cinq, que j'écrivais moi-même, mais en reprenant les personnages. »

Je sortis les petits cahiers : il y avait *Le Club des Cinq dans l'espace*, *Le Club des Cinq au Canada*. Je me représentai soudain une petite fille imaginative, plutôt solitaire, que je ne connaîtrais jamais.

Les jours qui suivirent, nous ne fîmes pas grand-chose d'autre que d'aller à la plage. Il faisait beau, mais l'eau était trop froide pour se baigner longtemps. Valérie restait allongée au soleil des heures entières ; elle récupérait peu à peu ; les trois derniers mois avaient été les plus durs de sa vie professionnelle. Un soir, trois jours après notre arrivée, je lui en parlai. C'était à l'*Oceanic Bar*, nous venions de commander des cocktails.

« Tu vas avoir moins de travail, je pense, maintenant la formule est lancée.

— Dans un premier temps, oui. » Elle eut un sourire désabusé. « Mais, très vite, il va falloir trouver autre chose.

— Pourquoi ? Pourquoi ne pas s'arrêter ?

— Parce que c'est le jeu. Si Jean-Yves était là, il te dirait que c'est le principe du capitalisme : si tu n'avances pas, tu es mort. À moins d'avoir acquis un avantage concurrentiel décisif, auquel cas tu peux te reposer quelques années ; mais nous n'en sommes pas là. Le principe des "Eldorador Découverte" est bon, c'est une idée ingénieuse, astucieuse si tu veux, mais ce n'est pas réellement novateur, c'est juste le mélange bien dosé de deux concepts antérieurs. Les concurrents vont constater que ça marche, et très vite ils vont arriver sur le même créneau. Ce n'est pas très compliqué à faire ; ce qui était un peu difficile, c'était de le mettre sur pied en si peu de temps. Mais je suis sûr que, par exemple, Nouvelles Frontières est capable de proposer une offre concurrentielle dès l'été prochain. Si on veut conserver notre avantage, il va falloir innover à nouveau.

— Et ça ne se terminera jamais ?

— Je ne crois pas, Michel. Je suis bien payée, à l'intérieur d'un système que je connais ; j'ai accepté les règles du jeu. »

Je dus avoir l'air sombre ; elle passa une main autour de mon cou. « Allons manger… dit-elle. Mes parents vont nous attendre. »

Nous rentrâmes à Paris le dimanche soir. Dès le lundi matin, Valérie et Jean-Yves avaient rendez-vous avec Éric Leguen. Il tenait à leur exprimer la satisfaction du groupe devant les premiers résultats de leur action de redressement. À l'unanimité, le directoire avait décidé de leur allouer une prime sous forme d'actions – ce qui était exceptionnel, pour des cadres ayant moins d'un an de maison.

Le soir, nous dînâmes tous les trois dans un restaurant marocain de la rue des Écoles. Jean-Yves était mal rasé, il dodelinait de la tête et paraissait un peu bouffi. « Je crois qu'il s'est mis à boire, m'avait dit Valérie dans le taxi. Il a passé des vacances infectes avec sa femme et ses enfants à l'île de Ré. Il devait rester quinze jours, mais il est reparti au bout d'une semaine. Il m'a dit qu'il n'arrivait vraiment plus à supporter les amis de sa femme. »

Effectivement, ça n'avait pas l'air d'aller : il ne touchait pas à son tagine, il se resservait de vin sans arrêt. « Ça y est ! lança-t-il d'un ton sardonique, ça y est, on commence à s'approcher de la grosse thune ! » Il secoua la tête, vida son verre de vin. « Excusez-moi... dit-il, pitoyable, excusez-moi, je ne devrais pas parler comme ça. » Il posa sur la table ses mains légèrement tremblantes, attendit ; le tremblement se calma peu à peu. Puis il regarda Valérie droit dans les yeux.

« Tu as su ce qui était arrivé à Marylise ?

— Marylise Le François ? Non, je ne l'ai pas vue. Elle est malade ?

— Pas malade, non. Elle a passé trois jours à l'hôpital sous tranquillisants, mais elle n'est pas malade. En fait elle s'est fait agresser et violer, en revenant du travail, dans le train pour Paris, mercredi dernier. »

Marylise reprit son travail le lundi suivant. De toute évidence, elle avait été nerveusement choquée ; ses gestes étaient ralentis, presque mécaniques. Elle racontait son histoire facilement, trop facilement, ça ne paraissait pas naturel : son ton était neutre, son visage inexpressif et rigide, on aurait dit qu'elle répétait machinalement sa déposition. En sortant du travail à 22 heures 15, elle avait décidé d'attraper le train de 22 heures 21, en pensant que ça irait plus vite que d'attendre un taxi. Le wagon était aux trois quarts vide. Les quatre types s'étaient approchés d'elle, ils avaient tout de suite commencé à l'insulter. D'après ce qu'elle pouvait en savoir, ils étaient de type antillais. Elle avait tenté de discuter, de plaisanter avec eux ; en échange, elle avait récolté une paire de gifles qui l'avait à moitié assommée. Puis ils s'étaient jetés sur elle, deux d'entre eux l'avaient plaquée au sol. Ils l'avaient pénétrée violemment, sans ménagements, par tous les orifices. Chaque fois qu'elle tentait d'émettre un son elle recevait un coup de poing, ou une nouvelle paire de gifles. Cela avait duré longtemps, le train s'était arrêté plusieurs fois ; les voyageurs descendaient, changeaient prudemment de compartiment. En se relayant pour la violer les types continuaient à plaisanter et à l'insulter, ils la traitaient de salope et de vide-couilles. À la fin, il n'y avait plus personne dans le compartiment. Ils finirent par lui cracher et lui pisser dessus, réunis en cercle autour d'elle, puis la poussèrent à coups de pied, la dissimulant à moitié sous une banquette, avant de descendre tranquillement gare de Lyon. Les premiers voyageurs montèrent deux minutes plus tard et prévinrent la police, qui arriva presque tout de suite. Le commissaire n'était pas réellement surpris ; d'après lui elle avait eu, relativement, de la chance. Il arrivait assez souvent, après avoir utilisé la fille, que les types la terminent en lui enfonçant une barre cloutée dans le vagin ou l'anus. C'était une ligne classée comme dangereuse.

Une note interne rappela aux employés les mesures de prudence habituelles, insistant sur le fait que des taxis étaient à leur disposition s'ils devaient travailler tard, et que les frais étaient intégralement supportés par l'entreprise. La patrouille de vigiles qui surveillait les locaux et le parking du personnel fut renforcée.

Ce soir-là Jean-Yves raccompagna Valérie, dont la voiture était en réparation. Au moment de quitter son bureau il jeta un regard sur le paysage chaotique de maisons individuelles, de centres commerciaux, d'échangeurs et de tours. Loin à l'horizon, la nappe de pollution donnait au coucher de soleil d'étranges teintes mauves et vertes. « C'est curieux…

dit-il, on est là, à l'intérieur de l'entreprise, comme des bêtes de somme très bien nourries. Et à l'extérieur il y a les prédateurs, la vie sauvage. Je suis allé une fois à São Paulo, c'est là que l'évolution a été poussée à son terme. Ce n'est même plus une ville mais une sorte de territoire urbain qui s'étend à perte de vue, avec des favelas, des immeubles de bureaux gigantesques, des résidences de luxe entourées de gardes armés jusqu'aux dents. Il y a plus de vingt millions d'habitants, dont beaucoup naissent, vivent et meurent sans jamais sortir des limites du territoire. Là-bas les rues sont très dangereuses, même en voiture on peut très bien se faire braquer à un feu rouge, ou prendre en chasse par une bande motorisée : les mieux équipées ont des mitrailleuses et des lance-roquettes. Pour se déplacer, les hommes d'affaires et les gens riches utilisent presque uniquement l'hélicoptère ; il y a des terrains d'atterrissage un peu partout, au sommet des buildings des banques ou des immeubles résidentiels. Au niveau du sol, la rue est abandonnée aux pauvres – et aux gangsters. »

En s'engageant sur l'autoroute du Sud, il ajouta à voix basse : « J'ai des doutes, en ce moment. J'ai des doutes, de plus en plus souvent, sur l'intérêt du monde qu'on est en train de construire. »

Quelques jours plus tard, le même entretien se reproduisit. Après s'être garé devant l'immeuble de l'avenue de Choisy, Jean-Yves alluma une cigarette, resta silencieux quelques secondes, puis se retourna vers Valérie :

« Je suis très ennuyé, pour Marylise... Les médecins ont dit qu'elle pouvait reprendre son travail, et c'est vrai que dans un sens elle est normale, elle n'a pas de crises. Mais elle ne prend plus aucune initiative, elle est comme paralysée. Chaque fois qu'il y a une décision en suspens, elle vient me consulter; et si je ne suis pas là elle est capable d'attendre des heures sans lever le petit doigt. Pour une responsable de la communication, ça ne peut pas aller; on ne peut pas continuer comme ça.

— Tu ne vas pas la virer ? »

Jean-Yves écrasa sa cigarette, fixa longuement le boulevard à l'extérieur de la voiture; il serrait le volant entre ses mains. Il avait l'air de plus en plus tendu, égaré; Valérie remarqua que son costume lui-même commençait à avoir quelques taches.

« Je ne sais pas, souffla-t-il finalement avec effort. Je n'ai jamais eu à faire ce genre de choses. La virer, non, ça serait trop dégueulasse; mais il va falloir lui trouver un autre poste, où elle ait moins de décisions à prendre, moins de contacts avec les gens. En plus, depuis ce qui lui est arrivé, elle a tendance à avoir des réactions racistes. C'est normal, ça peut se comprendre, mais dans le tourisme ce n'est vraiment pas possible. Dans la publicité, les catalogues, dans tout ce qui concerne la communication en général, on présente systématiquement les autochtones comme des gens chaleureux, accueillants et ouverts. Il n'y a pas moyen de faire autrement: ça, c'est vraiment une obligation professionnelle. »

Le lendemain Jean-Yves en parla à Leguen, qui eut moins d'états d'âme, et une semaine plus tard Marylise fut mutée au service comptable, en remplacement d'une employée qui venait de prendre sa retraite. Il fallait trouver un autre responsable pour la communication des Eldorador. Jean-Yves et Valérie firent passer ensemble les entretiens d'embauche. Après avoir vu une dizaine de candidats, ils déjeunèrent ensemble au restaurant d'entreprise pour en parler.

« Je serais assez tenté de prendre Noureddine, dit Valérie. Il a vraiment un talent incroyable, et il a déjà travaillé sur pas mal de projets différents.

— Oui, c'est le meilleur ; mais j'ai l'impression qu'il est presque trop doué pour le poste. Je ne le vois pas tellement dans la communication d'une entreprise de voyages ; plutôt dans un truc plus prestigieux, plus *arty*. Là il va s'ennuyer, il ne va pas rester. Notre cœur de cible, c'est quand même le milieu de gamme. En plus il est beur, ça peut poser des problèmes. Pour attirer les gens, il faut utiliser pas mal de clichés sur les pays arabes : l'hospitalité, le thé à la menthe, les fantasias, les Bédouins... J'ai remarqué que ce genre de trucs a du mal à passer avec les beurs ; en fait, ils ont souvent du mal à supporter les pays arabes en général.

— Discrimination raciale à l'embauche... fit Valérie, narquoise.

— C'est idiot ! » Jean-Yves s'échauffait un peu ; depuis son retour de vacances il était décidément trop tendu, il commençait à perdre son sens de l'humour. « Tout le monde fait ça ! » poursuivit-il d'une voix trop forte ; on se retourna à la table d'à côté. « Les origines des gens font partie de leur personnalité, il faut en tenir compte, c'est évident. Par exemple, je prendrais sans hésiter un immigré tunisien ou marocain – même beaucoup plus récent que Noureddine – pour les négociations avec les fournisseurs locaux. Ils ont une double appartenance qui les rend très forts, l'interlocuteur est toujours en porte à faux. En plus ils arrivent avec l'image de celui qui a réussi en France, les mecs les respectent d'emblée, ils ont l'impression qu'ils ne pourront pas les arnaquer. Les meilleurs négociateurs que j'ai eus, c'était toujours des gens qui avaient une double origine. Mais là, pour le poste, je serais plutôt tenté de prendre Brigit.

— La Danoise?

— Oui. En graphisme pur, elle est assez douée aussi. Elle est très antiraciste – je crois qu'elle vit avec un Jamaïcain, un peu conne, très enthousiaste *a priori* pour tout ce qui est exotique. Elle n'a pas l'intention d'avoir d'enfants pour le moment. En résumé, je crois qu'elle a le profil.»

Il y avait peut-être une autre raison, aussi, Valérie s'en rendit compte quelques jours plus tard en surprenant un geste de Brigit qui posait la main sur l'épaule de Jean-Yves. «Oui, tu as raison... lui confirma-t-il autour d'un café au distributeur automatique, mon dossier s'aggrave, maintenant je me livre au harcèlement sexuel... Enfin ça s'est produit deux ou trois fois, ça n'ira pas plus loin, elle a un copain de toute façon.» Valérie lui jeta un regard rapide. Il aurait dû se faire couper les cheveux, il se négligeait vraiment en ce moment. «Je ne te fais pas de reproche...» dit-elle. Intellectuellement il n'avait pas baissé, il avait toujours une appréhension très juste des situations et des gens, une intuition fine des montages financiers; mais il avait de plus en plus l'air d'un homme malheureux, à la dérive.

Les questionnaires de satisfaction commencèrent à être dépouillés; le taux de retour avait été élevé, grâce à un tirage au sort où les cinquante premiers pouvaient gagner une semaine de vacances. À première vue, les causes de la désaffection des Eldorador «formule normale» allaient être difficiles à cerner. Les clients étaient satisfaits de l'hébergement et du site, satisfaits de la restauration, satisfaits des activités et des sports proposés: cela dit, ils étaient de moins en moins nombreux à revenir.

Par hasard, Valérie tomba sur un article dans *Tourisme Hebdo* qui analysait les nouvelles valeurs des consommateurs. L'auteur se réclamait du modèle d'Holbrook et Hirschman, qui se base sur l'émotion que le consommateur peut ressentir face à un produit ou un service ; mais ses conclusions n'avaient rien de particulièrement neuf. Les nouveaux consommateurs étaient décrits comme moins prévisibles, plus éclectiques, plus ludiques, plus engagés dans l'humanitaire. Ils ne consommaient plus pour « paraître », mais pour « être » : *plus de sérénité*. Ils mangeaient équilibré, faisaient attention à leur santé ; ils craignaient un peu les autres et l'avenir. Ils exigeaient le droit à l'infidélité par curiosité, par éclectisme ; ils privilégiaient le solide, le durable, l'authentique. Ils manifestaient des exigences éthiques : *plus de solidarité*, etc. Tout cela elle l'avait déjà lu cent fois, les sociologues et psychologues des comportements répétaient les mêmes mots d'un article à l'autre, d'un organe de presse à l'autre. Tout cela, d'ailleurs, ils en avaient déjà tenu compte. Les villages Eldorador étaient construits en matériaux traditionnels, suivant les principes de l'architecture du pays. Les menus des self-services étaient équilibrés, accordaient une large place aux crudités, aux fruits, au régime crétois. Parmi les activités proposées on trouvait du yoga, de la sophrologie, du tai-chi-chuan. Aurore avait signé la charte du tourisme éthique, et donnait régulièrement au WWF. Rien de tout cela ne paraissait suffire à enrayer le déclin.

« Je crois simplement que les gens mentent, dit Jean-Yves après avoir relu, pour la deuxième fois, le rapport de synthèse sur les questionnaires de satisfaction. Ils se déclarent satisfaits, ils cochent à chaque fois les cases "Bien", mais en réalité ils se sont emmerdés pendant toutes leurs vacances, et ils se sentent trop coupables pour l'avouer. Je vais finir par revendre tous les clubs qu'on ne peut pas adapter à la formule "Découverte", et par mettre le paquet sur les vacances actives : rajouter du 4 x 4, des promenades en montgolfière, des méchouis dans le désert, des croisières en boutre, de la plongée, du rafting, tout...

— On n'est pas seuls sur le créneau.

— Non... convint-il avec découragement.

— On devrait essayer de passer une semaine dans un club, incognito, sans but précis. Juste pour capter l'ambiance.

— Ouais... » Jean-Yves se redressa sur son fauteuil, prit un paquet de listings. « Il faudrait regarder ceux qui ont les plus mauvais résultats. » Il tourna rapidement les pages. « Djerba et Monastir, c'est une catastrophe ; mais de toute façon je crois qu'on va laisser tomber la Tunisie. C'est déjà beaucoup trop construit, la concurrence est prête à baisser les prix jusqu'à des niveaux hallucinants ; compte tenu de notre positionnement, on ne pourra jamais suivre.

— Tu as des offres de rachat ?

— Curieusement, oui, Neckermann est intéressé. Ils veulent se lancer sur la clientèle des ex-pays de l'Est : Tchécoslovaquie, Hongrie, Pologne... du très bas de gamme, mais la Costa Brava est vraiment saturée. Ils s'intéressent aussi à notre club d'Agadir, ils proposent un prix raisonnable. Je suis assez tenté de leur céder ; malgré le sud marocain Agadir n'arrive pas à décoller, je crois que les gens préféreront toujours Marrakech.

— C'est pourtant nul, Marrakech.

— Je sais bien... Ce qui est curieux, c'est que Sharm-el-Sheikh ne marche pas vraiment. Il y a pourtant des atouts : les plus beaux fonds coralliens du monde, des promenades dans le désert du Sinaï...

— Oui, mais c'est en Égypte.

— Et alors ?

— À mon avis, personne n'a oublié l'attentat de Louxor, en 1997. Il y a quand même eu cinquante-huit morts. La seule chance d'arriver à vendre Sharm-el-Sheikh, c'est d'enlever la mention "Égypte".

— Qu'est-ce que tu veux mettre à la place ?

— Je sais pas, "mer Rouge" par exemple.

— OK, "mer Rouge" si tu veux. Il prit note, recommença à parcourir ses feuilles. L'Afrique marche bien… C'est curieux, Cuba a fait un mauvais score. Pourtant normalement c'est à la mode la musique cubaine, l'ambiance latino, etc. Saint-Domingue, par exemple, n'a pas désempli. » Il consulta le descriptif du club cubain. « L'hôtel de Guardalavaca est récent, il est au prix du marché. Ni trop sportif, ni trop familial. "Au rythme effréné de la salsa, vivez la magie des nuits cubaines…" Les résultats ont baissé de 15 %. Je pense qu'on pourrait aller voir sur place : soit là, soit en Égypte.

— On va où tu veux, Jean-Yves… répondit-elle avec lassitude. De toute façon, ça te fera du bien de partir sans ta femme. »

Le mois d'août venait de s'installer à Paris ; les journées étaient chaudes et même étouffantes, mais le beau temps ne tenait pas : au bout d'un jour ou deux il y avait un orage, l'atmosphère se rafraîchissait d'un seul coup. Puis le soleil revenait, la colonne du thermomètre et les taux de pollution recommençaient leur ascension. Je n'y portais à vrai dire qu'un intérêt superficiel. J'avais renoncé aux peep-shows depuis ma rencontre avec Valérie ; j'avais également renoncé, et depuis bien des années, à *l'aventure urbaine*. Paris pour moi n'avait jamais été une *fête*, et je ne voyais aucune raison pour que ça le devienne. Il y a dix ou quinze ans, pourtant, lors de mes débuts au ministère de la Culture, j'étais sorti dans des boîtes ou des bars *incontournables* ; j'en gardais le souvenir d'une angoisse légère mais constante. Je n'avais rien à dire, je me sentais absolument incapable d'engager la conversation avec qui que ce soit ; je ne savais pas danser non plus. C'est dans ces circonstances que je commençai à devenir alcoolique. L'alcool ne me déçut jamais, à aucun moment de ma vie, il me fut d'un soutien constant. Après une dizaine de gin-tonics, il m'arrivait même parfois – assez rarement, ça a dû se produire en tout et pour tout quatre ou cinq fois – de retrouver l'énergie nécessaire pour convaincre une femme de partager mon lit. Le résultat était d'ailleurs en général décevant, je ne bandais pas et je m'endormais au bout de quelques minutes. Plus tard, je découvris l'existence du Viagra; l'imprégnation alcoolique nuisait beaucoup à son efficacité, mais en forçant les doses on pouvait quand même arriver à quelque chose. Le jeu, de toute façon, n'en valait pas la chandelle. Avant Valérie, en fait, je n'avais rencontré aucune fille qui arrive à la cheville des prostituées thaïes; ou alors peut-être quand j'étais très jeune, avec des filles de seize ou dix-sept ans, j'avais pu ressentir quelque chose. Mais dans les milieux culturels que je fréquentais, c'était carrément la catastrophe. Ces filles ne s'intéressaient pas du tout au sexe, mais uniquement à la séduction – et encore il s'agissait d'une séduction élitiste, trash, décalée, pas du tout érotique en fait. Au lit, elles étaient tout bonnement incapables de quoi que ce soit. Ou alors il aurait fallu des *fantasmes*, tout un tas de scénarios fastidieux et kitsch dont la seule évocation suffisait à me dégoûter. Elles aimaient parler de sexe, c'est certain, c'était même leur seul sujet de conversation; mais il n'y avait en elles aucune véritable innocence sensuelle. Les hommes, d'ailleurs, ne valaient guère mieux: c'est une tendance française, de toute façon, de parler de sexe à chaque occasion sans jamais rien faire; mais ça commençait à me peser sérieusement.

Tout peut arriver dans la vie, et surtout rien. Mais cette fois, quand même, dans ma vie, il s'était passé quelque chose: j'avais trouvé une amante, et elle me rendait heureux. Notre mois d'août fut très doux. Espitalier, Leguen et en général tous les chefs d'Aurore étaient partis en vacances. Valérie et Jean-Yves s'étaient mis d'accord pour reporter les décisions importantes après leur séjour à Cuba, début septembre ; c'était un répit, une période de calme. Jean-Yves allait un peu mieux. « Il s'est enfin décidé à aller voir des putes, m'apprit Valérie. Ça fait longtemps qu'il aurait dû le faire. Maintenant il boit moins, il est plus calme.

— Pourtant, d'après mon souvenir, les putes c'est pas terrible.

— Oui mais là c'est différent, ce sont des filles qui démarchent par Internet. Assez jeunes, souvent des étudiantes. Elles prennent peu de clients, elles les choisissent, elles ne font pas ça uniquement pour l'argent. Enfin, il m'a dit que c'était pas mal. Si tu veux, un jour, on essaiera. Une fille bisexuelle pour nous deux, je sais que ça fait planer les mecs ; et moi aussi, en fait, j'aime bien les filles. »

Nous ne l'avons pas fait cet été-là ; mais, déjà, le fait qu'elle me le propose était terriblement excitant. J'avais de la chance. Elle connaissait les différentes choses qui conservent le désir d'un homme, enfin pas intégralement, ce n'est pas possible, mais disons qui le maintiennent à un niveau suffisant pour faire l'amour de temps en temps en attendant que tout se termine. Connaître ces choses, à vrai dire, n'est rien, c'est tellement facile, tellement dérisoire et facile ; mais elle aimait les faire, elle y prenait plaisir, elle se réjouissait de voir le désir monter dans mon regard. Souvent, au restaurant, en revenant des toilettes, elle posait sur la table sa culotte qu'elle venait d'enlever. Elle aimait, alors, glisser une main entre mes jambes pour profiter de mon érection. Parfois, elle défaisait ma braguette et me branlait aussitôt, à l'abri de la nappe. Le matin aussi, quand elle me réveillait par une fellation et me tendait une tasse de café avant de me reprendre dans sa bouche, je ressentais des élans vertigineux de reconnaissance et de douceur. Elle savait s'arrêter juste avant que je jouisse, elle aurait pu me maintenir à la limite pendant des heures. Je vivais à l'intérieur d'un jeu, un jeu excitant et tendre, le seul jeu qui reste aux adultes ; je traversais un univers de désirs légers et de moments illimités de plaisir.

7

À la fin du mois d'août, l'agent immobilier de Cherbourg me téléphona pour m'annoncer qu'il avait trouvé un acquéreur pour la maison de mon père. Le type souhaitait baisser légèrement le prix, mais il était prêt à payer comptant. J'acceptai immédiatement. Très prochainement, j'allais donc toucher un peu plus d'un million de francs. Je travaillais alors sur le dossier d'une exposition itinérante dans laquelle il s'agissait de lâcher des grenouilles sur des jeux de cartes étalés dans un enclos pavé de mosaïque – sur certains des carreaux étaient gravés les noms de grands hommes de l'histoire tels que Dürer, Einstein ou Michel-Ange. Le budget principal était constitué par l'achat des jeux de cartes, il fallait les changer assez souvent ; il fallait également, de temps à autre, changer les grenouilles. L'artiste souhaitait, au moins pour l'exposition inaugurale à Paris, disposer de jeux de tarots ; il était prêt, pour la province, à se contenter de jeux de cartes ordinaires. Je décidai de partir une semaine à Cuba avec Jean-Yves et Valérie, début septembre. J'avais l'intention de payer mon voyage, mais elle me dit qu'elle s'arrangerait avec le groupe.

« Je ne vous dérangerai pas dans votre travail... promis-je.

— On ne va pas vraiment travailler, tu sais, on se comportera comme des touristes ordinaires. Ce qu'on va faire ce n'est presque rien, mais c'est le plus important : on va essayer de voir ce qui ne passe pas, pourquoi il n'y a pas vraiment d'ambiance dans le club, pourquoi les gens ne reviennent pas enchantés de leurs vacances. Tu ne vas pas nous déranger ; tu peux nous être très utile, au contraire. »

Nous prîmes l'avion pour Santiago de Cuba le vendredi 5 septembre, en milieu d'après-midi. Jean-Yves n'avait pas pu s'empêcher d'emmener son ordinateur portable, mais il avait quand même l'air reposé, dans son polo bleu clair, et prêt à prendre des vacances. Peu après le décollage, Valérie posa une main sur ma cuisse ; elle se détendit, les yeux clos. « Je ne m'inquiète pas, on va trouver quelque chose… » m'avait-elle dit au moment du départ.

Le transfert dura deux heures et demie à partir de l'aéroport. « Premier point négatif… nota Valérie, il faudrait voir s'il y a un vol qui arrive à Holguin. » Devant nous dans l'autocar, deux petites dames d'une soixantaine d'années, à la permanente d'un gris bleuté, pépiaient sans arrêt en se signalant l'une à l'autre les détails intéressants de l'environnement : des hommes qui coupaient la canne à sucre, un vautour qui planait au-dessus des prairies, deux bœufs qui rentraient à leur étable… Elles avaient l'air décidées à s'intéresser à tout, elles paraissaient sèches et résistantes ; j'avais l'impression qu'elles ne seraient pas des clientes faciles. En effet, au moment de l'attribution des chambres, la pépiante A insista avec acharnement pour obtenir une chambre contiguë à celle de la pépiante B. Ce genre de revendication n'était pas prévu, l'employée de la réception n'y comprenait rien, il fallut faire venir le chef de village. Il avait la trentaine, une tête de bélier, l'air buté, des rides soucieuses ornaient son front étroit, en fait il ressemblait énormément à Nagui. « Tranquille d'accord… fit-il lorsqu'on lui eut exposé le problème, tranquille d'accord ma petite dame. Pour ce soir c'est pas possible, mais demain on a des départs, on vous changera de chambre. »

Un bagagiste nous conduisit jusqu'à notre bungalow vue plage, brancha la climatisation et se retira avec un dollar de pourboire. «Et voilà… dit Valérie en s'asseyant sur le lit. Les repas sont servis sous forme de buffet. C'est une formule tout compris, qui inclut les snacks et les cocktails. La discothèque est ouverte à partir de 23 heures. Il y a un supplément pour les massages et l'éclairage des courts de tennis la nuit. » Le but des entreprises de tourisme consiste à rendre les gens heureux, moyennant un certain tarif, pendant une certaine période. La tâche peut s'avérer facile, aussi bien qu'impossible – suivant la nature des gens, les prestations proposées, et d'autres facteurs. Valérie ôta son pantalon et son chemisier. Je m'allongeai sur l'autre lit jumeau. Source de plaisir permanente, disponible, les organes sexuels existent. Le dieu qui a fait notre malheur, qui nous a créés passagers, vains et cruels, a également prévu cette forme de compensation faible. S'il n'y avait pas, de temps à autre, un peu de sexe, en quoi consisterait la vie ? Un combat inutile contre les articulations qui s'ankylosent, les caries qui se forment. Tout cela, de surcroît, inintéressant au possible – le collagène dont les fibres durcissent, le creusement des cavités microbiennes dans les gencives. Valérie écarta les cuisses au-dessus de ma bouche. Elle portait un slip tanga très mince, en dentelle mauve. J'écartai le tissu et mouillai mes doigts pour caresser ses lèvres. De son côté, elle défit mon pantalon et prit mon sexe au creux de sa main. Elle commença à me masser les couilles doucement, sans hâte. J'attrapai un oreiller pour avoir la bouche à hauteur de sa chatte. À ce moment, j'aperçus une femme de chambre qui balayait le sable de la terrasse. Les rideaux étaient tirés, la baie vitrée grande ouverte. En croisant mon regard, la fille pouffa de rire. Valérie se redressa, lui fit signe d'approcher. Elle resta sur place, hésitante, appuyée à son balai. Valérie se leva, marcha vers elle et lui tendit les mains. Dès que la fille fut à l'intérieur, elle commença à défaire les boutons de sa blouse : elle ne portait rien en dessous, à part un slip de coton blanc ; elle pouvait avoir une vingtaine d'années, son corps était très brun, presque noir, elle avait une petite poitrine ferme et des fesses très cambrées. Valérie tira les rideaux ; je me levai à mon tour. La fille s'appelait Margarita. Valérie prit sa main et la posa sur mon sexe. Elle éclata de rire à nouveau, mais commença à me branler. Valérie ôta rapidement son soutien-gorge et sa culotte, s'allongea sur le lit et commença à se caresser. Margarita hésita encore un instant, puis elle retira son slip et s'agenouilla entre les cuisses de Valérie. Elle regarda d'abord sa chatte, la caressant de la main, puis elle approcha la bouche et commença à la lécher. Valérie posa une main sur la tête de Margarita pour la guider, tout en continuant à me branler de l'autre main. Je sentis que j'allais jouir ; je m'écartai et partis chercher un préservatif dans la trousse de toilette. J'étais tellement excité que j'eus du mal à le trouver, puis à l'enfiler, ma vue était comme brouillée. Le cul de la petite Noire ondulait à mesure qu'elle se penchait et se relevait sur le pubis de Valérie. Je la pénétrai d'un seul coup, sa chatte était ouverte comme un fruit. Elle gémit faiblement, tendit les fesses vers moi. Je commençai à aller et venir en elle, un peu n'importe comment, la tête me tournait, mon corps était traversé de soubresauts de plaisir. La nuit tombait, on ne voyait plus grand-chose dans la pièce. Comme venant de très loin, d'un autre monde, j'entendais les râles de Valérie qui augmentaient. J'écrasai mes mains sur le cul de Margarita, je la pénétrai de plus en plus fort, je ne cherchais même plus à me retenir. Au moment où Valérie poussa un cri, je jouis à mon tour. Pendant une ou deux secondes j'eus l'impression de me vider de mon poids, de flotter dans l'atmosphère. Puis la sensation de pesanteur revint, je me sentis épuisé d'un seul coup. Je m'abattis sur le lit, entre leurs bras.

Plus tard, je distinguai confusément Margarita qui se rhabillait, Valérie qui fouillait dans son sac pour lui donner quelque chose. Elles s'embrassèrent sur le pas de la porte ; dehors, il faisait noir. « Je lui ai donné quarante dollars... dit Valérie en se rallongeant à mes côtés. C'est le prix que paient les Occidentaux. Pour elle, ça représente un mois de salaire. » Elle alluma la lampe de chevet. Des silhouettes passaient, se détachaient en ombres chinoises sur les rideaux ; on entendait des bruits de conversation. Je posai une main sur son épaule.

« C'était bien... dis-je avec un émerveillement incrédule. C'était vraiment bien.

— Oui, elle était sensuelle, cette fille. Moi aussi, elle m'a bien léchée.

— C'est bizarre, les prix du sexe... poursuivis-je avec hésitation. J'ai l'impression que ça ne dépend pas tellement du niveau de vie du pays. Évidemment, suivant le pays, on obtient des choses tout à fait différentes ; mais le prix de base, c'est à peu près toujours le même : celui que les Occidentaux sont prêts à payer.

— Est-ce que tu crois que c'est ce qu'on appelle *l'économie de l'offre* ?

— Je n'en sais rien... Je secouai la tête. Je n'ai jamais rien compris à l'économie ; c'est comme un blocage. »

J'avais très faim, mais le restaurant n'ouvrait qu'à huit heures ; je bus trois piñacoladas au bar en assistant aux *jeux apéro*. L'effet de la jouissance ne se dissipait que lentement, j'étais un peu parti, de loin j'avais l'impression que tous les animateurs ressemblaient à Nagui. En fait non, il y en avait de plus jeunes, mais tous avaient quelque chose de bizarre : le crâne rasé, une barbiche ou des nattes. Ils poussaient des hurlements effroyables, et de temps en temps attrapaient une personne dans l'assistance pour la forcer à monter sur scène. Heureusement, j'étais trop loin pour être sérieusement menacé.

Le patron du bar était assez pénible, il ne servait pour ainsi dire à rien : chaque fois que j'avais besoin de quelque chose, il se contentait de me renvoyer d'un geste méprisant à ses serveurs ; il ressemblait un peu à un ancien torero, avec des cicatrices et un petit ventre rond, contrôlé. Son slip de bain jaune moulait très précisément son sexe ; il était *bien monté*, et il tenait à le faire savoir. Alors que je regagnais ma table, après avoir obtenu, avec d'extrêmes difficultés, mon quatrième cocktail, je vis l'homme s'approcher d'une table voisine, occupée par un groupe compact de quinquagénaires québécoises. Je les avais déjà remarquées en arrivant, elles étaient trapues et résistantes, tout en dents et en graisse, et parlaient incroyablement fort ; on n'avait aucun mal à comprendre qu'elles aient rapidement enterré leurs maris. Je sentais qu'il n'y aurait pas eu intérêt à leur passer devant dans une queue de self-service, ou à s'emparer d'un bol de céréales qu'elles auraient convoité. Lorsque l'ancien bellâtre s'approcha de leur table elles lui jetèrent des regards énamourés, redevenant presque des femmes. Il se pavanait largement devant elles, accentuant encore son obscénité par des gestes de suspension qu'il opérait à intervalles réguliers au travers de son slip, et par lesquels il semblait s'assurer de la matérialité de son *service trois pièces*. Les quinquagénaires québécoises semblaient ravies de cette compagnie évocatrice ; leurs vieux corps usés avaient encore besoin de soleil. Il jouait bien son rôle, parlait à voix basse à l'oreille des vieux êtres, les appelant à la manière cubaine «*mi corazon*» ou «*mi amor*». Rien d'autre n'aurait lieu, c'est certain, il se contentait de susciter d'ultimes tressaillements dans leurs vieilles chattes ; mais ce serait peut-être suffisant pour qu'elles aient l'impression d'avoir passé d'excellentes vacances, et pour qu'elles recommandent le club à leurs amies ; elles en avaient encore pour au moins vingt ans. Je jetai alors les bases d'un film pornographique social intitulé *Les seniors se déchaînent*. Il mettait en scène deux gangs qui opéraient dans des clubs de vacances, l'un composé de seniors italiens, l'autre de seniorettes québécoises. Chacun de leur côté, armés de nunchakus et de pics à glace, ils soumettaient aux derniers outrages des adolescents nus et bronzés. Naturellement ils finissaient par se rencontrer, au milieu d'un voilier du Club Med ; les membres de l'équipage, rapidement réduits à l'impuissance, étaient l'un après l'autre violés avant d'être jetés par-dessus bord par des seniorettes ivres de sang. Le film se terminait par une gigantesque partouze de seniors, alors que le bateau, ayant rompu ses amarres, voguait tout droit en direction du pôle Sud.

Valérie me rejoignit enfin : elle s'était maquillée, elle portait une robe blanche courte et transparente ; j'avais encore envie d'elle. Nous retrouvâmes Jean-Yves autour du buffet. Il avait l'air détendu, presque alangui, et nous livra mollement ses premières impressions. La chambre n'était pas mal, l'animation un peu envahissante ; il était juste à côté de la sono, c'était presque intenable. La bouffe pas terrible, ajouta-t-il en fixant avec amertume son morceau de poulet bouilli. Pourtant tout le monde se resservait abondamment, et à plusieurs reprises, au buffet ; les seniors en particulier étaient d'une voracité étonnante, on aurait pu croire qu'ils avaient passé leur après-midi à se dépenser en sports nautiques et en *beach volley*. « Ils mangent, ils mangent... commenta Jean-Yves avec résignation. Qu'est-ce que tu veux qu'ils fassent d'autre ? »

Après le dîner il y eut un spectacle, où la participation du public était une nouvelle fois requise. Une femme d'une cinquantaine d'années se lança dans une interprétation karaoké de *Bang-bang*, de Sheila. C'était assez courageux de sa part ; il y eut quelques applaudissements. Dans l'ensemble, le show était quand même surtout assuré par les animateurs. Jean-Yves paraissait prêt à s'endormir ; Valérie sirotait tranquillement son cocktail. Je regardai à la table voisine : les gens avaient l'air de s'ennuyer un peu, mais ils applaudissaient poliment à la fin de chaque numéro. Les causes de la désaffection des séjours-club ne me paraissaient pas bien difficiles à comprendre ; il me semblait que ça crevait les yeux. La clientèle était en grande partie composée de seniors ou d'adultes d'un certain âge, et l'équipe d'animation s'ingéniait à les entraîner vers un bonheur qu'ils ne pouvaient plus atteindre, plus sous cette forme tout du moins. Même Valérie et Jean-Yves, même moi dans un sens, nous avions tout de même des responsabilités professionnelles dans la *vraie vie* ; nous étions des employés sérieux, respectables, tous plus ou moins harassés de soucis – sans compter les impôts, les ennuis de santé, et d'autres choses. La plupart des gens assis à ces tables étaient dans le même cas : il y avait des cadres, des enseignants, des médecins, des ingénieurs, des comptables ; ou des retraités ayant exercé ces mêmes professions. Je ne comprenais pas que les animateurs puissent espérer que nous nous lancions avec enthousiasme dans des *soirées contact* ou des *tiercés de la chanson*. Je ne voyais pas comment, à notre âge et dans notre situation, nous aurions pu garder le *sens de la fête*. Leurs animations étaient conçues, tout au plus, pour les moins de quatorze ans.

Je tentai de faire part de mes réflexions à Valérie, mais l'animateur se remit à parler, il tenait le micro trop près, ça faisait un vacarme épouvantable. Il se livrait maintenant à une improvisation inspirée de Lagaf, ou peut-être de Laurent Baffie ; quoi qu'il en soit il marchait avec des palmes, et il était suivi par une fille déguisée en pingouin qui riait à tout ce qu'il disait. Le spectacle se termina par la danse du club et les *crazy signs* ; quelques personnes au premier rang se levèrent et s'agitèrent mollement. Jean-Yves, à mes côtés, étouffa un bâillement. « On va faire un tour à la discothèque ? » proposa-t-il.

Il y avait une cinquantaine de personnes, mais les animateurs étaient à peu près les seuls à danser. Le DJ passait une alternance de techno et de salsa. Finalement, quelques couples d'âge moyen s'essayèrent à la salsa. L'animateur avec les palmes passait sur la piste entre les couples en frappant dans ses mains et en hurlant : « *Caliente ! Caliente !* » ; j'avais l'impression qu'il les gênait plutôt qu'autre chose. Je m'installai au bar et commandai une piñacolada. Deux cocktails plus tard, Valérie me poussa du coude en désignant Jean-Yves. « Je crois qu'on va pouvoir le laisser… » chuchota-t-elle à mon oreille. Il était en train de parler à une fille très jolie, d'une trentaine d'années, probablement une Italienne. Ils étaient épaule contre épaule, très proches ; leurs visages étaient penchés l'un vers l'autre.

La nuit était chaude, moite. Valérie me prit par le bras. Le rythme de la discothèque s'éteignit ; on entendait un bourdonnement de talkies-walkies, des gardes patrouillaient à l'intérieur du domaine. Après la piscine, nous obliquâmes en direction de l'océan. La plage était déserte. Les vagues léchaient doucement le sable, à quelques mètres de nous ; on n'entendait plus aucun bruit. En arrivant dans le bungalow je me déshabillai, puis je m'allongeai pour attendre Valérie. Elle se brossa les dents, se déshabilla à son tour, vint me rejoindre. Je me blottis contre son corps nu. Je posai une main sur ses seins, l'autre au creux de son ventre. C'était doux.

8

Quand je me réveillai j'étais seul dans le lit, et j'avais légèrement mal à la tête. Je me levai en titubant, allumai une cigarette ; au bout de quelques bouffées, je me sentis un peu mieux. J'enfilai un pantalon, sortis sur la terrasse, qui était couverte de sable – le vent avait dû souffler pendant la nuit. Le jour était à peine levé ; le ciel paraissait nuageux. Je marchai sur quelques mètres en direction de la mer, et j'aperçus Valérie. Elle plongeait droit dans les vagues, nageait quelques brasses, se relevait, plongeait à nouveau.

Je m'arrêtai, tirant sur ma cigarette ; le vent était un peu frais, j'hésitais à la rejoindre. Elle se retourna et me vit, cria : « Allez, viens ! » en me faisant un grand signe de la main. À ce moment le soleil perça entre deux nuages, l'éclairant de face. La lumière resplendit sur ses seins et ses hanches, faisant scintiller l'écume sur ses cheveux, ses poils pubiens. Je demeurai figé sur place pendant quelques secondes, tout en prenant conscience que c'était une image que je n'oublierais jamais, qu'elle ferait partie de ces images qu'on revoit défiler, paraît-il, durant les quelques secondes qui précèdent la mort.

Le mégot me brûla les doigts ; je le jetai dans le sable, me déshabillai et marchai vers la mer. L'eau était fraîche, très salée ; c'était un bain de jouvence. Une bande de soleil brillait à la surface des eaux, filait droit vers l'horizon ; je pris ma respiration et plongeai dans le soleil.

Plus tard, nous nous blottîmes dans une serviette en regardant le jour qui montait sur l'océan. Les nuages se dissipèrent peu à peu, les surfaces lumineuses prirent de l'amplitude. Parfois, le matin, tout paraît simple. Valérie rejeta la serviette, offrant son corps au soleil. « Je n'ai pas envie de m'habiller... dit-elle. – Un minimum... » hasardai-je. Un oiseau planait à mi-hauteur, scrutant la surface des eaux. « J'aime bien nager, j'aime bien faire l'amour... me dit-elle encore. Mais je n'aime pas danser, je ne sais pas me distraire, et j'ai toujours détesté les soirées. Est-ce que c'est normal ? »

J'hésitai assez longtemps avant de lui répondre. « Je ne sais pas... dis-je finalement. Je sais juste que je suis pareil. »

Il n'y avait pas grand monde aux tables du petit déjeuner, mais Jean-Yves était déjà là, attablé devant un café, une cigarette à la main. Il n'était pas rasé, et donnait l'impression d'avoir mal dormi ; il nous fit un petit signe de la main. Nous nous installâmes en face de lui.

« Alors, ça s'est bien passé avec l'Italienne ? demanda Valérie en attaquant ses œufs brouillés.

— Pas trop, non. Elle a commencé à me raconter qu'elle travaillait dans le marketing, qu'elle avait des problèmes avec son petit ami, que c'était pour ça qu'elle partait seule en vacances. Ça m'a gonflé, je suis allé me coucher.

— Tu devrais essayer les femmes de chambre... »

Il émit un vague sourire, écrasa son mégot dans le cendrier.

« Qu'est-ce qu'on fait, aujourd'hui ? demandai-je. Enfin, je veux dire... c'était supposé être un séjour découverte.

— Ah, oui… » Jean-Yves eut une moue de lassitude. « Enfin, à moitié. C'est-à-dire qu'on n'a pas eu le temps de mettre grand-chose sur pied. C'est la première fois que je travaille avec un pays socialiste ; ça a l'air compliqué, de faire les choses au dernier moment, dans les pays socialistes. Bref, cet après-midi, il y a un truc avec des dauphins… Il se reprit, essaya de préciser. Enfin, si j'ai bien compris, c'est un spectacle avec des dauphins, et ensuite on peut nager avec eux. Je suppose qu'on leur monte sur le dos, ou quelque chose comme ça.

— Ah oui je connais, intervint Valérie, c'est nul. Tout le monde croit que les dauphins sont des mammifères très doux, amicaux, etc. En fait c'est faux, ils sont structurés en groupes fortement hiérarchisés, avec un mâle dominant, et ils sont plutôt agressifs : souvent, entre eux, il y a des combats à mort. La seule fois où j'ai essayé de nager avec des dauphins, je me suis fait mordre par une femelle.

— Bon, bon… » Jean-Yves écarta les mains en signe d'apaisement. « Enfin, quoi qu'il en soit, cet après-midi, il y a dauphins pour ceux qui veulent. Demain et après-demain, on fait une excursion de deux jours à Baracoa ; ça devrait être pas mal, enfin j'espère. Et puis après… il réfléchit un instant ; après c'est tout. Enfin si, le dernier jour, avant de reprendre l'avion, on a un déjeuner de langoustes et une visite du cimetière de Santiago. »

Quelques secondes de silence suivirent cette déclaration. « Oui… reprit péniblement Jean-Yves, je crois qu'on a un peu merdé sur cette destination.

« D'ailleurs… reprit-il après un temps de réflexion, j'ai l'impression que les choses ne tournent pas très bien dans ce club. Enfin je veux dire, même en dehors de moi. Hier, à la discothèque, je n'ai pas eu l'impression de voir tellement de couples se former, même chez les jeunes. » Il se tut à nouveau quelques secondes. « *Ecco…* » conclut-il avec un geste résigné de la main.

« Il avait raison, le sociologue… dit pensivement Valérie.
— Quel sociologue ?
— Lagarrigue. Le sociologue des comportements. Il avait raison de dire qu'on est loin de l'époque des *Bronzés*. »

Jean-Yves finit son café, secoua la tête avec amertume. « Vraiment… dit-il avec dégoût, vraiment je n'aurais jamais cru que j'en arriverais un jour à éprouver de la nostalgie par rapport à l'époque des *Bronzés*. »

Pour accéder à la plage, il nous fallut subir les assauts de quelques vendeurs de produits artisanaux merdiques ; mais ça allait, ils n'étaient ni trop nombreux ni trop collants, on pouvait s'en débarrasser avec des sourires et des gestes désolés de la main. Pendant la journée, les Cubains avaient le droit d'accéder à la plage du club. Ils n'ont pas grand-chose à proposer ni à vendre, m'expliqua Valérie ; mais ils essaient, ils font ce qu'ils peuvent. Apparemment, dans ce pays, personne n'arrivait à vivre de son salaire. Rien ne marchait vraiment : l'essence manquait pour les moteurs, les pièces détachées pour les machines. D'où ce côté utopie agraire, qu'on ressentait en traversant les campagnes : les paysans qui labouraient avec des bœufs, qui se déplaçaient en calèche… Mais il ne s'agissait pas d'une utopie, ni d'une reconstitution écologique : c'était la réalité d'un pays qui n'arrivait plus à se maintenir dans l'âge industriel. Cuba parvenait encore à exporter quelques produits agricoles comme le café, le cacao, la canne à sucre ; mais la production industrielle était pratiquement tombée à zéro. On avait du mal à trouver jusqu'aux articles de consommation les plus élémentaires comme le savon, le papier, les stylos bille. Les seuls magasins bien approvisionnés étaient ceux où les produits étaient importés, et où il fallait payer en dollars. Tous les Cubains, donc, survivaient grâce à une deuxième activité liée au tourisme. Les plus favorisés étaient ceux qui travaillaient directement pour l'industrie touristique ; les autres, d'une manière ou d'une autre, tentaient de se procurer des dollars par des services annexes ou des trafics.

Je m'allongeai sur le sable pour réfléchir. Les hommes et les femmes bronzés qui circulaient entre les bancs de touristes nous considéraient uniquement comme des portefeuilles sur pattes, il n'y avait pas d'illusion à se faire ; mais il en était de même dans tous les pays du tiers-monde. Ce qui était particulier à Cuba c'était cette difficulté, aveuglante, de la production industrielle. Moi-même, j'étais absolument incompétent dans le domaine de la production industrielle. J'étais parfaitement adapté à l'âge de l'information, c'est-à-dire à rien. Valérie et Jean-Yves, comme moi, ne savaient utiliser que de l'information et des capitaux ; ils les utilisaient de manière intelligente et compétitive, alors que je le faisais de manière plus routinière et fonctionnarisée. Mais aucun de nous trois, ni aucune personne que je connaisse, n'aurait été capable, en cas par exemple de blocus par une puissance étrangère, d'assurer un redémarrage de la production industrielle. Nous n'avions aucune notion sur la fonderie des métaux, l'usinage des pièces, le thermoformage des matières plastiques. Sans même parler d'objets plus récents, comme les fibres optiques ou les microprocesseurs. Nous vivions dans un monde composé d'objets dont la fabrication, les conditions de possibilité, le mode d'être nous étaient absolument étrangers. Je jetai un regard autour de moi, affolé par cette prise de conscience : il y avait là une serviette, des lunettes de soleil, de la crème solaire, un livre de poche de Milan Kundera. Du papier, du coton, du verre : des machines sophistiquées, des systèmes de production complexes. Le maillot de bain de Valérie, par exemple, j'étais incapable de comprendre son processus de fabrication : il était composé de 80 % de latex, 20 % de polyuréthane. Je passai deux doigts dans le soutien-gorge : sous l'assemblage de fibres industrielles, je sentais la chair vivante. J'introduisis mes doigts un peu plus loin, sentis le téton durcir. C'était une chose que je pouvais faire, que je savais faire. Le soleil devenait peu à peu écrasant. Une fois dans l'eau, Valérie enleva son slip de bain. Elle noua ses jambes autour de ma taille et s'allongea sur le dos, faisant la planche. Sa chatte était déjà ouverte. Je la pénétrai souplement, allant et venant en elle au rythme des vagues. Il n'y avait pas d'alternative. J'arrêtai juste avant de jouir. Nous revînmes nous sécher au soleil.

Un couple passa près de nous, composé d'un grand Noir et d'une fille à la peau très blanche, au visage nerveux, aux cheveux très courts, qui parlait en le regardant et en riant trop fort. Elle était visiblement américaine, peut-être journaliste au *New York Times*, ou quelque chose d'approchant. En fait, en y regardant de plus près, il y avait pas mal de couples mixtes sur cette plage. Plus loin, deux grands blonds un peu empâtés, à l'accent nasillard, riaient et plaisantaient avec deux filles splendides à la peau cuivrée.

« Ils n'ont pas le droit de les ramener à l'hôtel... dit Valérie en suivant mon regard. Il y a des chambres à louer dans le village voisin.

— Je croyais que les Américains ne pouvaient pas venir à Cuba.

— En principe, ils ne peuvent pas ; mais ils passent par le Canada ou le Mexique. En fait, ils sont furieux d'avoir perdu Cuba. On peut les comprendre... dit-elle pensivement. S'il y a un pays au monde qui a besoin du tourisme sexuel, c'est bien eux. Mais pour l'instant les firmes américaines sont bloquées, elles n'ont absolument pas le droit d'investir. De toute façon le pays va redevenir capitaliste, ce n'est qu'une question d'années ; mais jusque-là le champ est libre pour les Européens. C'est pour ça qu'Aurore n'a pas envie de renoncer, même si le club a des difficultés : c'est le moment de prendre l'avantage sur la concurrence. Cuba est une opportunité unique dans la zone Antilles-Caraïbes.

« Eh oui... poursuivit-elle d'un ton léger, après un temps de silence. C'est comme ça qu'on parle, dans mon milieu professionnel... dans le monde de l'économie globale. »

9

Le minibus pour Baracoa partait à huit heures du matin ; il y avait une quinzaine de personnes. Ils avaient déjà eu l'occasion de faire connaissance, et ne tarissaient pas d'éloges au sujet des dauphins. L'enthousiasme des retraités (majoritaires), des deux orthophonistes qui partaient en vacances ensemble et du couple d'étudiants s'exprimait naturellement par des voies lexicales légèrement différentes ; mais tous auraient pu s'entendre sur ces termes : une expérience unique.

La conversation roula ensuite sur les caractéristiques du club. Je jetai un regard à Jean-Yves : assis seul au milieu du minibus, il avait posé un calepin et un stylo sur le siège à côté de lui. En position inclinée, les yeux mi-clos, il se concentrait pour capter l'ensemble des interventions. C'était à ce stade, évidemment, qu'il comptait faire ample moisson d'impressions et d'observations utiles.

Sur le sujet du club aussi, un consensus semblait s'établir parmi les participants. Les animateurs furent unanimement jugés « sympa », mais les animations pas très intéressantes. Les chambres étaient bien, sauf celles situées près de la sono, trop bruyantes. Quant à la bouffe, elle n'était décidément pas terrible.

Aucune des personnes présentes ne participait aux activités de réveil musculaire, d'aérobic, d'initiation à la salsa ou à l'espagnol. Finalement, ce qu'il y avait de mieux, c'était encore la plage ; d'autant qu'elle était calme. « Animation et sono plutôt perçues comme des nuisances », nota Jean-Yves sur son calepin.

Les bungalows recueillaient l'assentiment général, d'autant qu'ils étaient éloignés de la discothèque. « La prochaine fois, on exigera d'avoir un bungalow ! » affirma nettement un retraité costaud, en pleine force de l'âge, visiblement habitué au commandement ; en réalité, il avait passé l'ensemble de sa carrière dans la commercialisation des vins de Bordeaux. Les deux étudiants étaient du même avis. « Discothèque inutile », nota Jean-Yves en songeant mélancoliquement à tous ces investissements accomplis en vain.

Après l'embranchement de Cayo Saetia, la route devint de plus en plus mauvaise. Il y avait des nids-de-poule et des crevasses, parfois sur la moitié de la chaussée. Le chauffeur était obligé de slalomer sans arrêt, nous étions secoués sur nos sièges, ballottés de droite et de gauche. Les gens réagissaient par des exclamations et des rires. « Ça va, ils sont de bonne composition… me dit Valérie à voix basse. C'est ça qui est bien avec les circuits découverte, on peut leur imposer des conditions dégueulasses, pour eux ça fait partie de l'aventure. Là, en fait, on est en faute : pour un trajet pareil, normalement, il faudrait des 4 x 4. »

Un peu avant Moa, le chauffeur bifurqua vers la droite pour éviter un trou énorme. Le véhicule dérapa lentement, puis s'immobilisa dans une fondrière. Le chauffeur relança le moteur à fond : les roues patinèrent dans une boue brunâtre, le minibus resta immobile. Il s'acharna encore plusieurs fois, sans résultat. « Bon… fit le négociant en vins en croisant les bras d'un air enjoué, il va falloir descendre pour pousser. »

Nous sortîmes du véhicule. Devant nous s'étendait une plaine immense, recouverte d'une boue craquelée et brune, d'un aspect malsain. Des mares d'eau stagnantes, d'une couleur presque noire, étaient entourées de hautes herbes desséchées et blanchâtres. Dans le fond, une gigantesque usine de briques sombres dominait le paysage ; ses deux cheminées vomissaient une fumée épaisse. De l'usine s'échappaient des tuyaux énormes, à demi rouillés, qui zigzaguaient sans direction apparente au milieu de la plaine. Sur le bas-côté, un panneau de métal où Che Guevara exhortait les travailleurs au développement révolutionnaire des forces productives commençait à rouiller, lui aussi. L'atmosphère était saturée d'une odeur infecte, qui semblait monter de la boue elle-même, plutôt que des mares.

L'ornière n'était pas très profonde, le minibus redémarra aisément grâce à nos efforts conjugués. Tout le monde remonta en se congratulant. Nous déjeunâmes un peu plus tard dans un restaurant de fruits de mer. Jean-Yves compulsait son carnet, l'air soucieux ; il n'avait pas touché à son plat.

« Pour les séjours découverte, conclut-il après une longue réflexion, ça me paraît bien parti ; mais pour la formule club, je ne vois vraiment pas ce qu'on peut faire. »

Valérie le regardait tranquillement en sirotant son café glacé ; elle avait l'air de s'en foutre complètement.

« Évidemment, reprit-il, on peut toujours virer l'équipe d'animation ; ça réduira la masse salariale.

— Ce serait déjà une bonne chose, oui.

— Ce n'est pas un peu radical, comme mesure ? s'inquiéta-t-il.

— Ne t'en fais pas pour ça. De toute façon, animateur de village de vacances, ce n'est pas une formation pour des jeunes. Ça les rend cons et feignants, et en plus ça ne mène à rien. Tout ce qu'ils peuvent devenir ensuite, c'est chef de village – ou animateur télé.

— Bon... Donc, je réduis la masse salariale; remarque, ils ne sont pas tellement payés. Ça m'étonnerait que ça suffise pour être concurrentiel avec les clubs allemands. Enfin je ferai ce soir une simulation sur tableur, mais je n'y crois pas trop. »

Elle eut un petit acquiescement indifférent, du genre : « Simule toujours, ça peut pas faire de mal ». Elle m'étonnait un peu en ce moment, je la trouvais vraiment cool. Il est vrai qu'on baisait quand même beaucoup, et baiser, il n'y a pas de doute, ça calme : ça relativise les enjeux. Jean-Yves, de son côté, avait l'air tout prêt à se précipiter sur son tableur; je me suis même demandé s'il n'allait pas demander au chauffeur de sortir son portable du coffre. « T'en fais pas, on trouvera une solution... » lui dit Valérie en lui secouant amicalement l'épaule. Ça parut l'apaiser pour un temps, il se rassit gentiment à sa place dans le minibus.

Pendant la dernière partie du trajet, les passagers parlèrent surtout de Baracoa, notre destination finale; ils semblaient déjà à peu près tout savoir sur cette ville. Le 28 octobre 1492, Christophe Colomb avait jeté l'ancre dans la baie, dont la forme parfaitement circulaire l'avait impressionné. « Un des plus beaux spectacles qu'on puisse voir », avait-il noté dans son journal de bord. La région n'était alors habitée que par des Indiens tainos. En 1511, Diego Velazquez avait fondé la ville de Baracoa; c'était la première ville espagnole en Amérique. Pendant plus de quatre siècles, n'étant accessible que par bateau, elle était restée isolée du reste de l'île. En 1963, la construction du viaduc de la Farola avait permis de la relier par la route à Guantanamo.

Nous arrivâmes un peu après trois heures ; la ville s'étendait le long d'une baie qui formait, effectivement, un cercle quasi parfait. La satisfaction fut générale, et s'exprima par des exclamations admiratives. Finalement, ce que cherchent avant tout les amateurs de voyages de découverte, c'est une *confirmation* de ce qu'ils ont pu lire dans leurs guides. En somme, c'était un public de rêve : Baracoa, avec sa modeste étoile dans le guide Michelin, ne risquait pas de les décevoir. L'hôtel *El Castillo*, situé dans une ancienne forteresse espagnole, dominait la ville. Vue de haut, elle paraissait splendide ; mais, en fait, pas plus que la plupart des villes. Au fond elle était même assez quelconque, avec ses HLM miteuses, d'un gris noirâtre, tellement sordides qu'elles en paraissaient inhabitées. Je décidai de rester au bord de la piscine, de même que Valérie. Il y avait une trentaine de chambres, toutes occupées par des touristes d'Europe du Nord, qui semblaient tous à peu près venus pour les mêmes raisons. Je remarquai d'abord deux Anglaises d'une quarantaine d'années, plutôt enveloppées ; l'une d'entre elles portait des lunettes. Elles étaient accompagnées de deux métis, l'air insouciant, vingt-cinq ans tout au plus. Ils avaient l'air à l'aise dans la situation, parlaient et plaisantaient avec les grosses, leur tenaient la main, les prenaient par la taille. J'aurais été bien incapable, pour ma part, de faire ce genre de travail ; je me demandais s'ils avaient des trucs, à quoi ou à qui ils pouvaient penser au moment de stimuler leur érection. À un moment donné, les deux Anglaises montèrent jusqu'à leurs chambres pendant que les types continuaient à discuter au bord de la piscine ; si je m'étais vraiment intéressé à l'humanité j'aurais pu engager la conversation, essayer d'en savoir un peu plus. Après tout il suffisait peut-être de branler correctement, l'érection pouvait sans doute avoir un caractère purement mécanique ; des biographies de prostitués auraient pu me renseigner sur ce point, mais je ne disposais que du *Discours sur l'esprit positif*. Alors que je feuilletais le sous-chapitre intitulé « La politique populaire, toujours sociale, doit devenir surtout morale », j'aperçus une jeune Allemande qui sortait de sa chambre, accompagnée par un grand Noir. Elle ressemblait vraiment à une Allemande telle qu'on se les imagine, avec de longs cheveux blonds, des yeux bleus, un corps plaisant et ferme, de gros seins. C'est très attirant comme type physique, le problème c'est que ça ne tient pas, dès l'âge de trente ans il y a des travaux à prévoir, des liposuccions, du silicone ; enfin pour l'instant tout allait bien, elle était même franchement excitante, son cavalier avait eu de la chance. Je me suis demandé si elle payait autant que les Anglaises, s'il y avait un tarif unique pour les hommes comme pour les femmes ; là encore il aurait fallu enquêter, interroger. C'était trop fatigant pour moi, je décidai de monter dans ma chambre. Je commandai un cocktail, que je sirotai lentement sur le balcon. Valérie se faisait bronzer, se trempait de temps en temps dans la piscine ; au moment où je rentrai pour m'allonger, je m'aperçus qu'elle avait engagé la conversation avec l'Allemande.

Elle monta me rendre visite vers six heures ; je m'étais endormi au milieu de mon livre. Elle ôta son maillot de bain, prit une douche et revint vers moi, la taille entourée d'une serviette ; ses cheveux étaient légèrement humides.

« Tu vas dire que c'est une obsession chez moi, mais j'ai demandé à l'Allemande ce que les Noirs avaient de plus que les Blancs. C'est vrai, c'est frappant, à force : les femmes blanches préfèrent coucher avec des Africains, les hommes blancs avec des Asiatiques. J'ai besoin de savoir pourquoi, c'est important pour mon travail.

— Il y a aussi des Blancs qui apprécient les Noires…
observai-je.

— C'est moins courant ; le tourisme sexuel est
beaucoup moins répandu en Afrique qu'en Asie.
Enfin, le tourisme en général, à vrai dire.

— Qu'est-ce qu'elle t'a répondu ?

— Les trucs classiques : les Noirs sont décontrac-
tés, virils, ils ont le sens de la fête ; ils savent s'amuser sans se prendre la tête, on n'a pas de problèmes
avec eux. »

Cette réponse de la jeune Allemande était certes
banale, mais fournissait déjà les linéaments d'une
théorie adéquate : en somme les Blancs étaient des
Nègres inhibés, qui cherchaient à retrouver une innocence sexuelle perdue. Évidemment, cela n'expliquait
rien à l'attraction mystérieuse que semblaient exercer
les femmes asiatiques ; ni au prestige sexuel dont
jouissaient, selon tous les témoignages, les Blancs en
Afrique noire. Je jetai alors les bases d'une théorie
plus compliquée et plus douteuse : en résumé, les
Blancs voulaient être bronzés et apprendre des danses
de nègres ; les Noirs voulaient s'éclaircir la peau et se
décrêper les cheveux. L'humanité entière tendait instinctivement vers le métissage, l'indifférenciation
généralisée ; et elle le faisait en tout premier lieu à travers ce moyen élémentaire qu'était la sexualité. Le
seul, cependant, à avoir poussé le processus jusqu'à
son terme était Michael Jackson : il n'était plus ni noir
ni blanc, ni jeune ni vieux ; il n'était même plus, dans
un sens, ni homme ni femme. Personne ne pouvait
véritablement imaginer sa vie intime ; ayant compris
les catégories de l'humanité ordinaire, il s'était ingé-
nié à les dépasser. Voici pourquoi il pouvait être tenu
pour une star, et même pour la plus grande star – et,
en réalité, la première – de l'histoire du monde. Tous
les autres – Rudolf Valentino, Greta Garbo, Marlène
Dietrich, Marilyn Monroe, James Dean, Humphrey

Bogart – pouvaient tout au plus être considérés comme des artistes talentueux, ils n'avaient fait que mimer la condition humaine, qu'en donner une transposition esthétique ; Michael Jackson, le premier, avait essayé d'aller un peu plus loin.

C'était une théorie séduisante, et Valérie m'écouta avec attention ; moi-même, pourtant, je n'étais pas véritablement convaincu. Fallait-il en conclure que le premier cyborg, le premier individu qui accepterait, dans son cerveau, l'implantation d'éléments d'intelligence artificielle, d'origine extra-humaine, deviendrait du même coup une star ? Probablement, oui ; mais cela n'avait plus grand-chose à voir avec le sujet. Michael Jackson avait beau être une star, il n'était certainement pas un symbole sexuel ; si l'on voulait provoquer des déplacements touristiques massifs, susceptibles de rentabiliser des investissements lourds, il fallait se tourner vers des forces d'attraction plus élémentaires.

Un peu plus tard, Jean-Yves et les autres rentrèrent de leur visite de la ville. Le musée d'histoire locale était surtout consacré aux mœurs des Tainos, les premiers habitants de la région. Ils semblaient avoir mené une existence paisible, faite d'agriculture et de pêche ; les conflits entre tribus voisines étaient presque inexistants ; les Espagnols n'avaient éprouvé aucune difficulté à exterminer ces êtres peu préparés au combat. Aujourd'hui il n'en restait plus rien, hormis quelques traces génétiques minimes dans le physique de certains individus ; leur culture avait entièrement disparu, elle aurait aussi bien pu ne jamais avoir existé. Dans certains dessins effectués par les ecclésiastiques qui avaient tenté – le plus souvent en vain – de les sensibiliser au message de l'Évangile, on les voyait labourer, ou s'affairer à la cuisine autour d'un feu ; des femmes aux seins nus allaitaient leurs enfants. Tout cela donnait sinon une impression d'Éden, du moins celle d'une *histoire lente* ; l'arrivée des Espagnols avait sensiblement accéléré les choses. Après les conflits classiques entre les puissances coloniales qui tenaient, à l'époque, le haut du pavé, Cuba était devenue indépendante en 1898, pour passer aussitôt sous domination américaine. Début 1959, après plusieurs années de guerre civile, les forces révolutionnaires conduites par Fidel Castro avaient pris le dessus sur l'armée régulière, obligeant Batista à s'enfuir. Compte tenu du partage en deux blocs qui s'imposait alors à l'ensemble du monde, Cuba avait rapidement dû se rapprocher du bloc soviétique, et instaurer un régime de type marxiste. Privé de soutien logistique après l'effondrement de l'Union soviétique, ce régime touchait aujourd'hui à sa fin. Valérie enfila une jupe courte, fendue sur le côté, et un petit haut de dentelle noire ; nous avions le temps de boire un cocktail avant le dîner.

Tout le monde était réuni au bord de la piscine, et contemplait le soleil qui se couchait sur la baie. À proximité du rivage, l'épave d'un cargo rouillait lentement. D'autres bateaux, plus petits, flottaient sur les eaux presque immobiles ; tout cela donnait une intense impression d'abandon. Des rues de la ville en contrebas, il ne s'échappait aucun bruit ; quelques réverbères s'allumèrent avec hésitation. À la table de Jean-Yves il y avait un homme d'une soixantaine d'années, au visage maigre et usé, à l'allure misérable ; et un autre, nettement plus jeune, trente ans tout au plus, que je reconnus comme étant le gérant de l'hôtel. Je l'avais observé plusieurs fois pendant l'après-midi, tournant nerveusement entre les tables, courant d'un endroit à l'autre pour vérifier que tout le monde était servi ; son visage paraissait miné par une anxiété permanente, sans objet. En nous voyant arriver il se leva avec vivacité, approcha deux chaises, héla un serveur, s'assura qu'il arrivait sans le moindre retard ; puis il se précipita vers les cuisines. Le vieil homme, de son côté, jetait un regard désabusé sur la piscine, sur les couples installés à leurs tables, et apparemment sur le monde en général. « Pauvre peuple cubain… prononça-t-il après un long silence. Ils n'ont plus rien à vendre, à l'exception de leurs corps. » Jean-Yves nous expliqua qu'il habitait juste à côté, que c'était le père du gérant de l'hôtel. Il avait pris part à la révolution, plus de quarante ans auparavant, il avait fait partie d'un des premiers bataillons de soldats ralliés à l'insurrection castriste. Après la guerre il avait travaillé à l'usine de nickel de Moa, d'abord comme ouvrier, puis comme contremaître, enfin – après être retourné à l'université – comme ingénieur. Son statut de héros de la révolution avait permis à son fils d'obtenir un poste important dans l'industrie touristique.

« Nous avons échoué… dit-il d'une voix sourde ; et nous avons mérité notre échec. Nous avions des dirigeants de grande valeur, des hommes exceptionnels, idéalistes, qui faisaient passer le bien de la patrie avant leur intérêt propre. Je me souviens du *comandante* Che Guevara le jour où il est venu inaugurer l'usine de traitement de cacao dans notre ville ; je revois son visage courageux, honnête. Personne n'a jamais pu dire que le *commandante* s'était enrichi, qu'il avait cherché à obtenir des avantages pour lui ni pour sa famille. Ce ne fut pas davantage le cas de Camilo Cienfuegos, ni d'aucun de nos dirigeants révolutionnaires, ni même de Fidel – Fidel aime le pouvoir, c'est certain, il veut avoir l'œil sur tout ; mais il est désintéressé, il n'a pas de propriétés magnifiques, ni de comptes en Suisse. Donc le Che était là, il a inauguré l'usine, il a prononcé un discours où il exhortait le peuple cubain à gagner la bataille pacifique de la production, après la lutte armée du combat pour l'indépendance ; c'était peu avant qu'il parte au Congo. Nous pouvions parfaitement gagner cette bataille. C'est une région très fertile ici, la terre est riche et bien arrosée, tout pousse à volonté : café, cacao, canne à sucre, fruits exotiques de toutes espèces. Le sous-sol est saturé de minerai de nickel. Nous avions une usine ultramoderne, construite avec l'aide des Russes. Au bout de six mois, la production était tombée à la moitié de son chiffre normal : tous les ouvriers volaient du chocolat, brut ou en plaquettes, le distribuaient à leur famille, le revendaient à des étrangers. Et cela a été la même chose dans toutes les usines, à l'échelle du pays entier. Quand ils ne trouvaient rien à voler les ouvriers travaillaient mal, ils étaient paresseux, toujours malades, ils s'absentaient sans la moindre raison. J'ai passé des années à essayer de leur parler, de les convaincre de se donner un peu plus de mal dans l'intérêt de leur pays : je n'ai connu que la déception et l'échec. »

Il se tut ; un reste de jour flottait sur le Yunque, une montagne au sommet mystérieusement tronqué, en forme de table, qui dominait les collines, et qui avait déjà fortement impressionné Christophe Colomb. Des bruits de couverts entrechoqués provenaient de la salle à manger. Qu'est-ce qui pouvait inciter les êtres humains, exactement, à accomplir les travaux ennuyeux et pénibles ? Ça me paraissait la seule question politique qui vaille d'être posée. Le témoignage du vieil ouvrier était accablant, sans rémission : à son avis, uniquement le besoin d'argent ; de toute évidence en tout cas la révolution avait échoué à créer *l'homme nouveau*, accessible à des motivations plus altruistes. Ainsi, comme toutes les sociétés, la société cubaine n'était qu'un laborieux dispositif de truquage élaboré dans le but de permettre à certains d'échapper aux travaux ennuyeux et pénibles. À ceci près que le truquage avait échoué, plus personne n'était dupe, plus personne n'était soutenu par l'espoir de jouir un jour du travail commun. Le résultat en était que plus rien ne marchait, plus personne ne travaillait ni ne produisait quoi que ce soit, et que la société cubaine était devenue incapable d'assurer la survie de ses membres.

Les autres participants de l'excursion se levèrent, se dirigèrent vers les tables. Je cherchais désespérément quelque chose d'optimiste à dire au vieil homme, un message d'espoir indéterminé ; mais non, il n'y avait rien. Comme il le pressentait amèrement, Cuba allait bientôt redevenir capitaliste, et des espoirs révolutionnaires qui avaient pu l'habiter il ne resterait rien – que le sentiment d'échec, l'inutilité et la honte. Son exemple ne serait ni respecté ni suivi, il serait même pour les générations futures un objet de dégoût. Il se serait battu, puis il aurait travaillé toute sa vie, rigoureusement en vain.

Pendant tout le repas je bus pas mal, et je me retrouvai à la fin complètement pété ; Valérie me regardait avec un peu d'inquiétude. Les danseuses de salsa se préparaient à leur spectacle ; elles portaient des jupes plissées, des fourreaux multicolores. Nous nous installâmes en terrasse. Je savais à peu près ce que je voulais dire à Jean-Yves ; le moment était-il bien choisi ? Je le sentais un peu désemparé, mais détendu. Je commandai un dernier cocktail, allumai un cigare avant de me tourner vers lui.

« Tu veux vraiment trouver une formule nouvelle qui te permette de sauver tes hôtels-club ?

— Évidemment ; je suis là pour ça.

— Propose un club où les gens puissent baiser. C'est ça, avant tout, qui leur manque. S'ils n'ont pas eu leur petite aventure de vacances, ils repartent insatisfaits. Ils n'osent pas l'avouer, peut-être est-ce qu'ils n'en prennent pas conscience ; mais, la fois suivante, ils changent de prestataire.

— Ils peuvent baiser, tout est même fait pour les

y inciter, c'est le principe des clubs ; pourquoi est-ce qu'ils ne le font pas, je n'en sais rien. »

Je balayai l'objection d'un geste de la main. « Moi non plus je n'en sais rien, mais ce n'est pas le problème ; ça ne sert à rien de chercher les causes du phénomène, à supposer même que l'expression ait un sens. Il doit certainement se passer quelque chose, pour que les Occidentaux n'arrivent plus à coucher ensemble ; c'est peut-être lié au narcissisme, au sentiment d'individualité, au culte de la performance, peu importe. Toujours est-il qu'à partir de vingt-cinq ou trente ans, les gens ont beaucoup de mal à faire des rencontres sexuelles nouvelles ; et pourtant ils en éprouvent toujours le besoin, c'est un besoin qui ne se dissipe que très lentement. Ils passent ainsi trente ans de leur vie, la quasi-totalité de leur âge adulte, dans un état de manque permanent. »

Au milieu de l'imprégnation alcoolique, juste avant l'abrutissement, on traverse parfois des instants de lucidité aiguë. Le dépérissement de la sexualité en Occident était certes un phénomène sociologique, massif, qu'il était vain de vouloir expliquer par tel ou tel facteur psychologique individuel ; en jetant un regard à Jean-Yves je pris cependant conscience qu'il illustrait parfaitement ma thèse, c'en était presque gênant. Non seulement il ne baisait plus, il n'avait plus le temps d'essayer, mais il n'en avait même plus vraiment envie, et c'était encore pire, il sentait cette déperdition de vie s'inscrire dans sa chair, il commençait à flairer l'odeur de la mort. « Pourtant… objecta-t-il après une longue hésitation, j'ai entendu dire que les clubs échangistes avaient un certain succès.

— Non, justement, ça marche de moins en moins. Il y a beaucoup de boîtes qui ouvrent, mais elles ferment presque tout de suite, parce qu'elles n'ont pas de clients. En réalité il n'y a que deux boîtes qui tiennent à Paris, *Chris et Manu* et le *2 + 2*, et encore elles ne sont pleines que le samedi soir : pour une agglomération de dix millions d'habitants c'est peu, et c'est beaucoup moins que dans le début des années 1990. Les clubs échangistes c'est une formule sympa, mais de plus en plus démodée, parce que les gens n'ont plus envie d'échanger quoi que ce soit, ça ne correspond plus aux mentalités modernes. À mon avis, l'échangisme a autant de chances de survie aujourd'hui que l'auto-stop dans les années 1970. La seule pratique qui corresponde vraiment à quelque chose en ce moment, c'est le SM… » À ce moment Valérie me jeta un regard affolé, me donna même un coup de pied dans les tibias. Je la regardai avec surprise, je mis quelques secondes à comprendre : non, évidemment, je n'allais pas parler d'Audrey ; je lui fis un petit signe de tête rassurant. Jean-Yves n'avait pas remarqué l'interruption.

« Donc, poursuivis-je, d'un côté tu as plusieurs centaines de millions d'Occidentaux qui ont tout ce qu'ils veulent, sauf qu'ils n'arrivent plus à trouver de satisfaction sexuelle : ils cherchent, ils cherchent sans arrêt, mais ils ne trouvent rien, et ils en sont malheureux jusqu'à l'os. De l'autre côté tu as plusieurs milliards d'individus qui n'ont rien, qui crèvent de faim, qui meurent jeunes, qui vivent dans des conditions insalubres, et qui n'ont plus rien à vendre que leur corps, et leur sexualité intacte. C'est simple, vraiment simple à comprendre : c'est une situation d'échange idéale. Le fric qu'on peut ramasser là-dedans est presque inimaginable : c'est plus que l'informatique, plus que les biotechnologies, plus que les industries des médias ; il n'y a aucun secteur économique qui puisse y être comparé. »

Jean-Yves ne répondit rien ; à ce moment, l'orchestre attaqua un premier morceau. Les danseuses étaient jolies et souriantes, leurs jupes plissées tourbillonnaient, découvraient largement leurs cuisses bronzées ; elles illustraient à merveille mon propos. Je crus d'abord qu'il n'allait rien dire, qu'il allait simplement digérer l'idée. Pourtant, au bout d'au moins cinq minutes, il reprit :

« Ça ne s'applique pas vraiment aux pays musulmans, ton système…

— Pas de problème, tu les laisses en "Eldorador Découverte". Tu peux même t'orienter vers une formule plus dure, avec du trekking et des expériences écologiques, un truc *survivor* à la limite, que tu pourrais appeler "Eldorador Aventure" : ça se vendra bien en France et dans les pays anglo-saxons. Par contre, les clubs orientés sexe pourront marcher dans les pays méditerranéens et en Allemagne. »

Cette fois, il sourit franchement. « Tu aurais dû faire carrière dans le business… me dit-il à moitié sérieusement. Tu as des idées…

— Ouais, des idées… » J'avais la tête qui tournait un peu, je n'arrivais même plus à distinguer les danseuses ; je finis mon cocktail d'un trait. « J'ai des idées, peut-être, mais je suis incapable de me plonger dans un compte d'exploitation, d'établir un budget prévisionnel. Alors, ouais, j'ai des idées… »

Je ne me souviens plus très bien de la suite de la soirée, j'ai dû m'endormir. Quand je me suis réveillé, j'étais allongé sur mon lit ; Valérie, allongée nue à mes côtés, respirait régulièrement. Je la réveillai en bougeant pour attraper un paquet de cigarettes.

« Tu étais pas mal bourré, tout à l'heure…

— Oui, mais ce que j'ai dit à Jean-Yves était sérieux.

— Je crois qu'il l'a pris comme ça… » Elle me caressa le ventre du bout des doigts. « En plus, je crois que tu as raison. La libération sexuelle, en Occident, c'est vraiment fini.

— Tu sais pourquoi ?

— Non... » Elle hésita, puis reprit : « Non, au fond, pas vraiment. »

J'allumai une cigarette, me calai contre les oreillers et dis : « Suce-moi. » Elle me regarda avec surprise mais posa la main sur mes couilles, approcha sa bouche. « Voilà ! » m'exclamai-je avec une expression triomphante. Elle s'interrompit, me regardant avec surprise.

« Tu vois, je te dis : "Suce-moi", et tu me suces. *A priori*, tu n'en éprouvais pas le désir.

— Non, je n'y pensais pas ; mais ça me fait plaisir.

— C'est justement ça qui est étonnant chez toi : tu aimes faire plaisir. Offrir son corps comme un objet agréable, donner gratuitement du plaisir : voilà ce que les Occidentaux ne savent plus faire. Ils ont complètement perdu le sens du don. Ils ont beau s'acharner, ils ne parviennent plus à ressentir le sexe comme *naturel*. Non seulement ils ont honte de leur propre corps, qui n'est pas à la hauteur des standards du porno, mais, pour les mêmes raisons, ils n'éprouvent plus aucune attirance pour le corps de l'autre. Il est impossible de faire l'amour sans un certain abandon, sans l'acceptation au moins temporaire d'un certain état de dépendance et de faiblesse. L'exaltation sentimentale et l'obsession sexuelle ont la même origine, toutes deux procèdent d'un oubli partiel de soi ; ce n'est pas un domaine dans lequel on puisse se réaliser sans se perdre. Nous sommes devenus froids, rationnels, extrêmement conscients de notre existence individuelle et de nos droits ; nous souhaitons avant tout éviter l'aliénation et la dépendance ; en outre, nous sommes obsédés par la santé et par l'hygiène : ce ne sont vraiment pas les conditions idéales pour faire l'amour. Au point où nous en sommes, la professionnalisation de la sexualité en Occident est devenue inéluctable. Évidemment, il y a aussi le SM. C'est un univers purement cérébral, avec des règles

236

précises, un accord préétabli. Les masochistes ne s'intéressent qu'à leurs propres sensations, ils essaient de voir jusqu'où ils pourront aller dans la douleur, un peu comme les sportifs de l'extrême. Les sadiques c'est autre chose, ils vont de toute façon aussi loin que possible, ils ont le désir de détruire : s'ils pouvaient mutiler ou tuer, ils le feraient.

— Je n'ai même pas envie d'y repenser, dit-elle en frissonnant ; ça me dégoûte vraiment.

— C'est parce que tu es restée sexuelle, animale. Tu es normale en fait, tu ne ressembles pas vraiment aux Occidentales. Le SM organisé, avec des règles, ne peut concerner que des gens cultivés, cérébraux, qui ont perdu toute attirance pour le sexe. Pour tous les autres, il n'y a plus qu'une solution : les produits pornos, avec des professionnelles ; et, si on veut du sexe réel, les pays du tiers-monde.

— Bon... » Elle sourit. « Je peux continuer à te sucer tout de même ? »

Je me rabattis sur les oreillers et me laissai faire. J'étais vaguement conscient, à ce moment, d'être à l'origine de quelque chose : sur le plan économique j'étais certain d'avoir raison, j'estimais la clientèle potentielle à au moins 80 % des adultes occidentaux ; mais je savais que les gens ont parfois du mal, étrangement, à accepter les idées simples.

10

Nous prîmes le petit déjeuner en terrasse, au bord de la piscine. Au moment où je terminais mon café, je vis Jean-Yves sortir de sa chambre en compagnie d'une fille que je reconnus comme une des danseuses de la veille. C'était une Noire élancée, aux jambes longues et fines, qui ne pouvait pas avoir plus de vingt ans. Il eut un instant de gêne, puis se dirigea vers notre table avec un demi-sourire et nous présenta Angelina.

« J'ai réfléchi à ton idée, annonça-t-il d'emblée. Ce qui me fait un peu peur, c'est la réaction des féministes.

— Il y aura des femmes parmi les clients, rétorqua Valérie.

— Tu crois ?

— Oh oui, j'en suis même sûre... fit-elle avec un peu d'amertume. Regarde autour de toi. »

Il jeta un regard sur les tables autour de la piscine : effectivement, il y avait pas mal de femmes seules accompagnées par des Cubains ; presque autant que d'hommes seuls dans la même situation. Il posa une question à Angelina en espagnol, nous traduisit sa réponse :

« Ça fait trois ans qu'elle est *jinetera*, elle a surtout des clients italiens et espagnols. Elle pense que c'est parce qu'elle est noire : les Allemands et les Anglo-

Saxons se contentent d'une fille de type latino, pour eux c'est déjà suffisamment exotique. Elle a beaucoup d'amis *jineteros* : ils ont surtout des clientes anglaises et américaines, avec aussi quelques Allemandes. »

Il but une gorgée de café, réfléchit un instant :

« Comment est-ce qu'on va appeler les clubs ? Il faut quelque chose qui soit évocateur, nettement différent de "Eldorador Aventure", mais pas trop explicite quand même.

— J'avais pensé à "Eldorador Aphrodite", dit Valérie.

— "Aphrodite"... Il répéta le mot pensivement. C'est pas mal ; ça fait moins vulgaire que "Vénus". Érotique, cultivé, un peu exotique : oui, j'aime bien. »

Nous repartîmes en direction de Guardalavaca une heure plus tard. À quelques mètres du minibus, Jean-Yves fit ses adieux à la *jinetera* ; il avait l'air un peu triste. Lorsqu'il remonta dans le véhicule, je remarquai que le couple d'étudiants lui jetait des regards hostiles ; le négociant en vins, par contre, avait carrément l'air de s'en foutre.

Le retour fut assez morne. Bien sûr il restait la plongée, les soirées karaoké, le tir à l'arc ; les muscles se fatiguent, puis ils se détendent ; le sommeil vient vite. Je ne garde aucun souvenir des dernières journées de séjour, ni vraiment de la dernière excursion, sinon que la langouste était caoutchouteuse, et le cimetière décevant. Il y avait pourtant la tombe de José Marti, père de la patrie, poète, politicien, polémiste, penseur. Un bas-relief le représentait, orné d'une moustache. Son cercueil recouvert de fleurs reposait au fond d'une fosse circulaire sur les murs de laquelle étaient gravées ses pensées les plus notoires – sur l'indépendance nationale, la résistance à la tyrannie, le sentiment de justice. On n'avait pas pour autant l'impression que son esprit soufflait en ces lieux ; le pauvre homme avait l'air tout simplement mort. Ce n'était pas, cela dit, un mort antipathique ; on avait même plutôt envie de faire sa connaissance, quitte à ironiser sur son sérieux humaniste un peu étroit ; mais ça ne paraissait guère possible, il paraissait bel et bien enfermé dans le passé. Pourrait-il, à nouveau, se lever pour galvaniser la patrie et l'entraîner vers de nouveaux progrès de l'esprit humain ? On n'imaginait rien de semblable. En résumé c'était un échec attristant, comme tous les cimetières républicains d'ailleurs. Il était tout de même agaçant de constater que les catholiques restaient les seuls à avoir su mettre sur pied un dispositif funéraire opérationnel. Il est vrai que le moyen qu'ils employaient pour rendre la mort magnifique et touchante consistait tout simplement à la nier. Avec des arguments comme ça. Mais là, à défaut de Christ ressuscité, il aurait fallu des nymphes, des bergères, enfin un peu de cul. Tel quel, on n'imaginait pas du tout le pauvre José Marti batifoler dans les prairies de l'au-delà ; il donnait plutôt l'impression d'être enfoui dans les cendres d'un ennui éternel.

Le lendemain de notre arrivée, nous nous retrouvâmes dans le bureau de Jean-Yves. Nous avions peu dormi dans l'avion ; j'ai de cette journée le souvenir d'une ambiance de féerie joyeuse, assez étrange dans l'immense bâtiment désert. Trois mille personnes travaillaient là pendant la semaine ; mais ce samedi nous n'étions que tous les trois, à l'exception de l'équipe des gardiens. Tout près de là, sur la dalle du centre commercial d'Évry, deux bandes rivales s'affrontaient à coups de cutters, de battes de base-ball et de bonbonnes d'acide sulfurique ; le soir on dénombrerait sept morts, dont deux passants et un CRS. L'événement serait largement commenté par les radios et les chaînes nationales ; mais pour l'instant nous n'en savions rien. Dans un état d'excitation un peu irréelle, nous établissions une plateforme programmatique pour le partage du monde. Les suggestions que j'allais faire auraient peut-être pour conséquence l'investissement de millions de francs, ou l'emploi de centaines de personnes ; pour moi c'était nouveau, et assez vertigineux. Je délirai un peu toute l'après-midi, mais Jean-Yves m'écoutait avec attention. Il s'était persuadé, confia-t-il plus tard à Valérie, que si on me laissait la bride sur le cou je pouvais avoir des éclairs. En somme j'apportais une note créative, et il restait le décideur ; voilà comment il voyait les choses.

Le cas des pays arabes fut le plus vite réglé. Compte tenu de leur religion déraisonnable, toute activité d'ordre sexuel semblait exclue. Les touristes qui opteraient pour ces pays devraient donc se contenter des douteuses délices de l'aventure. De toute façon Jean-Yves avait décidé de revendre Agadir, Monastir et Djerba, trop déficitaires. Restaient deux destinations, qui pouvaient raisonnablement être rangées sous la rubrique « aventure ». Les vacanciers de Marrakech feraient un peu de chameau. Ceux de Sharm-el-Sheikh pourraient observer les poissons rouges, ou excursionner dans le Sinaï, sur le site du buisson ardent, là où Moïse avait « pété les plombs », selon l'expression imagée d'un Égyptien que j'avais rencontré trois ans plus tôt lors d'une excursion en felouque dans la Vallée des Rois. « Certes ! s'était-il exclamé avec emphase, il y a là un impressionnant assemblage de pierrailles… Mais de là à conclure à l'existence d'un *Dieu unique* !… » Cet homme, intelligent et souvent drôle, semblait s'être pris d'affection pour moi, sans doute parce que j'étais le seul Français du groupe, et que, pour d'obscures raisons culturelles ou sentimentales, il nourrissait une ancienne passion à vrai dire devenue surtout théorique pour la France. En m'adressant la parole, il avait littéralement sauvé mes vacances. Âgé d'une cinquantaine d'années, toujours impeccablement vêtu, très basané, il portait une petite moustache. Biochimiste de formation, il avait émigré en Angleterre dès la fin de ses études, et y avait brillamment réussi dans le domaine de l'ingénierie génétique. En visite dans son pays natal, pour lequel il affirmait garder une affection intacte, il n'avait par contre pas de mots assez durs pour stigmatiser l'islam. Les Égyptiens n'étaient pas des Arabes, il tenait avant tout à m'en persuader. «Quand je pense que ce pays a tout inventé!... s'exclamait-il en désignant d'un geste large la vallée du Nil. L'architecture, l'astronomie, les mathématiques, l'agriculture, la médecine... (il exagérait un peu, mais c'était un Oriental, et il avait besoin de me persuader rapidement). Depuis l'apparition de l'islam, plus rien. Le néant intellectuel absolu, le vide total. Nous sommes devenus un pays de mendiants pouilleux. Des mendiants pleins de poux, voilà ce que nous sommes. Racaille, racaille!... (il chassa d'un geste rageur quelques gamins venus quémander des piécettes). Il faut vous souvenir, *cher monsieur* (il parlait couramment cinq langues étrangères: le français, l'allemand, l'anglais, l'espagnol et le russe), que l'islam est né en plein désert, au milieu de scorpions, de chameaux et d'animaux féroces de toutes espèces. Savez-vous comment j'appelle les musulmans? Les minables du Sahara. Voilà le seul nom qu'ils méritent. Croyez-vous que l'islam aurait pu naître dans une région aussi splendide? (il désigna de nouveau la vallée du Nil, avec une émotion réelle). Non, *monsieur*. L'islam ne pouvait naître que dans un désert stupide, au milieu de Bédouins crasseux qui n'avaient rien d'autre à faire – pardonnez-moi – que d'enculer leurs chameaux. Plus une religion s'approche du monothéisme – songez-y bien, *cher monsieur* –, plus elle est inhumaine et cruelle ; et l'islam est, de toutes les religions, celle qui impose le monothéisme le plus radical. Dès sa naissance, il se signale par une succession ininterrompue de guerres d'invasion et de massacres ; jamais, tant qu'il existera, la concorde ne pourra régner sur le monde. Jamais non plus, en terre musulmane, l'intelligence et le talent ne pourront trouver leur place ; s'il y a eu des mathématiciens, des poètes, des savants arabes, c'est tout simplement parce qu'ils avaient perdu la foi. À la lecture du Coran, déjà, on ne peut manquer d'être frappé par la regrettable ambiance de tautologie qui caractérise l'ouvrage : "Il n'y a d'autre Dieu que Dieu seul", etc. Avec ça, convenez-en, on ne peut pas aller bien loin. Loin d'être un effort d'abstraction, comme on le prétend parfois, le passage au monothéisme n'est qu'un élan vers l'abrutissement. Notez que le catholicisme, religion subtile, que je respecte, qui savait ce qui convient à la nature de l'homme, s'est rapidement éloigné du monothéisme que lui imposait sa doctrine initiale. À travers le dogme de la Trinité, le culte de la vierge et des saints, la reconnaissance du rôle des puissances infernales, l'admirable invention des anges, il a peu à peu reconstitué un polythéisme authentique ; c'est à cette seule condition qu'il a pu recouvrir la terre de splendeurs artistiques sans nombre. Un dieu unique ! Quelle absurdité ! Quelle absurdité inhumaine et meurtrière !… Un dieu de pierre, *cher monsieur*, un dieu sanglant et jaloux qui n'aurait jamais dû dépasser les frontières du Sinaï. Comme notre religion égyptienne, lorsqu'on y songe, était plus profonde, plus humaine et plus sage… Et nos femmes ! Comme nos femmes étaient belles ! Souvenez-vous de Cléopâtre, qui envoûta le grand César. Regardez ce qu'il en reste aujourd'hui… (il désigna au hasard deux femmes voilées qui progressaient péniblement en portant des ballots de marchandises). Des tas. Des gros tas de graisse informes qui se dissimulent sous des torchons. Dès qu'elles sont mariées, elles ne pensent plus qu'à manger. Elles bouffent, elles bouffent, elles bouffent!… (son visage se gonfla dans une mimique expressive à la de Funès). Non, croyez-moi, *cher monsieur*, le désert ne produit que des désaxés et des crétins. Dans votre noble culture occidentale, que j'admire d'ailleurs, que je respecte, pouvez-vous me citer ceux qui ont été attirés par le désert? Uniquement des pédérastes, des aventuriers et des crapules. Comme ce ridicule colonel Lawrence, homosexuel décadent, poseur pathétique. Comme votre abject Henry de Monfreid, prêt à toutes les compromissions, trafiquant sans scrupules. Rien de grand ni de noble, rien de généreux ni de sain; rien qui puisse faire progresser l'humanité, ni l'élever au-dessus d'elle-même. »

« Bon, aventure pour l'Égypte… » conclut sobrement Jean-Yves. Il s'excusa d'interrompre ma narration, mais il fallait aborder le cas du Kenya. Cas difficile. « Je serais assez tenté de le mettre en "Aventure"… suggéra-t-il après avoir consulté ses fiches.

— C'est dommage… soupira Valérie, elles sont bonnes, les femmes au Kenya.

— Comment tu sais ça?

— Enfin pas seulement au Kenya, en Afrique en général.

— Oui, mais des femmes tu en as partout. Au Kenya tu as quand même des rhinocéros, des zèbres, des gnous, des éléphants et des buffles. Ce que je propose c'est de mettre le Sénégal et la Côte-d'Ivoire en "Aphrodite", et de laisser le Kenya en "Aventure". En plus c'est une ancienne colonie anglaise, c'est mauvais pour l'image érotique ; pour l'aventure, ça va.

— Elles sentent bon, les Ivoiriennes... observai-je rêveusement.

— Qu'est-ce que tu veux dire par là ?

— Elles sentent le sexe.

— Oui... Il mordilla machinalement son feutre. Ça pourrait donner lieu à une pub. "Côte-d'Ivoire, côte des senteurs", le genre. Avec une fille en sueur, un peu échevelée, en pagne. Il faut le noter.

— "Et des esclaves nus tout imprégnés d'odeurs..." Baudelaire, c'est dans le domaine public.

— Ça ne passera pas.

— Je sais bien. »

Les autres pays africains posèrent moins de problèmes. « Avec les Africains, d'ailleurs, observa Jean-Yves, il n'y a jamais de problèmes. Ils baisent même gratuitement, y compris les grosses. Il faut juste mettre des préservatifs dans les clubs, c'est tout ; de ce point de vue là, ils sont parfois un peu têtus. » Il souligna deux fois PRÉVOIR PRÉSERVATIFS sur son carnet.

Le cas de Ténérife nous retint encore moins longtemps. La destination obtenait des résultats moyens, mais elle était, selon Jean-Yves, stratégique sur le marché anglo-saxon. On pouvait facilement ficeler un circuit aventure potable avec une ascension du pic de Teide et une excursion en hydroglisseur à Lanzarote. L'infrastructure hôtelière était correcte, fiabilisée.

Nous en vînmes aux deux clubs qui devaient constituer les atouts majeurs de la chaîne : Boca Chica à Saint-Domingue, Guardalavaca à Cuba. « On pourrait prévoir des lits *king size*... suggéra Valérie. – Accordé, répondit aussitôt Jean-Yves. – Des jacuzzis privés dans les suites... suggérai-je. – Non, trancha-t-il. On reste milieu de gamme. » Tout s'enchaînait naturellement, sans hésitation et sans doute ; il faudrait voir avec les chefs de village pour normaliser les tarifs de la prostitution locale.

Nous fîmes une pause rapide pour aller déjeuner. Au même moment, à moins d'un kilomètre, deux adolescents de la cité des Courtilières éclataient la tête d'une sexagénaire à coups de battes de baseball. En entrée, je pris des maquereaux au vin blanc.

« Vous avez prévu quelque chose en Thaïlande ? m'informai-je.

— Oui, on a un hôtel en construction à Krabi. C'est la nouvelle destination à la mode, après Phuket. On pourrait très bien accélérer les travaux pour que ça soit prêt le 1er janvier ; ce serait bien de faire une inauguration de prestige. »

Nous consacrâmes l'après-midi à développer les différents aspects innovants des clubs Aphrodite. Le point central, naturellement, était l'autorisation d'accès aux prostituées et prostitués locaux. Il n'était évidemment pas question de prévoir de structure d'accueil pour les enfants ; le mieux était même sans doute d'interdire l'accès des clubs aux moins de seize ans. Une idée ingénieuse, suggérée par Valérie, fut d'indiquer comme tarif catalogue de base celui des chambres individuelles, et d'appliquer une réduction de 10 % aux chambres partagées en couple ; d'inverser, en somme, le mode de présentation habituel. Je crois que c'est moi qui ai proposé de mettre en avant une politique *gay friendly*, et de faire circuler la rumeur selon laquelle le taux de fréquentation d'homosexuels dans les clubs s'élevait à 20 % : ce genre d'information suffisait, en général, à les faire venir ; et pour installer une ambiance *sexe* dans un endroit, ils s'y entendaient. La question du slogan de base de la campagne publicitaire nous retint plus longtemps. Jean-Yves avait trouvé une formule basique et efficace : « Les vacances, c'est fait pour s'éclater » ; mais c'est finalement moi qui ralliai les suffrages avec : « Eldorador Aphrodite : parce qu'on a le droit de se faire plaisir ». Depuis l'intervention de l'OTAN au Kosovo, la notion de droit était redevenue porteuse, m'expliqua Jean-Yves d'un ton mi-figue mi-raisin ; mais il était en fait sérieux, il venait de lire un article là-dessus dans *Stratégies*. Toutes les campagnes récentes qui s'étaient basées sur le thème du droit avaient été des réussites : le droit à l'innovation, le droit à l'excellence... Le droit au plaisir, conclut-il tristement, était un thème nouveau. Nous commencions en fait à être un peu fatigués, il nous déposa au *2 + 2* avant de rentrer chez lui. C'était un samedi soir, il y avait pas mal de monde. Nous fîmes la connaissance d'un couple de Noirs sympa : elle était infirmière, lui batteur de jazz – ça marchait bien pour lui, il enregistrait régulièrement des disques. Il faut dire qu'il travaillait beaucoup sa technique, sans arrêt en fait. « Il n'y a pas de secret... » dis-je un peu bêtement, mais bizarrement il acquiesça, j'avais touché sans le vouloir une vérité profonde. « Le secret, c'est qu'il n'y a pas de secret », me répéta-t-il avec conviction. Nous avions terminé nos verres, nous nous dirigeâmes vers les chambres. Il proposa à Valérie une double pénétration. Elle accepta, à condition que ce soit moi qui la sodomise – il fallait s'y prendre très doucement avec elle, j'avais plus l'habitude. Jérôme acquiesça, s'allongea sur le lit. Nicole le branla pour maintenir son érection, puis lui enfila un préservatif. Je retroussai la jupe de Valérie jusqu'à la taille ; elle ne portait rien en dessous. Elle s'empala d'un seul coup sur la queue de Jérôme, puis s'allongea sur lui. J'écartai ses fesses, la lubrifiai légèrement, puis commençai à l'enculer par petits coups prudents. Au moment où mon gland était totalement enfoncé, je sentis se contracter ses muscles rectaux.

Je me raidis d'un seul coup, respirai profondément; j'avais bien failli jouir. Au bout de quelques secondes, je m'enfonçai plus profond. Lorsque je fus à mi-distance elle commença à bouger d'avant en arrière, frottant son pubis sur celui de Jérôme. Je n'avais plus rien à faire; elle commença à pousser un long gémissement modulé, son cul s'ouvrait, je m'enfonçais en elle jusqu'à la racine, c'était comme glisser sur un plan incliné, sa jouissance vint étrangement vite. Puis elle s'immobilisa, pantelante, heureuse. Ce n'était pas forcément plus intense, m'expliqua-t-elle un peu plus tard; mais quand tout se passait bien il y avait un moment où les deux sensations fusionnaient, ça devenait quelque chose de très doux et d'irrésistible, comme une chaleur globale.

Nicole s'était branlée constamment en nous regardant, elle commençait à être très excitée, et prit aussitôt la place de Valérie. Je n'eus que le temps de changer de préservatif. «Avec moi tu peux y aller, dit-elle à mon oreille, j'aime bien qu'on m'encule fort.» C'est ce que je fis, en fermant les yeux pour éviter les pointes d'excitation, pour essayer de me concentrer sur la sensation pure. Les choses se déroulaient facilement, j'étais agréablement surpris par ma propre résistance. Elle aussi vint très vite, avec de grands cris rauques.

Nicole et Valérie s'agenouillèrent ensuite pour nous sucer, pendant que nous bavardions. Jérôme faisait encore des tournées, m'expliqua-t-il, mais maintenant il aimait moins ça. En vieillissant il éprouvait davantage le besoin de rester chez lui, de s'occuper de sa famille – ils avaient deux enfants – et de travailler seul son jeu de batterie. Il me parla alors de nouveaux systèmes de rythme, de 4/3 et de 7/9, à vrai dire je n'y comprenais pas grand-chose. Au beau milieu d'une phrase il eut un cri de surprise, ses yeux se révulsèrent: il jouit d'un seul coup, éjaculant violemment dans la bouche de Valérie. «Ah, elle m'a eu... dit-il en riant à moitié, elle m'a bien eu.» Moi non plus, je sentais que je n'allais plus pouvoir tenir longtemps: Nicole avait une langue très particulière, large et molle, onctueuse; elle léchait lentement, la montée était insidieuse mais presque irrésistible. Je fis signe à Valérie de s'approcher, expliquai à Nicole ce que je voulais: elle devait simplement refermer ses lèvres sur mon gland, poser sa langue, rester immobile pendant que Valérie me branlerait et me lécherait les couilles. Elle acquiesça et ferma les yeux, attendant la décharge. Valérie commença aussitôt, ses doigts étaient vifs et nerveux, elle avait l'air à nouveau en pleine forme. J'écartai les bras et les jambes au maximum, fermai les yeux. La sensation progressa par à-coups brusques, comme par éclairs, puis explosa juste avant que je vienne dans la bouche de Nicole. J'eus un moment de quasi-commotion, des points lumineux fulgurèrent derrière mes paupières, je réalisai un peu plus tard que j'avais été au bord de l'évanouissement. J'ouvris les yeux avec effort. Nicole tenait toujours le bout de ma queue dans sa bouche. Valérie avait passé sa main autour de mon cou, elle me regardait avec une expression attendrie et mystérieuse; elle me dit que j'avais crié extrêmement fort.

Ils nous raccompagnèrent un peu plus tard. Dans la voiture, Nicole eut une nouvelle poussée d'excitation. Elle sortit ses seins de sa guêpière, releva sa jupe et s'allongea sur la banquette arrière, posant la tête sur mes cuisses. Je la branlai posément, sûr de moi; je contrôlais bien ses sensations, je sentais ses tétons durcis et sa chatte humide. L'odeur de son sexe emplissait la voiture. Jérôme conduisait prudemment, s'arrêtait aux feux rouges; par les vitres je distinguai les lumières de la Concorde, l'obélisque, puis le pont Alexandre III, les Invalides. Je me sentais bien, serein mais encore un peu actif. Elle jouit à peu près à la hauteur de la place d'Italie. Nous nous quittâmes après avoir échangé nos numéros de téléphone.

De son côté, Jean-Yves avait eu une légère poussée de tristesse après nous avoir quittés, et s'était garé avenue de la République. L'excitation de la journée était retombée ; il savait qu'Audrey serait absente, mais à vrai dire il s'en réjouissait plutôt. Il la croiserait brièvement le lendemain matin, avant qu'elle parte faire du roller ; depuis leur retour de vacances, ils faisaient chambre à part.

Pourquoi rentrer ? Il se renfonça dans son siège, envisagea de chercher une station de radio, s'abstint. Des jeunes passaient en bandes sur l'avenue, garçons et filles ; ils avaient l'air de s'amuser, du moins ils poussaient des hurlements. Certains tenaient des boîtes de bière. Il aurait pu descendre, se mêler à eux, peut-être déclencher une bagarre ; il aurait pu faire différentes choses. Il allait rentrer, finalement. Il aimait sa fille dans un sens, il le supposait tout du moins ; il ressentait pour elle quelque chose d'organique et de potentiellement sanguinolent, qui correspondait à la définition du terme. Pour son fils, il n'éprouvait rien de semblable. Au fond, il n'était peut-être pas de lui ; il avait épousé Audrey sur des bases un peu minces. Pour elle en tout cas, il n'avait plus que mépris et que dégoût ; trop de dégoût, il aurait préféré accéder à l'indifférence. C'était peut-être ce qu'il attendait pour divorcer, d'en être à ce stade d'indifférence ; là, il avait encore trop l'impression qu'elle devait *payer*. C'est plutôt moi qui paierai, d'ailleurs, se dit-il soudain avec amertume. Elle obtiendrait la garde des enfants, et il écoperait d'une pension alimentaire élevée. À moins qu'il n'essaie d'avoir les enfants, de se battre sur ce point ; mais non, conclut-il, ça n'en valait pas la peine. Tant pis pour Angélique.

Seul il serait mieux, il pourrait essayer de *refaire sa vie*, c'est-à-dire, plus ou moins, de retrouver une autre nana. Plombée avec deux gosses, elle aurait plus de mal, la garce. Il se consola à cette pensée qu'il pourrait difficilement trouver pire, et que ce serait elle, au bout du compte, qui pâtirait du divorce. Elle n'était déjà plus aussi belle que lorsqu'il l'avait rencontrée ; elle avait de l'allure, elle s'habillait mode, mais, pour avoir connu son corps, il savait qu'elle était déjà sur la mauvaise pente. Sa carrière d'avocat, par ailleurs, était loin d'être aussi brillante qu'elle le racontait ; et il pressentait que ça n'allait pas s'arranger, avec la garde des enfants. Les gens traînent leur progéniture comme un boulet, comme un poids terrible qui entrave le moindre de leurs mouvements – et qui finit la plupart du temps, effectivement, par les tuer. Il aurait sa revanche sur le tard ; au moment, songea-t-il, où ça lui serait devenu complètement indifférent. Pendant encore quelques minutes, garé sur les contreforts de l'avenue à présent déserte, il s'exerça à l'indifférence.

Ses soucis retombèrent sur lui d'un seul coup, dès qu'il eut franchi la porte de l'appartement. Johanna, la baby-sitter, vautrée dans le canapé, regardait MTV. Il haïssait cette préadolescente molle, absurdement *groove* ; chaque fois qu'il la voyait il avait envie de la bourrer de paires de claques, jusqu'à modifier l'expression de sa sale gueule boudeuse et blasée. C'était la fille d'une amie d'Audrey.

« Ça va ? » hurla-t-il. Elle acquiesça nonchalamment. « Tu peux baisser le son ? » Elle chercha des yeux la télécommande. Exaspéré, il éteignit le téléviseur ; elle lui jeta un regard offensé.

« Et les enfants, ça s'est bien passé ? il continuait à hurler, bien qu'il n'y ait plus aucun bruit dans l'appartement.

— Ouais, je crois qu'ils dorment. » Elle se recroquevilla sur elle-même, un peu effrayée.

Il monta au premier étage, poussa la porte de la chambre de son fils. Nicolas lui lança un regard distant, puis replongea dans sa partie de *Tomb Raider*. Angélique, elle, dormait à poings fermés. Il redescendit, un peu calmé.

« Vous lui avez fait prendre son bain ?

— Ouais, non, j'ai oublié. »

Il passa dans la cuisine, se servit un verre d'eau. Ses mains tremblaient. Sur le plan de travail, il aperçut un marteau. Les paires de claques n'auraient pas été suffisantes pour Johanna ; ce qui aurait été bien, c'est de lui défoncer le crâne à coups de marteau. Il joua quelque temps avec cette idée ; les pensées se croisaient rapidement dans son esprit, assez peu maîtrisées. Avec effroi, dans le vestibule, il s'aperçut qu'il tenait le marteau à la main. Il le posa sur une table basse, chercha dans son portefeuille de l'argent pour le taxi de la baby-sitter. Elle le prit en grommelant un remerciement. Il claqua la porte derrière elle dans un mouvement de violence incontrôlée ; le bruit retentit dans tout l'appartement. Il y avait décidément quelque chose qui n'allait pas, dans sa vie. Dans le salon, la cave à liqueurs était vide ; Audrey n'était même plus capable de s'occuper de ça. En pensant à elle, il fut traversé par un frisson de haine dont l'intensité le surprit. Dans la cuisine, il trouva une bouteille de rhum entamée ; ça pourrait aller, sans doute. De sa chambre, il composa successivement le numéro des trois filles qu'il avait rencontrées par Internet : à chaque fois, il tomba sur un répondeur. Elles devaient être sorties, baiser pour leur propre compte. C'est vrai qu'elles étaient sexy, sympa, à la mode ; mais elles lui coûtaient quand même deux mille francs par soirée, ça devenait humiliant à la longue. Comment avait-il pu en arriver là ? Il aurait dû sortir, se faire des amis, se consacrer un peu moins à son travail. Il repensa aux clubs Aphrodite, se rendit compte pour la première fois que l'idée aurait peut-être du mal à passer auprès de sa hiérarchie ; il y avait un état d'esprit assez défavorable au tourisme sexuel, en ce moment, en France. Évidemment, il pourrait tenter de présenter une version édulcorée du projet à Leguen ; mais Espitalier ne serait pas dupe, il sentait en lui une dangereuse finesse. De toute façon, avaient-ils le choix ? Leur positionnement milieu de gamme n'avait aucun sens par rapport au Club Med, il se faisait fort de le leur démontrer. En fouillant dans les tiroirs de son bureau il retrouva la charte Aurore, composée dix ans auparavant par les fondateurs, et exposée dans tous les hôtels du groupe. « *L'esprit Aurore, c'est l'art de conjuguer les savoir-faire, de jouer de la tradition et de la modernité avec rigueur, imagination et humanisme pour atteindre une certaine forme d'excellence. Les hommes et les femmes d'Aurore sont les dépositaires d'un patrimoine culturel unique : le savoir-recevoir. Ils connaissent les rites et les usages qui transforment la vie en art de vivre et le plus simple des services en moment privilégié. C'est un métier, c'est un art : c'est leur talent. Créer le meilleur pour le partager, renouer par la convivialité avec l'essentiel, inventer des espaces de plaisir : voilà tout ce qui fait d'Aurore un parfum de France à travers le monde.* » Il prit subitement conscience que ce baratin nauséeux pourrait très bien s'appliquer à une chaîne de bordels bien organisée ; il y avait peut-être une carte à jouer avec les tour-opérateurs allemands. Contre toute raison, certains Allemands continuaient à penser que la France restait le pays de la *galanterie* et du *savoir-aimer*. Si un grand tour-opérateur allemand acceptait d'inscrire les clubs Aphrodite à son catalogue, ils marqueraient un point décisif ; personne dans la profession n'y était encore parvenu. Il était en contact avec Necker-mann pour le rachat des clubs du Maghreb ; mais il y avait aussi TUI, qui avait décliné leurs premières offres parce qu'ils étaient déjà très bien implantés dans le bas de gamme ; ils seraient peut-être inté-ressés par un projet plus ciblé.

11

Dès le lundi matin, il tenta de prendre les premiers contacts. La chance le servit d'emblée : Gottfried Rembke, le président du directoire de TUI, venait passer quelques jours en France au début du mois prochain ; il pourrait leur consacrer un déjeuner. Dans l'intervalle, s'ils pouvaient mettre leur projet par écrit, il se ferait un plaisir de l'étudier. Jean-Yves entra dans le bureau de Valérie pour lui annoncer la nouvelle ; elle se figea. En chiffre d'affaires annuel, TUI pesait vingt-cinq milliards de francs, trois fois plus que Neckermann, six fois plus que Nouvelles Frontières ; c'était le premier tour-opérateur mondial.

Ils consacrèrent le reste de la semaine à mettre sur pied un argumentaire aussi complet que possible. Financièrement, le projet ne demandait pas d'investissements considérables : quelques modifications de l'ameublement, sûrement une refonte de la décoration pour lui donner une tonalité plus « érotique » – ils s'étaient assez vite entendus sur l'appellation de « tourisme de charme », qui serait employée dans l'ensemble des documents d'entreprise. Le plus important, c'est qu'on pouvait espérer une diminution significative des frais fixes : plus d'animations sportives, de club enfants. Plus de salaire à payer pour les puéricultrices diplômées, les moniteurs de planche à voile, de tir à l'arc, d'aérobic, de plongée sous-marine; pour les spécialistes de l'ikebana, des émaux ou de la peinture sur soie. Après une première simulation, Jean-Yves se rendit compte avec incrédulité que, tous amortissements inclus, le prix de revient annuel des clubs allait baisser de 25 %. Il refit trois fois ses calculs, obtint à chaque fois les mêmes résultats. C'était d'autant plus frappant qu'il comptait, pour les frais de séjour, proposer des tarifs catalogue supérieurs de 25 % à la norme de la catégorie – c'est-à-dire qu'il comptait, en gros, s'aligner sur la norme médiane des Club Med. Le taux de profitabilité faisait un bond en avant de 50 %. « C'est un génie, ton copain… » dit-il à Valérie qui venait de le rejoindre dans son bureau.

L'ambiance était un peu bizarre, tous ces jours-ci, dans l'entreprise. Les affrontements du dernier week-end sur la dalle d'Évry n'étaient pas inhabituels; mais le bilan de sept morts était particulièrement lourd. Beaucoup des employés, surtout parmi les plus anciens, habitaient à proximité immédiate de l'entreprise. Ils avaient d'abord habité dans les barres, qui avaient été mises en chantier à peu près en même temps que le siège social; puis, assez souvent, ils avaient emprunté pour faire construire un pavillon. « Je les plains, me dit Valérie; sincèrement, je les plains. Leur rêve à tous, c'est de s'installer en province dans une région calme; mais ils ne peuvent pas partir tout de suite, ça ferait une trop grosse retenue sur leur pension. J'en ai parlé avec la standardiste: elle est à trois ans de la retraite. Son rêve, c'est d'acheter une maison en Dordogne; elle est originaire de la région. Mais beaucoup d'Anglais se sont installés par là, les prix sont devenus hallucinants, même pour une bicoque minable. Et d'un autre côté le prix de son pavillon s'est effondré, tout le monde sait maintenant que c'est une banlieue dangereuse, elle va le revendre au tiers de sa valeur.

« Ce qui m'a surprise aussi, c'est le pool des secrétaires du deuxième étage. Je suis rentrée dans leur bureau à cinq heures et demie pour faire taper une note; elles étaient toutes connectées à Internet. Elles m'ont expliqué que maintenant elles ne faisaient plus leurs courses que comme ça, c'était plus sûr : elles rentrent de leur boulot, et elles se barricadent chez elles en attendant le livreur. »

Au cours des semaines suivantes la psychose ne diminua pas, elle eut même tendance à augmenter. Sans cesse maintenant dans les journaux c'étaient des profs poignardés, des institutrices violées, des camions de pompiers attaqués aux cocktails Molotov, des handicapés jetés par la fenêtre d'un train parce qu'ils avaient « mal regardé » le chef d'une bande. *Le Figaro* s'en donnait à cœur joie, à le lire chaque jour on avait l'impression d'une montée inexorable vers la guerre civile. Il est vrai qu'on rentrait en période pré-électorale, et que le dossier de la sécurité semblait être le seul susceptible d'inquiéter Lionel Jospin. Il paraissait peu vraisemblable, de toute façon, que les Français votent à nouveau pour Jacques Chirac : il avait vraiment l'air trop con, ça en devenait une atteinte à l'image du pays. Lorsqu'on voyait ce grand benêt, les mains croisées derrière le dos, visiter un comice agricole, ou assister à une réunion de chefs d'État, on en ressentait une sorte de gêne, on avait de la peine pour lui. La gauche, effectivement incapable d'endiguer la montée de la violence, se tenait bien : elle jouait profil bas, convenait que les chiffres étaient mauvais, voire très mauvais, invitait à se garder de toute exploitation politicienne, rappelait que la droite en son temps n'avait pas fait mieux. Il y eut juste un petit dérapage, avec un éditorial ridicule d'un certain Jacques Attali. Selon lui, la violence des jeunes des cités était un « appel au secours ». Les vitrines de luxe des Halles ou des Champs-Élysées constituaient, écrivait-il, autant d'« étalages obscènes aux yeux de leur misère ». Mais il ne fallait pas oublier que la banlieue était aussi « une mosaïque de peuples et de races, venus avec leurs traditions et leurs croyances pour forger de nouvelles cultures et pour réinventer l'art de vivre ensemble ». Valérie me jeta un regard surpris : c'était bien la première fois que j'éclatais de rire en lisant *L'Express*.

« S'il veut être élu, dis-je en lui tendant l'article, Jospin a intérêt à le faire taire jusqu'au deuxième tour.

— Décidément, tu prends goût à la stratégie... »

Malgré tout, je commençais à me laisser gagner par l'inquiétude, moi aussi. De nouveau Valérie travaillait tard, il était rare qu'elle soit à la maison avant neuf heures ; il aurait peut-être été plus prudent d'acheter une arme. J'avais un contact, le frère d'un artiste dont j'avais organisé une exposition deux ans auparavant. Il n'appartenait pas vraiment au milieu, il avait juste participé à quelques arnaques. C'était plutôt un inventeur, une sorte de touche-à-tout. Récemment, il avait affirmé à son frère qu'il avait trouvé un moyen de trafiquer les nouvelles cartes d'identité, réputées infalsifiables.

« Pas question, répondit immédiatement Valérie. Je ne risque rien : dans la journée je ne sors jamais des locaux de l'entreprise, et le soir je rentre toujours en voiture, quelle que soit l'heure.

— Il y a tout de même les feux rouges.

— Entre le siège social d'Aurore et l'entrée de l'autoroute, il y a un seul feu rouge. Ensuite je sors porte d'Italie, et je suis tout de suite à la maison. Notre quartier, lui, n'est pas dangereux. »

C'était vrai : dans le Chinatown à proprement parler, il y avait extrêmement peu d'agressions et de vols. Je ne savais pas comment ils faisaient : avaient-ils leur propre système de guetteurs ? En tout cas, ils nous avaient repérés dès notre installation ; au moins une vingtaine de personnes nous saluaient régulièrement. Il était rare que des Européens s'installent ici, nous étions très minoritaires dans l'immeuble. Parfois, des affiches manuscrites en caractères chinois semblaient appeler à des réunions, ou des fêtes ; mais quelles réunions ? quelles fêtes ? On peut vivre parmi les Chinois pendant des années sans jamais rien comprendre à leur mode de vie.

J'appelai malgré tout mon contact, qui promit de se renseigner et rappela deux jours plus tard. Je pouvais avoir un flingue sérieux, en très bon état, pour dix mille francs – le prix incluant une bonne réserve de munitions. Il faudrait juste que je le nettoie régulièrement, pour éviter qu'il ne s'enraye au moment où j'aurais à m'en servir. J'en reparlai à Valérie, qui refusa de nouveau. « Je ne pourrais pas, dit-elle, je n'aurais pas la force de tirer. – Même si tu es en danger de mort ? » Elle secoua la tête. « Non... répéta-t-elle, ce n'est pas possible. » Je n'insistai pas. « Quand j'étais petite, me dit-elle un peu plus tard, je n'étais même pas capable de tuer un poulet. » À vrai dire, moi non plus ; mais un homme, ça me paraissait nettement plus facile.

En ce qui me concerne, curieusement, je n'avais pas peur. Il est vrai que j'avais peu de contact avec les *hordes barbares*, sinon occasionnellement lors de la pause déjeuner, lorsque j'allais faire un tour au forum des Halles, où la subtile imbrication des forces de sécurité (compagnies de CRS, policiers en tenue, vigiles payés par l'association des commerçants) éliminait en théorie tout danger. Je circulais donc, dans la topographie rassurante des uniformes ; je me sentais un peu comme à Thoiry. En l'absence des forces de l'ordre, je le savais, j'aurais constitué une proie facile, quoique peu intéressante ; très conventionnel, mon habillement de cadre moyen n'avait rien qui puisse les séduire. Je ne ressentais de mon côté aucune attirance pour ces jeunes issus des *classes dangereuses* ; je ne les comprenais pas, ni ne cherchais à les comprendre. Je ne sympathisais nullement avec leurs engouements, ni avec leurs valeurs. Je n'aurais pas pour ma part levé le petit doigt pour posséder une Rolex, des Nike ou une BMW Z3 ; je n'avais même jamais réussi à établir la moindre différence entre les produits de marque et les produits démarqués. Aux yeux du monde, j'avais évidemment tort. J'en avais conscience : ma position était minoritaire, et par conséquent erronée. Il *devait* y avoir une différence entre les chemises Yves Saint Laurent et les autres chemises, entre les mocassins Gucci et les mocassins André. Cette différence, j'étais le seul à ne pas la percevoir ; il s'agissait d'une infirmité, dont je ne pouvais me prévaloir pour condamner le monde. Demande-t-on à un aveugle de s'ériger en expert de la peinture post-impressionniste ? Par mon aveuglement certes involontaire, je me mettais en dehors d'une réalité humaine vivante, suffisamment forte pour provoquer des dévouements et des crimes. Ces jeunes, à travers leur instinct demi-sauvage, pressentaient sans nul doute la présence du beau ; leur désir était louable, et parfaitement conforme aux normes sociales ; il suffisait en somme de rectifier son mode d'expression inadéquat.

À bien y réfléchir, pourtant, je devais convenir que Valérie et Marie-Jeanne, les deux seules présences féminines un tant soit peu consistantes de ma vie, manifestaient une indifférence totale aux chemisiers Kenzo et aux sacs Prada ; en réalité, pour autant que je puisse le savoir, elles achetaient à peu près n'importe quelle marque. Jean-Yves, l'individu que je connaisse bénéficiant du plus haut salaire, optait préférentiellement pour des polos Lacoste ; mais il le faisait en quelque sorte machinalement, par ancienne habitude, sans même vérifier si sa marque favorite n'avait pas été dépassée en notoriété par un challenger plus récent. Certaines fonctionnaires du ministère de la Culture, que je connaissais de vue (si l'on peut dire, car j'oubliais régulièrement, entre chaque rencontre, leur nom, leur fonction et jusqu'à leur visage) achetaient des *vêtements de créateur* ; mais il s'agissait invariablement de créateurs jeunes et obscurs, distribués dans une seule boutique à Paris, et je savais qu'elles n'auraient pas hésité à les abandonner si d'aventure ils avaient connu un succès plus large.

La puissance de Nike, Adidas, Armani, Vuitton, était cela dit indiscutable ; je pouvais en avoir la preuve concrète, chaque fois que nécessaire, en parcourant *Le Figaro* et son cahier saumon. Mais qui exactement, en dehors des jeunes de banlieue, faisait le succès de ces marques ? Il devait y avoir des secteurs entiers de la société qui me demeuraient étrangers ; à moins qu'il ne s'agisse, plus banalement, des classes enrichies du tiers-monde. J'avais peu voyagé, peu vécu, et il devenait de plus en plus clair que je ne comprenais pas grand-chose au monde moderne.

Le 27 septembre eut lieu une réunion avec les onze chefs de village Eldorador, venus pour l'occasion à Évry. C'était une réunion habituelle, qui avait lieu tous les ans à la même époque pour faire le bilan des résultats de l'été et envisager les améliorations à apporter. Mais, cette fois, elle avait une signification particulière. D'abord, trois des villages allaient changer de main – le contrat avec Neckermann venait d'être signé. Ensuite, pour quatre des villages restants – ceux qui passaient sous l'appellation « Aphrodite » – le chef de village devait se préparer à licencier la moitié de son personnel.

Valérie n'assistait pas à la réunion, elle avait rendez-vous avec un représentant d'Italtrav pour lui présenter le projet. Le marché italien était beaucoup plus émietté que celui de l'Europe du Nord : Italtrav avait beau être le premier tour-opérateur italien, sa puissance financière ne représentait pas le dixième de celle de TUI ; un accord avec eux pourrait cependant constituer un appoint de clientèle utile.

Elle revint de son rendez-vous vers dix-neuf heures. Jean-Yves était seul dans son bureau ; la réunion venait de se terminer.

« Comment est-ce qu'ils réagissent ?

— Mal. Je les comprends, d'ailleurs ; ils doivent sentir qu'ils sont eux-mêmes sur la sellette.

— Tu as l'intention de remplacer les chefs de village ?

— C'est un projet nouveau ; il vaut mieux le démarrer avec des équipes nouvelles. »

Sa voix était très calme. Valérie lui jeta un regard surpris : ces derniers temps, il avait gagné en assurance – et en dureté.

« Je suis sûr qu'on va gagner, maintenant. À la pause de midi, j'ai pris à part le chef du village de Boca Chica, à Saint-Domingue. Je voulais en avoir le cœur net : je voulais savoir comment il faisait pour avoir un taux de remplissage de 90 %, quelle que soit la saison. Il a tergiversé, il a eu l'air gêné, il m'a parlé de leur travail d'équipe. J'ai fini par lui demander carrément s'il laissait monter les filles dans les chambres des clients ; j'ai vraiment eu du mal à le lui faire admettre, il avait peur d'une sanction. J'ai été obligé de lui dire que ça ne me gênait pas, qu'au contraire je trouvais l'initiative intéressante. Alors, il a avoué.

Il trouvait ça idiot que les clients aillent louer des chambres à deux kilomètres de là, souvent sans eau courante, et avec le risque de se faire arnaquer, alors qu'ils avaient tout le confort sur place. Je l'ai félicité, et je lui ai promis qu'il garderait sa place de chef de village, même s'il devait être le seul. »

La nuit tombait ; il alluma la lampe de son bureau, garda un moment le silence.

« Pour les autres, reprit-il, je n'ai aucun remords. Ils ont tous à peu près le même profil. Ce sont d'anciens GO, ils sont rentrés à la bonne époque, ils se sont tapé toutes les nanas qu'ils voulaient sans jamais avoir à en foutre une rame, et ils se sont imaginé qu'en devenant chefs de village ils pourraient continuer à glander au soleil jusqu'à leur retraite. Leur époque est terminée, tant pis pour eux. Maintenant, j'ai besoin de vrais professionnels. »

Valérie croisa les jambes, le regarda sans un mot.

« Au fait, ton rendez-vous avec Italtrav ?

— Oh, bien. Sans problème. Il a tout de suite compris ce que j'entendais par "tourisme de charme", il a même essayé de me draguer… C'est ça qui est bien avec les Italiens, au moins ils sont prévisibles… Enfin il m'a promis d'inscrire les clubs à son catalogue, mais il m'a dit de ne pas me faire trop d'illusions : Italtrav est surtout une grosse entreprise parce qu'elle est le conglomérat de nombreux voyagistes spécialisés, en elle-même la marque n'a pas vraiment d'identité forte. En fait, il agit un peu comme un distributeur : on peut s'ajouter à la liste, mais ce sera à nous de nous faire un nom sur le marché.

— Et l'Espagne, on en est où ?

— On a un bon contact avec Marsans. C'est un peu pareil, sauf qu'ils sont plus ambitieux, depuis quelque temps ils essaient de s'implanter en France. J'avais un peu peur qu'on fasse concurrence à leur

265

offre, mais en fait non, ils estiment que c'est complémentaire. »

Elle réfléchit un moment avant de poursuivre :

« Et pour la France, on fait quoi ?

— Je ne sais toujours pas… C'est peut-être idiot de ma part, mais j'ai vraiment peur d'une campagne de presse moralisatrice. Évidemment on pourrait faire une étude de marché, tester le concept…

— Tu n'y as jamais cru, à ces choses-là.

— Non, c'est vrai… » Il hésita un instant. « En fait, je suis tenté de faire un lancement minimal en France, uniquement à travers le réseau Auroretour. Avec des pubs dans des magazines très ciblés, du genre *FHM* ou *L'Écho des Savanes*. Mais, vraiment, dans un premier temps, surtout miser sur l'Europe du Nord. »

Le rendez-vous avec Gottfried Rembke avait lieu le vendredi suivant. La veille au soir Valérie se fit un masque décongestionnant, puis se coucha très tôt. Lorsque je me réveillai à huit heures, elle était déjà prête. Le résultat était impressionnant. Elle portait un tailleur noir, avec une jupe très courte qui moulait merveilleusement son cul ; sous la veste elle avait enfilé un chemisier de dentelle violette, ajusté et transparent par endroits, et un soutien-gorge écarlate, pigeonnant, qui découvrait largement ses seins. Lorsqu'elle s'assit en face du lit je découvris des bas noirs, dégradés vers le haut, retenus par des porte-jarretelles. Ses lèvres étaient soulignées d'un rouge sombre, un peu violine, et elle avait noué ses cheveux en chignon.

« *Ça le fait ?* demanda-t-elle, narquoise.

— Ça le fait *grave*. Les femmes, quand même… soupirai-je. La mise en valeur…

— C'est ma tenue de séductrice institutionnelle.

266

Je l'ai mise un peu pour toi, aussi ; je savais que tu aimerais.

— Ré-érotiser l'entreprise... » grommelai-je. Elle me tendit une tasse de café.

Jusqu'à son départ je ne fis rien d'autre que la regarder aller et venir, se relever et s'asseoir. Ce n'était pas grand-chose si on veut, enfin c'était tout simple, mais *ça le faisait*, il n'y avait aucun doute. Elle croisait les jambes : une bande sombre apparaissait en haut des cuisses, soulignant par contraste l'extrême finesse du nylon. Elle croisait davantage : une bande de dentelle noire se révélait plus haut, puis l'attache du porte-jarretelles, la chair blanche et nue, la base des fesses. Elle décroisait : tout disparaissait à nouveau. Elle se penchait vers la table : je sentais ses seins palpiter sous l'étoffe. J'aurais pu y passer des heures. C'était une joie facile, innocente, éternellement bienheureuse ; une pure promesse de bonheur.

Ils devaient se retrouver à treize heures, au restaurant *Le Divellec*, rue de l'Université ; Jean-Yves et Valérie arrivèrent avec cinq minutes d'avance.

« Comment est-ce qu'on va démarrer l'entretien ? s'inquiéta Valérie en sortant du taxi.

— Eh ben, t'as qu'à lui dire qu'on veut ouvrir des bordels à boches... » Jean-Yves eut un rictus fatigué. « T'en fais pas, t'en fais pas, il posera lui-même ses questions. »

Gottfried Rembke arriva à treize heures précises. Dès qu'il pénétra dans le restaurant, qu'il tendit son manteau au serveur, ils surent que c'était lui. Le corps ramassé et solide, le crâne luisant, le regard franc, la poignée de main énergique : tout en lui respirait l'aisance et le dynamisme, il correspondait parfaitement à l'image qu'on peut se faire d'un grand patron, et plus précisément d'un grand patron allemand. On l'imaginait sauter dans sa journée avec enthousiasme, se lever du lit d'un bond et faire une demi-heure de vélo d'appartement avant de se diriger vers son bureau dans sa Mercedes flambant neuve en écoutant les informations économiques. « Il a l'air parfait, ce mec… » grommela Jean-Yves en se levant, tout sourire, pour l'accueillir.

Pendant les dix premières minutes, en fait, Herr Rembke ne parla que de cuisine. Il s'avéra qu'il connaissait bien la France, sa culture, ses restaurants ; il possédait même une maison en Provence. « Impeccable, le mec, impeccable… » songea Jean-Yves en examinant son consommé de langoustines au curaçao. « *Rock and roll, Gotty* », ajouta-t-il mentalement en trempant sa cuillère dans le plat. Valérie était très bien : elle écoutait avec attention, les yeux brillants, comme sous le charme. Elle voulut savoir où exactement en Provence, s'il trouvait souvent le temps de venir, etc. Elle-même avait pris un salmis d'étrilles aux fruits rouges.

« Donc, poursuivit-elle sans changer de ton, vous seriez intéressé par le projet.

— Voyez-vous, dit-il d'un ton réfléchi, nous savons bien que le "tourisme de charme" – il avait légèrement buté sur l'expression – est une des motivations principales de nos compatriotes en vacances à l'étranger – *et on les comprend, d'ailleurs, car quelle manière plus délicieuse de voyager ?* Pourtant, et c'est assez curieux, aucun grand groupe, jusqu'à présent, ne s'est penché sérieusement sur la question – mis à part quelques tentatives, du reste tout à fait insuffisantes, à destination de la clientèle homosexuelle. Pour l'essentiel, aussi surprenant que ça puisse paraître, nous avons affaire à un marché vierge.

— Ça fait débat, je pense que les mentalités doivent encore évoluer… » intervint Jean-Yves tout en prenant conscience qu'il disait une connerie. « Des deux côtés du Rhin... » acheva-t-il misérablement. Rembke lui jeta un regard froid, tout à fait comme s'il le soupçonnait de se foutre de sa gueule ; Jean-Yves replongea le nez dans son assiette en se promettant de se taire jusqu'à la fin du repas. De toute façon, Valérie s'en sortait à merveille. « Ne transposons pas les problèmes français à l'Allemagne... » dit-elle en croisant les jambes d'un mouvement ingénu. Rembke reporta son attention sur elle.

« Nos compatriotes, poursuivit-il, obligés de s'en remettre à eux-mêmes, sont souvent soumis à des intermédiaires d'une honnêteté douteuse. En général, le secteur reste marqué par le plus grand amateurisme – ce qui constitue un manque à gagner énorme pour l'ensemble de la profession. » Valérie acquiesça avec empressement. Le serveur apporta un saint-pierre rôti aux figues nouvelles.

« Votre projet, reprit-il après avoir jeté un coup d'œil à son plat, nous a également intéressés parce qu'il représente un véritable bouleversement par rapport à l'optique traditionnelle du séjour-club. Ce qui avait pu être une formule adaptée au début des années 1970 ne correspond plus aux attentes du consommateur moderne. Les relations entre les êtres en Occident sont devenues plus difficiles – ce que, bien entendu, nous déplorons tous... » poursuivit-il avec un nouveau regard sur Valérie, qui décroisa les jambes avec un sourire.

Lorsque je rentrai du bureau, à six heures un quart, elle était déjà là. J'eus un mouvement de surprise : je crois que c'est la première fois que ça se produisait, depuis le début de notre vie commune. Elle était assise au fond du canapé, toujours en tailleur, les jambes légèrement écartées. Les yeux dans le vague, elle semblait songer à des choses heureuses et douces. Je l'ignorais à ce moment, mais j'assistais en quelque

sorte à l'équivalent d'un orgasme sur le plan professionnel.

« Ça a bien marché ? interrogeai-je.

— Plus que bien. Je suis rentrée juste après déjeuner, sans passer par le bureau ; je ne voyais vraiment
pas ce qu'on pouvait faire de plus pour la semaine.
Non seulement il est intéressé par le projet, mais il a
l'intention d'en faire un de ses produits phares, dès
la saison d'hiver. Il est prêt à financer l'édition d'un
catalogue et une campagne de pub spécialement
adaptés au public allemand. Il pense pouvoir assurer, à lui seul, le remplissage des clubs existants ; il
nous a même demandé si nous avions d'autres projets en construction. La seule chose qu'il souhaite
en échange, c'est l'exclusivité sur son marché – l'Allemagne, l'Autriche, la Suisse et le Benelux ; il sait
que nous sommes par ailleurs en contact avec Neckermann.

« J'ai pris un week-end, ajouta-t-elle ; dans un
centre de thalassothérapie à Dinard. Je crois que j'en
ai besoin. On pourra faire aussi un saut chez mes
parents. »

Le train partit de la gare Montparnasse une heure
plus tard. Assez rapidement, au fil des kilomètres, la
tension accumulée disparut – et elle redevint normale,
c'est-à-dire plutôt sexuelle et joueuse. Les derniers
immeubles de la grande banlieue disparaissaient dans
le lointain ; le TGV montait vers sa vitesse maximale,
juste avant d'aborder la plaine du Hurepoix. Un reste
de jour, une teinte rouge presque imperceptible, flottait en direction de l'ouest, au-dessus de la masse
sombre des silos à grain. Nous étions dans un wagon
de première classe aménagé en semi-compartiments ;
sur les tables qui séparaient nos sièges, les petites
lampes jaunes étaient déjà allumées. De l'autre côté

du couloir une femme d'une quarantaine d'années, BCBG et même plutôt classe, avec des cheveux blonds ramassés en chignon, feuilletait *Madame Figaro*. J'avais acheté le même journal, et je tentais sans grand succès de m'intéresser au cahier saumon. Depuis quelques années, je nourrissais l'idée théorique qu'il était possible de décrypter le monde, et de comprendre ses évolutions, en laissant de côté tout ce qui avait trait à l'actualité politique, aux pages société ou à la culture ; qu'il était possible de se faire une image correcte du mouvement historique uniquement par la lecture des informations économiques et boursières. Je m'astreignais donc à la lecture quotidienne du cahier saumon du *Figaro*, parfois complété par des publications encore plus rébarbatives telles que *Les Échos* ou *La Tribune Desfossés*. Jusqu'à présent, ma thèse restait indécidable. Il était en effet possible que des informations historiques importantes se dissimulent à travers ces éditoriaux au ton mesuré et ces colonnes de chiffres ; mais l'inverse pouvait également être vrai. La seule conclusion certaine à laquelle j'étais parvenu, c'est que, décidément, l'économie était effroyablement ennuyeuse. Levant les yeux d'un bref article qui tentait d'analyser la chute du Nikkei, je remarquai que Valérie avait recommencé à croiser et décroiser les jambes ; son visage était traversé par un demi-sourire. « Descente aux enfers pour la bourse de Milan », lus-je encore avant de reposer le journal. J'eus une érection soudaine en découvrant qu'elle avait trouvé le moyen d'ôter sa culotte. Elle vint s'asseoir à mes côtés, se pelotonna contre moi. Enlevant sa veste de tailleur, elle la posa sur mes genoux. Je jetai un regard rapide sur ma droite : notre voisine semblait toujours plongée dans son magazine, plus précisément dans un article sur les jardins d'hiver. Elle-même portait un tailleur avec une jupe serrée, des bas noirs ; elle faisait assez *bourgeoise excitante*, comme on dit.

Glissant le bras sous son vêtement étalé, Valérie posa une main sur mon sexe ; je ne portais qu'un pantalon de coton mince, la sensation était terriblement précise. La nuit, maintenant, était tout à fait tombée. Je me renfonçai dans mon siège, introduisis une main sous son chemisier. Écartant le soutien-gorge, j'entourai son sein droit de ma paume et commençai à exciter le téton du pouce et de l'index. À peu près à la hauteur du Mans, elle défit ma braguette. Ses mouvements maintenant étaient tout à fait explicites, j'étais persuadé que notre voisine ne perdait rien du manège. Il est à mon avis impossible de résister longtemps à une masturbation menée d'une main vraiment experte. Un peu avant Rennes j'éjaculai, sans parvenir à retenir un cri étouffé. « Il va falloir que je fasse nettoyer mon tailleur… » dit calmement Valérie. La voisine jeta un regard dans notre direction, sans dissimuler son amusement.

Je fus quand même un peu gêné, à la gare de Saint-Malo, en constatant qu'elle montait avec nous dans la navette pour le centre de thalasso ; mais Valérie pas du tout, elle entama même la conversation avec elle sur le thème des différents soins. Je n'ai jamais bien démêlé, pour ma part, les mérites respectifs des bains de boue, des douches à affusion et des enveloppements d'algues ; le lendemain, je me contentai plus ou moins de barboter dans la piscine. J'étais en train de faire la planche, vaguement conscient de l'existence de courants sous-marins supposés accomplir un massage du dos, quand Valérie me rejoignit. « Notre voisine de train… fit-elle tout excitée, elle m'a branchée dans le jacuzzi. » J'enregistrai l'information sans réagir. « En ce moment, elle est seule dans le hammam », ajouta-t-elle. Je la suivis aussitôt, m'enveloppant d'un peignoir. Près de l'entrée du hammam, je retirai mon slip de bain ; mon érection était visible sous le tissu éponge. J'entrai avec Valérie, la laissai avancer dans la vapeur – si dense qu'on n'y voyait pas à deux mètres. L'atmosphère était saturée d'une odeur d'eucalyptus très forte, presque enivrante. Je m'immobilisai dans le néant blanchâtre et chaud, puis j'entendis un gémissement venant du fond de la salle. Je défis la ceinture de mon peignoir, m'approchai ; des gouttelettes de transpiration se formaient à la surface de ma peau. Agenouillée devant la femme, les mains posées sur ses fesses, Valérie lui léchait la chatte. C'était effectivement une très belle femme, avec des seins siliconés d'une rondeur parfaite, un visage harmonieux, une bouche large et sensuelle. Sans surprise elle tourna son regard vers moi, referma une main sur mon sexe. Je m'approchai encore, passai derrière elle et lui caressai les seins tout en frottant ma bite contre ses fesses. Elle écarta les cuisses et se pencha en avant, s'appuyant au mur. Valérie fouilla dans la poche de son peignoir et me tendit un préservatif ; de l'autre main, elle continuait à branler le clitoris de la femme. Je la pénétrai d'un seul coup, elle était déjà très ouverte ; elle se pencha un peu plus vers l'avant. J'allais et venais en elle au moment où je sentis la main de Valérie qui s'insinuait entre mes cuisses, puis se refermait sur mes couilles. Elle approcha à nouveau sa bouche pour lécher la chatte de la femme ; à chaque allée et venue, je sentais ma bite glisser contre sa langue. Je tendis désespérément les muscles pelviens au moment où la femme jouissait avec de longs gémissements heureux, puis je me retirai très lentement. Je transpirais de tout mon corps, je haletais involontairement, je me sentis vaciller et dus m'asseoir sur une banquette. Les masses de vapeur continuaient à onduler dans l'atmosphère. J'entendis le bruit d'un baiser, je relevai la tête : elles étaient enlacées, poitrine contre poitrine.

Nous fîmes l'amour un peu plus tard, en fin d'après-midi, puis encore une fois dans la soirée, puis de nouveau le lendemain matin. Cette frénésie était un peu inhabituelle ; nous étions tous les deux conscients que nous allions entrer dans une période difficile, où Valérie serait à nouveau abrutie de travail, de difficultés, de calculs. Le ciel était d'un bleu immaculé, le temps presque doux ; c'était sans doute un des derniers beaux week-ends avant l'automne. Après l'amour, le dimanche matin, nous fîmes une longue promenade sur la plage. J'observais avec surprise les bâtiments néo-classiques, un peu kitsch, des hôtels. Arrivés à l'extrémité de la plage, nous nous assîmes sur les rochers.

« Je suppose que c'était important, ce rendez-vous avec l'Allemand, dis-je. Je suppose que c'est le début d'un nouveau *challenge*.

— C'est la dernière fois, Michel. Si on réussit ce coup-là, on sera tranquilles pour longtemps. »

Je lui jetai un regard incrédule et un peu attristé. Je ne croyais pas tellement à ce genre d'arguments, ça me rappelait un peu certains livres d'histoire, avec les déclarations des politiciens sur la *der des ders*, celle qui devait ensuite conduire à une paix définitive.

« C'est bien toi, dis-je doucement, qui m'as expliqué que le capitalisme était dans son principe un état de guerre permanente, une lutte perpétuelle qui ne peut jamais avoir de fin.

— C'est vrai, convint-elle sans hésitation ; mais ce ne sont pas forcément toujours les mêmes qui se battent. »

Une mouette s'envola, prit de l'altitude, se dirigea vers l'océan. Nous étions presque seuls à cette extrémité de la plage. Dinard était décidément une station tranquille, en cette saison tout du moins. Un labrador s'approcha, vint nous flairer, puis rebroussa chemin ; je ne distinguais pas ses maîtres.

« Je t'assure, insista-t-elle. Si ça marche aussi bien qu'on l'espère, on pourra décliner le concept dans plein de pays. Rien qu'en Amérique latine il y a le Brésil, le Venezuela, le Costa Rica. Ailleurs, on peut facilement ouvrir des clubs au Cameroun, au Mozambique, à Madagascar, aux Seychelles. En Asie, aussi, il y a des possibilités immédiates : la Chine, le Vietnam, le Cambodge. En deux ou trois ans, on peut devenir une référence indiscutable ; et personne n'osera investir sur le même marché : cette fois on l'aura, notre avantage concurrentiel. »

Je ne répondis rien, je ne voyais rien à lui répondre ; après tout, j'étais à l'origine de l'idée. La marée montait ; des rigoles se creusaient dans le sable, mouraient à nos pieds.

« En plus, poursuivit-elle, cette fois on va vraiment demander un gros paquet d'actions. Si le succès est là, ils ne pourront pas nous le refuser. Et quand on est actionnaire, on ne se bat plus : ce sont les autres qui se battent à votre place. »

Elle s'arrêta, me regarda, hésitante. Ça se tenait, ce qu'elle disait, ça participait d'une certaine logique. Le vent se levait un peu ; je commençais à avoir faim. Le restaurant de l'hôtel était délicieux : il y avait des fruits de mer d'une fraîcheur parfaite, des recettes de poisson savoureuses et fines. Nous revînmes en marchant sur le sable humide.

« J'ai de l'argent... dis-je soudain, il ne faut pas oublier que j'ai de l'argent. » Elle s'immobilisa et me regarda avec surprise ; moi-même, je n'avais pas prévu de prononcer ces paroles.

« Je sais bien que ça ne se fait plus d'être une femme entretenue, poursuivis-je, un peu embarrassé ; mais rien ne nous oblige à faire comme tout le monde. »

Elle me regarda calmement dans les yeux. «Quand tu auras touché l'argent de la maison, en tout, ça te fera au maximum trois millions de francs… dit-elle.

— Oui, un peu moins.

— Ça ne suffit pas; pas tout à fait. Il faut juste un petit complément.» Elle reprit sa marche, se tut un long moment. «Fais-moi confiance…» dit-elle au moment où nous pénétrions sous la verrière du restaurant.

Après le repas, juste avant d'aller à la gare, nous nous rendîmes chez les parents de Valérie. Elle allait avoir à nouveau énormément de travail, leur expliqua-t-elle; elle ne pourrait probablement pas revenir avant Noël. Son père la regarda avec un sourire résigné. C'était une bonne fille, me dis-je, une fille affectueuse et attentionnée; c'était aussi une amante sensuelle, caressante et audacieuse; et elle serait probablement, le cas échéant, une mère aimante et sage. «*Ses pieds sont d'or fin, ses jambes comme les colonnes du temple de Jérusalem.*» Je continuais à me demander ce que j'avais fait, au juste, pour mériter une femme comme Valérie. Probablement rien. Le déploiement du monde, me dis-je, je le constate; procédant empiriquement, en toute bonne foi, je le constate; je ne peux rien faire d'autre que le constater.

12

À la fin du mois d'octobre, le père de Jean-Yves mourut. Audrey refusa de l'accompagner à l'enterrement ; il s'y attendait d'ailleurs, il ne lui avait demandé que pour le principe. Ce serait un enterrement modeste : il était enfant unique, il y aurait un peu de famille, pas vraiment d'amis. Son père aurait droit à une brève notice nécrologique dans le bulletin des anciens élèves de l'ESAT ; puis ce serait tout, la trace se refermerait ; ces derniers temps, il ne voyait vraiment plus personne. Jean-Yves n'avait jamais bien compris ce qui l'avait poussé à prendre sa retraite dans cette région sans intérêt, campagnarde au sens le plus navrant du terme, et où il n'avait même pas d'attaches. Sans doute une dernière trace de ce masochisme qui l'avait accompagné, plus ou moins, tout au long de sa vie. Après des études brillantes, il s'était enlisé dans une carrière terne d'ingénieur de fabrication. Bien qu'il ait toujours rêvé d'avoir une fille, il s'était volontairement limité à un seul enfant – dans le but, assurait-il, de lui donner une meilleure éducation ; l'argument ne tenait pas, il avait plutôt un bon salaire. Il donnait l'impression d'être habitué à sa femme plutôt que de vraiment l'aimer ; il était peut-être fier des succès professionnels de son fils – mais, à vrai dire, le fait est qu'il n'en parlait jamais. Il n'avait pas de hobby ni de divertisse-

277

ment véritable, mis à part l'élevage des lapins et les mots croisés de *La République du Centre-Ouest*. C'est sans doute à tort qu'on soupçonne chez tous les êtres une passion secrète, une part de mystère, une fêlure ; si le père de Jean-Yves avait eu à témoigner sur ses convictions intimes, sur le sens profond qu'il donnait à la vie, il n'aurait probablement pu faire état que d'une déception légère. De fait sa phrase favorite, celle que Jean-Yves se souvenait le plus souvent lui avoir entendu prononcer, celle qui synthétisait le mieux son expérience de la condition humaine, se limitait à ces mots : « On vieillit. »

Sa mère se montra raisonnablement affectée par le deuil – après tout, c'était quand même le compagnon de toute une vie – sans en avoir l'air réellement bouleversée. « Il avait beaucoup baissé… » commenta-t-elle. Les causes de la mort étaient tellement indistinctes qu'on aurait aussi bien pu parler de fatigue générale, voire de découragement. « Il n'avait plus de goût à rien… » dit encore sa mère. Telle fut, à peu près, son oraison funèbre.

L'absence d'Audrey fut bien entendu remarquée, mais sa mère s'abstint, pendant la cérémonie, d'en faire état. Le repas du soir fut frugal – de toute façon, elle n'avait jamais été bonne cuisinière. Il savait très bien qu'elle allait aborder le sujet, à un moment ou un autre. Compte tenu des circonstances il était assez difficile d'esquiver, en allumant la télévision par exemple, comme il avait coutume de le faire. Sa mère termina de ranger la vaisselle, puis se rassit en face de lui, les coudes posés sur la table.

« Comment ça va, avec ta femme ?

— Pas terrible… » Il développa pendant quelques minutes, s'enlisant progressivement dans son propre ennui ; il indiqua pour finir qu'il envisageait le divorce. Sa mère, il le savait, haïssait Audrey, qu'elle accusait de la priver de ses petits-enfants ; ce

278

n'était d'ailleurs pas faux, mais ses petits-enfants n'avaient pas très envie de la voir, eux non plus. Dans d'autres conditions, c'est vrai, ils auraient pu s'y habituer ; tout du moins Angélique, dans son cas il n'était pas trop tard. Mais il se serait agi d'autres conditions, d'une autre vie, toutes choses difficiles à envisager. Jean-Yves leva les yeux vers le visage de sa mère, son chignon grisonnant, ses traits sévères : il était difficile d'éprouver un élan de tendresse ou d'affection pour cette femme ; aussi loin qu'il s'en souvienne, elle n'avait jamais vraiment été portée sur les *câlins* ; il était tout aussi difficile de l'imaginer dans le rôle d'une amante sensuelle et *salope*. Il prit d'un seul coup conscience que son père avait probablement dû se faire chier toute sa vie. Il en éprouva un choc affreux, ses mains se crispèrent sur le bord de la table : cette fois c'était trop irrémédiable, trop définitif. Avec désespoir, il essaya d'évoquer un moment où il aurait pu voir son père épanoui, joyeux, sincèrement heureux de vivre. Il y avait peut-être une fois, quand il avait cinq ans, et que son père essayait de lui montrer le fonctionnement d'un Meccano. Oui, son père avait aimé la mécanique, il l'avait sincèrement aimée – il se souvenait de sa déception, le jour où il lui avait annoncé qu'il allait se tourner vers des études commerciales ; c'était peut-être suffisant, après tout, pour remplir une vie.

Le lendemain il fit un tour rapide dans le jardin, qui lui paraissait à vrai dire assez anonyme, qui ne lui rappelait aucun souvenir d'enfance. Les lapins tournaient nerveusement dans leurs cages, on ne les avait pas encore nourris : sa mère allait les revendre tout de suite, elle n'aimait pas s'en occuper. Au fond ils étaient les grands perdants de l'affaire, les seules véritables victimes de ce décès. Jean-Yves prit un sac de granulés, versa des poignées dans les râteliers ; en mémoire de son père, il pouvait accomplir ce geste.

Il partit tôt, juste avant l'émission de Michel Drucker, mais cela ne l'empêcha pas d'être pris, peu avant Fontainebleau, dans des embouteillages interminables. Il essaya différentes radios, puis finit par éteindre. De temps en temps, le flot de voitures avançait de quelques mètres ; il n'entendait que le ronronnement des moteurs, le choc des gouttes de pluie isolées contre le pare-brise. Son esprit s'accordait à cette vacuité mélancolique. Le seul élément positif du week-end, songeait-il, c'est qu'il n'aurait plus à revoir Joh'anna ; il s'était enfin décidé à renvoyer la baby-sitter. La nouvelle, Eucharistie, lui avait été recommandée par une voisine : c'était une fille originaire du Dahomey, sérieuse, qui travaillait bien à l'école ; à quinze ans, elle était déjà en première S. Plus tard elle voulait devenir médecin, peut-être pédiatre ; en tout cas, elle s'y prenait très bien avec les enfants. Elle réussissait à arracher Nicolas de ses jeux vidéo et à le coucher avant dix heures – chose qu'ils n'avaient jamais été capables d'obtenir. Elle était gentille avec Angélique, lui donnait son goûter, la baignait, jouait avec elle ; visiblement, la petite l'adorait.

Il arriva vers dix heures et demie, épuisé par le trajet ; Audrey était, croyait-il se souvenir, partie en week-end à Milan ; elle reprendrait l'avion le lendemain matin, irait directement à son travail. Le divorce allait quand même diminuer son train de vie, songea-t-il avec une satisfaction mauvaise ; il était compréhensible qu'elle retarde le moment d'aborder le sujet. Elle n'allait cependant pas jusqu'à feindre des retours d'affection, des élans de tendresse ; c'était un point qu'on pouvait compter en sa faveur.

Eucharistie était installée dans le canapé, elle lisait *La Vie mode d'emploi*, de Georges Perec, en édition de poche ; tout s'était bien passé. Elle accepta un verre de jus d'orange ; il se servit lui-même un cognac. En général, lorsqu'il revenait, elle lui racontait leur journée, ce qu'ils avaient fait ensemble ; cela durait quelques minutes avant qu'elle ne s'en aille. Cette fois encore, elle fit de même ; en se resservant de cognac, il se rendit compte qu'il n'avait rien écouté. « Mon père est mort... » dit-il en même temps qu'il en reprenait conscience. Eucharistie s'arrêta net, le regarda avec hésitation ; elle ne savait pas trop comment réagir, mais de toute évidence il avait réussi à capter son attention. « Mes parents n'ont pas été heureux ensemble... » poursuivit-il, et cette deuxième constatation était encore pire : elle semblait dénier son existence, le priver d'une certaine manière du droit à la vie. Il était le fruit d'une union malheureuse, mal assortie, de quelque chose qui aurait mieux fait de ne pas être. Il regarda avec inquiétude autour de lui : dans quelques mois tout au plus il allait quitter cet appartement, il ne reverrait plus ces rideaux ni ces meubles ; tout semblait déjà s'effilocher, perdre de la consistance. Il aurait pu être dans le hall d'exposition d'un grand magasin, après la fermeture ; ou dans la photo d'un catalogue, dans quelque chose de toute façon qui n'avait pas d'existence véritable. Il se leva en titubant, s'approcha d'Eucharistie, serra violemment dans ses bras le corps de la jeune fille. Il glissa une main sous son pull : sa chair était vivante, réelle. Il reprit subitement conscience et s'immobilisa, gêné. Elle cessa de se débattre, elle aussi. Il la regarda droit dans les yeux, puis l'embrassa sur la bouche. Elle répondit à son baiser, poussa sa langue contre la sienne. Il glissa la main plus haut sous son pull, jusqu'à ses seins.

Ils firent l'amour sans un mot, dans la chambre ; elle s'était déshabillée rapidement, puis s'était accroupie sur le lit pour qu'il la prenne. Même après avoir joui ils restèrent quelques minutes sans parler, et évitèrent ensuite de revenir sur le sujet. Elle lui raconta à nouveau sa journée, ce qu'elle avait fait avec les enfants ; puis elle lui dit qu'elle ne pouvait pas rester dormir.

Ils recommencèrent plusieurs fois, à chaque fois qu'elle venait en fait, pendant les semaines suivantes. Il s'était plus ou moins attendu à ce qu'elle aborde la question de la *légitimité* de leurs rapports : après tout elle n'avait que quinze ans, et lui trente-cinq ; il aurait pu, à l'extrême limite, être son père. Mais elle n'avait pas du tout l'air disposée à envisager les choses sous cet angle : sous quel angle, alors ? Il finit par s'en rendre compte, dans un élan d'émotion et de gratitude : sous celui, tout simplement, du *plaisir*. Certainement son mariage l'avait déconnecté, lui avait fait perdre le contact ; il avait tout simplement oublié que certaines femmes, dans certains cas, font l'amour *pour le plaisir*. Il n'était pas le premier homme d'Eucharistie, elle avait déjà eu un garçon l'année passée, un type de terminale qu'elle avait perdu de vue par la suite ; mais il y avait des choses qu'elle ne connaissait pas, par exemple la fellation. La première fois il se retint, hésita à jouir dans sa bouche ; mais très vite il s'aperçut qu'elle aimait ça, ou plutôt que ça l'amusait de sentir son sperme jaillir. Il n'avait aucun mal, en général, à l'amener à l'orgasme ; il éprouvait de son côté un immense plaisir à sentir dans ses bras ce corps ferme et souple. Elle était intelligente, curieuse ; elle s'intéressait à son travail et lui posait beaucoup de questions : elle avait à peu près tout ce qui manquait à Audrey. L'univers de l'entreprise était pour elle un monde inconnu, exotique, dont elle cherchait à connaître les coutumes ; toutes ces questions, elles ne les aurait pas posées à son père – qui de toute façon n'aurait pas pu lui répondre, il travaillait dans un hôpital public. En somme leur relation, se disait-il avec une étrange sensation de relativisme, était une relation *équilibrée*. C'était quand même une chance qu'il n'ait pas eu de fille en premier ; dans certaines conditions, il voyait difficilement comment – et, surtout, *pourquoi* – éviter l'inceste.

Trois semaines après leur première fois, Eucharistie lui annonça qu'elle avait, de nouveau, rencontré un garçon ; dans ces conditions il valait mieux arrêter, enfin ça devenait plus difficile. Il en parut tellement désolé qu'elle lui proposa, la fois suivante, de continuer à lui faire des pipes. Il ne voyait pas très bien, à vrai dire, en quoi c'était *moins grave* ; mais il avait plus ou moins oublié, de toute façon, les sentiments de ses quinze ans. Ils parlaient assez longtemps, de choses et d'autres, après son retour ; c'était toujours elle qui décidait du moment. Elle se déshabillait jusqu'à la taille, se laissait caresser les seins ; puis il s'adossait au mur, elle s'agenouillait devant lui. Elle savait très précisément, par ses gémissements, deviner l'instant où il allait venir. Elle éloignait alors son visage ; avec de petits mouvements précis elle orientait son éjaculation, parfois vers ses seins, parfois vers sa bouche. Elle avait à ces moments une expression joueuse, presque enfantine ; en y repensant il se disait avec mélancolie qu'elle n'en était qu'au début de sa vie amoureuse, qu'elle allait faire le bonheur de nombreux amants ; ils se seraient croisés, voilà tout, et c'était déjà une chance.

Le deuxième samedi, au moment où Eucharistie, les yeux mi-clos, la bouche grande ouverte, recommençait à le branler avec enthousiasme, il aperçut soudain, passant la tête par la porte du salon, son fils. Il tressaillit, détourna le regard ; lorsqu'il leva de nouveau les yeux, l'enfant avait disparu. Eucharistie ne s'était rendu compte de rien ; elle passa la main entre ses cuisses, lui pressa délicatement les couilles. Il eut alors une étrange impression d'immobilité. Quelque chose lui apparut, comme la révélation d'une impasse. La confusion des générations était grande, et la filiation n'avait plus de sens. Il attira la bouche d'Eucharistie vers son sexe ; sans se l'expliquer vraiment il sentait que c'était la dernière fois, et il avait besoin de sa bouche. Dès qu'elle eut refermé ses lèvres il jouit longuement, à plusieurs reprises, poussant sa bite jusqu'au fond de sa gorge, le corps parcouru de soubresauts. Puis elle leva les yeux vers lui ; il garda les mains posées sur la tête de la jeune fille. Elle conserva son sexe dans sa bouche pendant deux à trois minutes, passant lentement la langue sur le gland, les yeux clos. Peu avant qu'elle ne reparte, il lui dit qu'ils ne recommenceraient plus. Il ne savait pas très bien pourquoi ; si son fils parlait ça lui ferait sûrement du tort, au moment du jugement de divorce ; mais il y avait autre chose, qu'il ne parvenait pas à analyser. Il me raconta tout cela une semaine plus tard, sur un ton d'autoaccusation assez pénible, en me demandant de ne rien révéler à Valérie. Il m'ennuyait un peu à vrai dire, je ne voyais absolument pas où était le problème ; par pure amabilité je fis cependant semblant de m'y intéresser, de peser le pour et le contre, mais je ne croyais pas du tout à la situation, je me sentais un peu comme dans une émission de Mireille Dumas.

Sur le plan professionnel par contre tout allait bien, il me l'apprit avec satisfaction. Un problème avait failli se poser quelques semaines plus tôt, concernant le club en Thaïlande : pour répondre aux attentes des consommateurs sur cette destination, il fallait impérativement prévoir au moins un bar à hôtesses et un salon de massage ; tout cela était un peu difficile à justifier, dans le cadre du devis de l'hôtel. Il téléphona à Gottfried Rembke. Le patron de TUI trouva rapidement une solution : il avait un partenaire sur place, un entrepreneur chinois installé à Phuket, qui pourrait s'occuper de construire un complexe de loisirs juste à côté de l'hôtel. Le voyagiste allemand semblait de très bonne humeur, apparemment les choses s'annonçaient bien. Début novembre, Jean-Yves reçut un exemplaire du catalogue destiné au public allemand ; ils n'y étaient pas allés de main morte, constata-t-il aussitôt. Sur toutes les photos les filles locales étaient seins nus, portaient des strings minuscules ou des jupes transparentes ; photographiées à la plage ou carrément dans les chambres elles souriaient d'un air aguicheur, passaient la langue sur leurs lèvres : il était à peu près impossible de s'y tromper. Un truc pareil, fit-il remarquer à Valérie, ne serait jamais passé en France. Il était curieux de constater, soliloqua-t-il, qu'à mesure qu'on s'approchait de l'Europe, que l'idée d'une fédération d'États devenait de plus en plus présente, on n'observait pourtant aucune uniformisation dans le domaine de la législation sur les mœurs. Alors que la prostitution était reconnue en Hollande et en Allemagne, qu'elle bénéficiait d'un statut, nombreux étaient ceux en France qui demandaient son abolition, voire une sanction des clients, comme cela se pratiquait en Suède. Valérie le considéra avec surprise : il était bizarre en ce moment, il se lançait de plus en plus souvent dans des méditations improductives, sans objet. Elle-même abattait un travail énorme, méthodiquement, avec une sorte de détermination froide ; elle prenait fréquemment des décisions sans le consulter. Elle n'y était pas vraiment habituée, et parfois je la sentais égarée, hésitante ; la direction générale n'intervenait pas, elle leur laissait une complète initiative. « Ils attendent, c'est tout, ils attendent de voir si on va réussir ou si on va se casser la gueule », me confia-t-elle un jour avec une rage rentrée. Elle avait raison, c'était l'évidence, je ne pouvais pas la contredire ; c'était ainsi qu'était organisé le jeu.

Moi-même, je ne voyais aucune objection à ce que la sexualité rentre dans le domaine de l'économie de marché. Il y avait beaucoup de manières d'obtenir de l'argent, honnêtes ou malhonnêtes, cérébrales ou au contraire brutalement physiques. On pouvait obtenir de l'argent par son intelligence, son talent, par sa force ou son courage, ou même par sa beauté ; on pouvait aussi l'obtenir par un banal coup de chance. Le plus souvent l'argent vous venait par héritage, comme c'était mon cas ; le problème était alors reporté à la génération précédente. Des gens très différents avaient obtenu de l'argent sur cette terre : d'anciens sportifs de haut niveau, des gangsters, des artistes, des mannequins, des acteurs ; un grand nombre d'entrepreneurs et de financiers habiles ; quelques techniciens aussi, plus rarement, quelques inventeurs. L'argent s'obtenait parfois mécaniquement, par accumulation pure ; ou, au contraire, par un coup d'audace couronné de succès. Tout cela n'avait guère de sens, mais reflétait une grande diversité. À l'opposé, les critères du choix sexuel étaient exagérément simples : ils se réduisaient à la jeunesse et la beauté physique. Ces caractéristiques avaient certes un prix, mais pas un prix *infini*. La situation était bien sûr différente dans les précédents siècles, au temps où la sexualité était quand même essentiellement liée à la reproduction. Pour maintenir la valeur génétique de l'espèce, l'humanité devait alors tenir le plus grand compte des critères de santé, de force, de jeunesse, de vigueur physique – dont la beauté n'était qu'une synthèse pratique. Aujourd'hui, la donne avait changé : la beauté gardait toute sa valeur, mais il s'agissait d'une valeur monnayable, narcissique. Si décidément la sexualité devait rentrer dans le secteur des biens d'échange, la meilleure solution était sans aucun doute de faire appel à l'argent, ce médiateur universel qui permettait déjà d'assurer une équivalence précise à l'intelligence, au talent, à la compétence technique; qui avait déjà permis d'assurer une standardisation parfaite des opinions, des goûts, des modes de vie. Contrairement aux aristocrates, les riches ne prétendaient nullement être d'une nature différente du reste de la population; ils prétendaient simplement être plus riches. D'essence abstraite, l'argent était une notion où n'intervenaient ni la race, ni l'apparence physique, ni l'âge, ni l'intelligence ou la distinction – ni rien d'autre, en réalité, que l'argent. Mes ancêtres européens avaient travaillé dur, pendant plusieurs siècles; ils avaient entrepris de dominer, puis de transformer le monde, et dans une certaine mesure ils avaient réussi. Ils l'avaient fait par intérêt économique, par goût du travail, mais aussi parce qu'ils croyaient à la supériorité de leur civilisation: ils avaient inventé le rêve, le progrès, l'utopie, le futur. Cette conscience d'une mission civilisatrice s'était évaporée, tout au long du XXe siècle. Les Européens, du moins certains d'entre eux, continuaient à travailler, et parfois à travailler dur, mais ils le faisaient par intérêt, ou par attachement névrotique à leur tâche; la conscience innocente de leur droit naturel à dominer le monde, et à orienter son histoire, avait disparu. Conséquence des efforts accumulés, l'Europe demeurait un continent riche; ces qualités d'intelligence et d'acharnement qu'avaient manifestées mes ancêtres, je les avais de toute évidence perdues. Européen aisé, je pouvais acquérir à moindre prix, dans d'autres pays, de la nourriture, des services et des femmes; Européen décadent, conscient de ma mort prochaine, et ayant pleinement accédé à l'égoïsme, je ne voyais aucune raison de m'en priver. J'étais cependant conscient qu'une telle situation n'était guère tenable, que des gens comme moi étaient incapables d'assurer la survie d'une société, voire tout simplement indignes de vivre. Des mutations surviendraient, survenaient déjà, mais je n'arrivais pas à me sentir réellement concerné ; ma seule motivation authentique consistait à me tirer de ce merdier aussi rapidement que possible. Le mois de novembre était froid, maussade ; je ne lisais plus tellement Auguste Comte, ces derniers temps. Ma grande distraction, pendant les absences de Valérie, consistait à observer le mouvement des nuages par la baie vitrée. D'immenses bancs d'étourneaux se formaient, en fin d'après-midi, au-dessus de Gentilly, et décrivaient dans le ciel des plans inclinés et des spirales ; j'étais assez tenté de leur donner un sens, de les interpréter comme l'annonce d'une apocalypse.

13

Un soir, je rencontrai Lionel en sortant de mon travail ; je ne l'avais pas revu depuis le circuit *Tropic Thaï*, presque un an auparavant. Curieusement, pourtant, je le reconnus tout de suite. J'étais un peu surpris qu'il m'ait fait une si forte impression ; je n'avais même pas le souvenir, à l'époque, de lui avoir adressé la parole.

Ça allait bien, me dit-il. Un gros disque de coton recouvrait son œil droit. Il avait eu un accident du travail, quelque chose avait explosé ; mais ça allait, on l'avait soigné à temps, il recouvrerait 50 % de la vision de son œil. Je l'invitai à prendre un verre dans un café près du Palais-Royal. Je me demandais si, le cas échéant, je reconnaîtrais aussi bien Robert, Josiane, les autres membres du groupe ; probablement, oui. C'était une pensée légèrement affligeante ; ma mémoire se remplissait, en permanence, d'informations à peu près complètement inutiles. Être humain, j'étais particulièrement compétent dans la reconnaissance et le stockage des images d'autres humains. *Rien n'est plus utile à l'homme que l'homme même*. La raison pour laquelle j'avais invité Lionel ne m'apparaissait pas clairement ; la conversation allait s'enliser, de toute évidence. Pour la soutenir un peu, je lui demandai s'il avait eu l'occasion de retourner en Thaïlande. Non, et ce n'était pas l'envie qui lui manquait, mais le voyage était malheureusement un peu cher. Avait-il revu d'autres participants ? Non, aucun. Je lui appris alors que j'avais revu Valérie, dont il se souvenait peut-être, et que nous en étions même venus à vivre ensemble. Il parut heureux d'apprendre la nouvelle ; décidément, nous lui avions fait bonne impression. Il n'avait pas l'occasion de voyager beaucoup, me dit-il ; et ces vacances en Thaïlande, en général, étaient un de ses meilleurs souvenirs. Je commençais à être ému par sa simplicité, son désir naïf de bonheur. C'est alors que j'eus un mouvement qu'en y repensant, aujourd'hui encore, je suis tenté de qualifier de *bon*. Je ne suis pas bon, dans l'ensemble, ce n'est pas un des traits de mon caractère. L'humanitaire me dégoûte, le sort des autres m'est en général indifférent, je n'ai même pas le souvenir d'avoir jamais éprouvé un quelconque sentiment de *solidarité*. Toujours est-il que, ce soir-là, j'expliquai à Lionel que Valérie travaillait dans le tourisme, que sa société s'apprêtait à ouvrir un nouveau club à Krabi, et que je pouvais facilement lui obtenir une semaine de séjour avec une réduction de 50 %. C'était évidemment une invention complète ; mais j'avais déjà décidé de payer la différence. Peut-être est-ce que je cherchais, dans une certaine mesure, à *faire le malin* ; mais il me semble aussi avoir éprouvé le désir sincère qu'il puisse à nouveau, ne serait-ce qu'une semaine dans sa vie, connaître le plaisir entre les mains expertes des jeunes prostituées thaïes.

Lorsque je lui racontai la rencontre, Valérie me regarda avec une certaine perplexité ; elle-même n'avait aucun souvenir de Lionel. C'était bien le problème de ce garçon, ce n'était pas un mauvais type, mais il n'avait aucune personnalité : il était trop réservé, trop humble, on avait du mal à en garder un quelconque souvenir. «Bon… dit-elle, enfin si ça te fait plaisir ; il n'aura même pas besoin de payer 50 % d'ailleurs, j'allais t'en parler, je vais avoir des invitations pour la semaine de l'inauguration, ça tombera le 1er janvier. » Je rappelai Lionel le lendemain pour lui annoncer que son séjour serait gratuit ; cette fois c'était trop, il n'arrivait pas à me croire, j'eus même un peu de mal à le persuader d'accepter.

Le même jour, je reçus la visite d'une jeune artiste venue me présenter son travail. Elle s'appelait Sandra Heksjtovoian, quelque chose comme ça, un nom de toute façon que je n'allais pas réussir à mémoriser ; si j'avais été son agent, je lui aurais conseillé de prendre Sandra Hallyday. C'était une fille toute jeune, en pantalon et en tee-shirt, assez banale, avec un visage un peu rond, des cheveux bouclés courts ; elle sortait des Beaux-Arts de Caen. Elle travaillait uniquement sur son corps, m'expliqua-t-elle ; je la regardai avec inquiétude pendant qu'elle ouvrait sa serviette. J'espérais qu'elle n'allait pas me sortir des photos de chirurgie esthétique des orteils, ou quoi que ce soit d'approchant, j'en avais un peu soupé de ces histoires. Mais non, elle me tendit juste des cartes postales qu'elle avait fait réaliser, avec l'empreinte de sa chatte trempée dans différentes peintures de couleur. Je choisis une turquoise et une mauve ; je regrettais un peu de ne pas avoir apporté de photos de ma bite en échange. C'était bien sympathique tout cela, mais enfin d'après mon souvenir Yves Klein avait déjà réalisé des choses similaires, il y a plus de quarante ans ; j'allais avoir du mal à défendre son dossier. Bien sûr, bien sûr, convint-elle, il fallait prendre ça comme un *exercice de style*. Elle sortit alors d'un emballage en carton une pièce plus complexe composée de deux roues de taille inégale reliées par un mince ruban de caoutchouc ; une manivelle permettait l'entraînement du dispositif. Le ruban de caoutchouc était recouvert de petites protubérances plastiques, plus ou moins pyramidales. J'actionnai la manivelle, passai un doigt sur le ruban en mouvement ; cela occasionnait une sorte de frottement, pas désagréable. « Ce sont des moulages de mon clitoris », expliqua la fille ; je retirai mon doigt aussitôt. « J'ai pris des photos avec un endoscope au moment de l'érection, puis j'ai mis le tout sur ordinateur. Avec un logiciel 3D j'ai reconstitué le volume, j'ai modelé le tout en *ray-tracing*, puis j'ai envoyé les coordonnées de la pièce à l'usine. » J'avais l'impression qu'elle se laissait un peu dominer par les considérations techniques. J'actionnai de nouveau la manivelle, plutôt machinalement. « On a envie d'y toucher, hein ? poursuivit-elle avec satisfaction. J'avais envisagé de le relier à une résistance, pour permettre l'allumage d'une ampoule. Qu'est-ce que vous en pensez ? » En réalité je n'étais pas pour, ça me paraissait nuire à la simplicité du concept. Elle était assez sympa, cette fille, pour une artiste contemporaine ; j'avais assez envie de lui proposer d'aller partouzer un soir, j'étais sûr qu'elle se serait bien entendue avec Valérie. Je me rendis compte juste à temps que, dans ma position, ça risquait d'être assimilé à du *harcèlement sexuel* ; je considérai le dispositif avec découragement. « Vous savez, dis-je, je m'occupe surtout de l'aspect comptable des projets. Pour ce qui est des aspects esthétiques, il vaut mieux prendre rendez-vous avec Mlle Durry. » Je lui notai sur une carte de visite le nom et le numéro de poste de Marie-Jeanne ; après tout elle devait être compétente, dans ces histoires de clitoris. La fille parut un peu décontenancée, mais me tendit quand même un petit sachet rempli de pyramides en plastique. « Je vous donne quelques moulages, dit-elle, ils m'en ont fait beaucoup à l'usine. » Je la remerciai, la raccompagnai jusqu'à l'entrée du service. Avant de la quitter, je lui demandai si les moulages étaient de taille réelle. Naturellement, me dit-elle, ça faisait partie de sa démarche.

Le soir même, j'examinai avec attention le clitoris de Valérie. Je n'y avais jamais au fond prêté une attention très précise ; lorsque je la caressais ou la léchais c'était en fonction d'un schéma global, j'avais mémorisé la position, les angles, le rythme des mouvements à adopter ; mais, là, j'examinai très longuement le petit organe qui palpitait sous mes yeux. « Qu'est-ce que tu fais ? demanda-t-elle, surprise, après être restée cinq minutes les jambes écartées. – C'est une démarche artistique… » dis-je en donnant un petit coup de langue pour calmer son impatience. Dans le moulage de la fille, il manquait évidemment le goût et l'odeur ; mais sinon il y avait une ressemblance, c'était indiscutable. Mon examen terminé j'écartai des deux mains la chatte de Valérie, lui léchai le clitoris par petits coups de langue très précis. Était-ce l'attente qui avait exacerbé son désir ? des mouvements plus précis et plus attentionnés de ma part ? Toujours est-il qu'elle jouit presque tout de suite. Au fond, me dis-je, cette Sandra était plutôt une bonne artiste ; son travail incitait à *porter un regard neuf sur le monde*.

14

Dès le début décembre il fut évident que les clubs Aphrodite allaient être un carton, et probablement un carton *historique*. Novembre est traditionnellement, dans l'industrie du tourisme, le mois le plus dur. En octobre, on a encore quelques départs d'extrême arrière-saison ; en décembre, la période des fêtes prend le relais ; mais rares, très rares sont ceux qui songent à prendre des vacances en novembre, hormis quelques seniors particulièrement avisés et endurcis. Or, les premiers résultats qui parvenaient de l'ensemble des clubs étaient excellents : la formule avait connu un succès immédiat, on pouvait même parler de ruée. Je dînai avec Jean-Yves et Valérie le soir de l'arrivée des premiers chiffres ; il me regardait presque bizarrement, tant les résultats étaient supérieurs à ses espérances : sur l'ensemble du mois le taux d'occupation des clubs avait dépassé 95 %, quelle que soit la destination. « Oui, le sexe... dis-je avec embarras. Les gens ont besoin de sexe, c'est tout, seulement ils n'osent pas l'avouer. » Tout cela inclinait à la réflexion, presque au silence ; le serveur apporta les *antipasti*. « L'inauguration de Krabi, ça va être incroyable... poursuivit Jean-Yves. Rembke m'a téléphoné, tout est booké depuis trois semaines. Ce qui est encore mieux c'est qu'il n'y a rien dans les médias, pas une ligne. Un succès discret, à la fois massif et confidentiel ; exactement ce qu'on recherchait. »

Il s'était enfin décidé à louer un studio, et à quitter sa femme ; il n'aurait les clefs que le 1er janvier, mais ça allait mieux, je le sentais déjà plus détendu. Il était relativement jeune, beau et franchement riche : tout cela n'aide pas forcément à vivre, je m'en rendais compte avec un peu d'effarement ; mais cela aide, au moins, à susciter le désir chez les autres. Je n'arrivais toujours pas à comprendre son ambition, l'acharnement qu'il mettait à réussir sa carrière. Ce n'était pas pour l'argent, je ne crois pas : il payait des impôts élevés, et n'avait aucun goût de luxe. Ce n'était pas non plus par dévouement pour l'entreprise, ni plus généralement par altruisme : on pouvait difficilement voir dans le développement du tourisme mondial l'équivalent d'une cause noble. Son ambition, existant par elle-même, ne pouvait être ramenée à aucune autre cause : elle était sans doute assimilable au désir de construire quelque chose, plutôt qu'à l'appétit de pouvoir ou à l'esprit de compétition – je ne l'avais jamais entendu parler de la carrière de ses anciens camarades d'HEC, et je ne crois pas qu'il s'en préoccupait le moins du monde. Il s'agissait en somme d'une motivation respectable, la même qui expliquait l'ensemble du développement de la civilisation humaine. La gratification sociale qui lui était accordée consistait en un haut salaire ; sous d'autres régimes elle aurait pu se matérialiser par un titre de noblesse, ou par des privilèges comme ceux qui étaient accordés aux membres de la *nomenklatura* ; je n'ai pas l'impression que cela aurait changé grand-chose. En réalité, Jean-Yves travaillait parce qu'il avait le goût du travail ; c'était à la fois mystérieux et limpide.

Le 15 décembre, deux semaines avant l'inauguration, il reçut un appel inquiet de TUI. Un touriste allemand venait d'être enlevé, avec la jeune fille thaïe qui l'accompagnait ; cela s'était passé à Hat Yaï, dans l'extrême sud du pays. La police locale avait reçu un message confus, écrit dans un anglais approximatif, qui ne formulait aucune revendication – mais indiquait que les deux jeunes gens seraient exécutés, pour leur comportement contraire à la loi islamique. Depuis quelques mois on avait effectivement noté l'activité de mouvements islamistes, soutenus par la Libye, dans la zone frontalière avec la Malaisie ; mais c'était la première fois qu'ils s'attaquaient à des personnes.

Le 18 décembre, les cadavres nus et mutilés des jeunes gens furent jetés d'une camionnette, en plein milieu de la place principale de la ville. La jeune fille avait été lapidée, on s'était acharné sur elle avec une violence extrême ; la peau avait éclaté de partout, son corps n'était plus qu'une boursouflure à peine reconnaissable. L'Allemand avait été égorgé et châtré, sa verge et ses testicules étaient enfoncés dans sa bouche. Cette fois l'ensemble de la presse allemande reprit l'information, il y eut même quelques entrefilets en France. Les journaux avaient décidé de ne pas publier les photos des victimes, mais elles furent rapidement disponibles sur les sites Internet habituels. Jean-Yves téléphonait tous les jours à TUI : jusqu'à présent, la situation n'était pas alarmante ; il y avait très peu d'annulations, les gens maintenaient leurs projets de vacances. Le premier ministre thaï multipliait les déclarations rassurantes : il s'agissait probablement d'une action isolée, tous les mouvements terroristes reconnus avaient condamné l'enlèvement et l'assassinat.

Dès notre arrivée à Bangkok, pourtant, je sentis une certaine tension, surtout dans le quartier de Sukhumvit, où résidaient la plupart des touristes originaires du Moyen-Orient. Ils venaient surtout de Turquie ou d'Égypte, mais parfois aussi de pays musulmans beaucoup plus durs, comme l'Arabie Saoudite ou le Pakistan. Lorsqu'ils marchaient dans la foule, je sentais se poser sur eux des regards hostiles. À l'entrée de plusieurs bars à hôtesses, je vis des écriteaux « NO MUSLIMS HERE » ; le propriétaire d'un bar de Patpong avait même explicité son propos en calligraphiant le message suivant : « *We respect your Muslim faith : we don't want you to drink whisky and enjoy Thaï girls.* » Les pauvres n'y étaient pourtant pour rien, il était même clair qu'en cas d'attentat ils seraient les premiers visés. Lors de ma première visite en Thaïlande, j'avais été surpris par la présence de ressortissants de pays arabes ; ils venaient en fait exactement pour les mêmes raisons que les Occidentaux, à ceci près qu'ils semblaient se jeter sur la débauche avec encore plus d'enthousiasme. Souvent, dans les bars des hôtels, on les retrouvait autour d'un whisky dès dix heures du matin ; et ils étaient les premiers à l'ouverture des salons de massage. En rupture manifeste avec la loi islamique, s'en sentant probablement coupables, ils étaient en général courtois et charmants.

Bangkok était toujours aussi polluée, bruyante, irrespirable ; je la retrouvai pourtant avec le même plaisir. Jean-Yves avait deux ou trois rendez-vous avec des banquiers, ou dans un ministère, enfin je suivais ça d'assez loin. Au bout de deux jours, il nous apprit que ses entretiens avaient été très concluants : les autorités locales étaient aussi arrangeantes que possible, elles étaient prêtes à tout pour attirer le moindre investissement occidental. Depuis quelques années la Thaïlande n'arrivait plus à sortir de la crise, la bourse et la monnaie étaient au plus bas, la dette publique atteignait 70 % du produit intérieur brut. « Ils sont tellement dans la merde qu'ils ne sont même plus corrompus… nous dit Jean-Yves. J'ai dû arroser un peu mais à peine, rien du tout par rapport à ce qui se faisait il y a cinq ans. »

Au matin du 31 décembre, nous prîmes l'avion pour Krabi. En sortant du minibus je tombai sur Lionel, qui était arrivé la veille. Il était enchanté, me dit-il, absolument enchanté ; j'eus un peu de mal à endiguer le flot de ses remerciements. Mais, en arrivant devant mon bungalow, je fus moi aussi frappé par la beauté du paysage. La plage était immense, immaculée, le sable fin comme de la poudre. En quelques dizaines de mètres l'océan passait de l'azur au turquoise, du turquoise à l'émeraude. D'immenses pitons calcaires, recouverts de forêts d'un vert intense, jaillissaient des eaux jusqu'à l'horizon, se perdaient dans la lumière et la distance, donnant à la baie une ampleur irréelle, cosmique.

« Ce n'est pas ici qu'on a tourné *La Plage* ? me demanda Valérie.

— Non, il me semble que c'est à Koh Phi Phi ; mais je n'ai pas vu le film. »

D'après elle, je n'avais pas perdu grand-chose ; à part les paysages, ça n'avait aucun intérêt. Je me souvenais vaguement du livre, qui mettait en scène des *backpackers* à la recherche d'une île vierge ; leur seul indice était une carte que leur avait dessinée un vieux routard avant de se suicider dans un hôtel minable de Khao Sen Road. Ils se rendaient d'abord à Koh Samui, beaucoup trop touristique ; de là ils gagnaient une île proche, mais il y avait encore trop de monde pour eux. Enfin, en soudoyant un marin, ils parvenaient à débarquer sur leur île – située dans une réserve naturelle, et donc en principe inaccessible. C'est alors que les ennuis commençaient. Les premiers chapitres du livre illustraient à merveille la malédiction du touriste, plongé dans la quête effrénée d'endroits « non touristiques » que sa seule présence contribue à discréditer, poussé ainsi à aller toujours plus loin dans un projet que sa réalisation rend au fur et à mesure vaine. Cette situation sans espoir, semblable à celle de l'homme qui chercherait à fuir son ombre, était bien connue dans les milieux du tourisme, m'apprit Valérie : en termes sociologiques, on la qualifiait de paradoxe du *double bind*.

Les vacanciers qui avaient choisi l'Eldorador Aphrodite de Krabi, en tout cas, ne paraissaient pas près de succomber au paradoxe du *double bind* : bien que la plage soit immense, ils s'étaient à peu près tous installés au même endroit. D'après ce que j'avais pu en voir, ils me paraissaient conformes à la clientèle attendue : beaucoup d'Allemands, plutôt cadres supérieurs ou professions libérales. Valérie avait les chiffres exacts : 80 % d'Allemands, 10 % d'Italiens, 5 % d'Espagnols et 5 % de Français. La surprise, c'est qu'il y avait beaucoup de couples. Ils avaient assez le style *couples libertins*, on aurait parfaitement pu les croiser au Cap-d'Agde : la plupart des femmes avaient des seins siliconés, beaucoup portaient une chaînette en or autour de la taille ou de la cheville. Je remarquai aussi qu'à peu près tout le monde se baignait nu. Tout cela me mettait plutôt en confiance ; on n'a jamais de problèmes avec ces gens-là. Contrairement à un lieu répertorié comme « d'esprit routard », un endroit destiné aux échangistes, ne prenant toute sa valeur qu'à mesure que sa fréquentation augmente, est par essence un endroit non paradoxal. Dans un monde où le plus grand luxe consiste à se donner les moyens d'éviter les autres, la sociabilité bon enfant des bourgeois échangistes allemands constituait une forme de subversion particulièrement subtile, dis-je à Valérie au moment où elle ôtait son soutien-gorge et sa culotte. Juste après m'être déshabillé je fus un peu gêné en prenant conscience que je bandais, et je m'allongeai sur le ventre à ses côtés. Elle écarta les cuisses, offrant tranquillement son sexe au soleil. À quelques mètres sur notre droite il y avait un groupe d'Allemandes, qui discutaient apparemment d'un article du *Spiegel*. L'une d'entre elles avait le sexe épilé, on distinguait très bien sa fente, fine et droite. « J'aime bien ce genre de chatte… me dit Valérie à voix basse, ça donne envie de passer le doigt. » Moi aussi, j'aimais bien ; mais sur la gauche il y avait un couple d'Espagnols, où la femme au contraire avait une toison pubienne très épaisse, bouclée et noire ; j'aimais bien aussi. Au moment où elle se rallongea je jetai un regard à ses grandes lèvres, épaisses et charnues. C'était une femme jeune, pas plus de vingt-cinq ans, mais elle avait des seins lourds, aux larges aréoles proéminentes. « Allez, retourne-toi sur le dos… » dit Valérie à mon oreille. J'obéis en fermant les yeux, comme si le fait de ne rien voir diminuait la portée de mon acte. Je sentis ma bite qui se dressait, le gland qui sortait de son fourreau de peau protectrice. Au bout d'une minute j'arrêtai de penser, me concentrant uniquement sur la sensation ; la chaleur du soleil sur les muqueuses était infiniment agréable. Je n'ouvris toujours pas les yeux au moment où je sentis un filet d'huile solaire couler sur mon torse, puis sur mon ventre. Les doigts de Valérie se déplaçaient par effleurements rapides. Des effluves de noix de coco emplissaient l'atmosphère. Au moment où elle commença à passer de l'huile sur mon sexe, j'ouvris rapidement les yeux : elle était agenouillée à mes côtés, face à l'Espagnole, qui s'était redressée sur les coudes pour regarder. Je rejetai la tête en arrière, fixant le bleu du ciel. Valérie posa une paume sur mes couilles, introduisit le majeur dans l'anus ; de l'autre main, elle continuait à branler avec régularité. Tournant la tête sur la gauche, je vis que l'Espagnole s'activait de son côté sur la bite de son mec ; je reportai mon regard sur l'azur. Lorsque j'entendis des pas s'approcher dans le sable, je fermai à nouveau les yeux. Il y eut d'abord un bruit de baiser, puis je les entendis chuchoter. Je ne savais plus combien de mains ni de doigts enlaçaient et caressaient mon sexe ; le bruit du ressac était très doux.

Après la plage, nous allâmes faire un tour au centre de loisirs ; le soir tombait, les enseignes multicolores des *go-go bars* s'allumaient une à une. Il y avait une dizaine de bars sur une place ronde, qui entouraient un immense salon de massage. Devant l'entrée nous rencontrâmes Jean-Yves, qui était raccompagné à la porte par une fille vêtue d'une robe longue, aux gros seins, à la peau claire, qui ressemblait plutôt à une Chinoise.

« C'est bien, à l'intérieur ? lui demanda Valérie.

— C'est étonnant : un peu kitsch, mais vraiment luxueux. Il y a des jets d'eau, des plantes tropicales, des cascades ; ils ont même mis des statues de déesses grecques. »

Nous nous installâmes dans un canapé profond, recouvert de fils d'or, avant de choisir deux filles. Le massage fut très agréable, l'eau chaude et le savon liquide dissipaient les traces d'huile solaire sur nos peaux. Les filles bougeaient en finesse, elles utilisaient pour nous savonner leurs seins, leurs fesses, l'intérieur de leurs cuisses : tout de suite, Valérie commença à gémir. J'étais émerveillé, une fois de plus, par la richesse des zones érotiques de la femme.

Après nous être séchés nous nous allongeâmes sur un grand lit rond, entouré de miroirs sur les deux tiers de sa circonférence. L'une des filles lécha Valérie, l'amenant facilement à l'orgasme ; j'étais agenouillé au-dessus de son visage, l'autre fille me caressait les couilles et me branlait dans sa bouche. Au moment où elle sentit que j'allais venir, Valérie fit signe aux filles d'approcher encore : pendant que la première me léchait les couilles, l'autre embrassa Valérie sur la bouche ; j'éjaculai sur leurs lèvres demi-jointes.

Les invités de la soirée de réveillon étaient surtout des Thaïs, plus ou moins liés à l'industrie touristique locale. Aucun dirigeant d'Aurore n'était venu ; le patron de TUI n'avait pas pu se déplacer non plus, mais il avait délégué un subordonné, qui visiblement n'avait aucun pouvoir, mais semblait ravi de l'aubaine. Le buffet était exquis, composé de cuisine thaïe et chinoise. Il y avait des petits nems craquants au basilic et à la citronnelle, des beignets de liseron d'eau, du curry de crevettes au lait de coco, du riz sauté aux noix de cajou et aux amandes, un canard laqué incroyablement fondant et savoureux. Pour l'occasion, on avait importé des vins français. Je bavardai quelques minutes avec Lionel, qui semblait nager dans le bonheur. Il était accompagné d'une fille ravissante, originaire de Chiang Maï, qui s'appelait Kim. Il l'avait rencontrée le premier soir dans un bar *topless*, et depuis ils étaient ensemble ; il la couvait des yeux avec adoration. Je comprenais bien ce qui avait pu séduire ce grand garçon un peu pataud dans cette créature délicate, d'une finesse presque irréelle ; je ne voyais pas comment il aurait pu trouver une fille pareille dans son pays. C'était une bénédiction, ces petites putes thaïes, me dis-je ; un don du ciel, pas moins. Kim parlait un peu français. Elle était déjà venue une fois à Paris, s'émerveilla Lionel ; sa sœur avait épousé un Français.

« Ah bon ? m'enquis-je. Et qu'est-ce qu'il fait ?

— Médecin... Il se rembrunit un peu. Évidemment, avec moi, ça ne serait pas le même mode de vie.

— T'as la sécurité de l'emploi... fis-je avec optimisme. Tous les Thaïs rêvent de devenir fonctionnaires. »

Il me regarda, un peu dubitatif. C'était pourtant une réalité, la fonction publique exerçait sur les Thaïs une fascination surprenante. Il est vrai qu'en Thaïlande les fonctionnaires sont corrompus ; non seulement ils ont la sécurité de l'emploi, mais en plus ils sont riches. On peut tout avoir. « Eh bien, je te souhaite une bonne nuit... fis-je en me dirigeant vers le bar. – Je te remercie... » dit-il en rougissant. Je ne comprenais pas ce qui me prenait, en ce moment, de jouer à *l'homme qui connaissait la vie* ; décidément, je vieillissais. J'avais quand même des doutes sur cette fille : les Thaïes du Nord sont en général très belles, mais il arrive qu'elles en aient un peu trop conscience. Elles passent leur temps à se regarder dans la glace, pleinement conscientes que leur beauté constitue en elle-même un avantage économique décisif, et deviennent ainsi des êtres à la fois capricieux et inutiles. D'un autre côté, contrairement à une minette occidentale, Kim n'était pas en mesure de se rendre compte que Lionel était lui-même un *blaireau*. Les critères principaux de la beauté physique sont la jeunesse, l'absence de handicap et la conformité générale aux normes de l'espèce ; ils sont de toute évidence universels. Les critères annexes, imprécis et relatifs, étaient plus difficilement appréciables par une jeune fille issue d'une autre culture. Pour Lionel l'exotisme était un bon choix, c'était même probablement le seul. Enfin, me dis-je, j'aurais fait de mon mieux pour l'aider.

Mon verre de saint-estèphe à la main, je m'assis sur une banquette pour regarder les étoiles. L'année 2002 marquerait l'entrée de la France dans l'union monétaire européenne, entre autres choses : il y aurait également le Mundial, l'élection présidentielle, différents événements médiatiques de grande ampleur. Les pitons rocheux de la baie étaient éclairés par la lune ; je savais qu'il y aurait un feu d'artifice à minuit.

Quelques minutes plus tard, Valérie vint s'asseoir à mes côtés. Je l'enlaçai, posai ma tête sur son épaule ; je distinguais à peine les traits de son visage, mais je reconnaissais l'odeur, la texture de la peau. Au moment où la première fusée éclata, je m'aperçus que sa robe verte, légèrement transparente, était la même qu'elle portait, un an auparavant, lors du réveillon à Koh Phi Phi ; j'en éprouvai une émotion étrange, au moment où elle posait ses lèvres sur les miennes, comme un renversement de l'ordre du monde. Curieusement, et sans l'avoir le moins du monde mérité, j'avais eu une seconde chance. C'est très rare, dans la vie, d'avoir une seconde chance ; c'est contraire à toutes les lois. Je la serrai dans mes bras avec violence, gagné par une subite envie de pleurer.

15

Si donc l'amour ne peut dominer, comment l'esprit régnerait-il ? Toute suprématie pratique appartient à l'activité.

Auguste COMTE

Le bateau filait sur l'immensité turquoise, et je n'avais pas à m'inquiéter de la succession de mes gestes. Nous étions partis tôt, en direction de Koh Maya, longeant des affleurements coralliens et d'immenses pitons calcaires. Certains d'entre eux avaient la forme d'un anneau, on pouvait accéder au lagon central en suivant un étroit chenal creusé dans le roc. À l'intérieur des îlots l'eau était immobile, d'un vert émeraude. Le pilote coupait le moteur. Valérie me regardait, nous restions sans parler ni faire un geste ; les instants s'écoulaient dans un silence absolu.

Il nous déposa sur l'île de Koh Maya, dans une baie protégée par de hautes parois de pierre. La plage s'étendait au bas des falaises, mince et incurvée, sur une centaine de mètres. Le soleil était haut dans le ciel, il était déjà onze heures. Le pilote relança son moteur et repartit en direction de Krabi ; il devait revenir nous chercher en fin d'après-midi. Dès qu'il eut passé l'entrée de la baie, le vrombissement s'éteignit.

À part dans l'acte sexuel, il y a peu de moments dans la vie où le corps exulte du simple bonheur de vivre, est rempli de joie par le simple fait de sa présence au monde ; ma journée du 1er janvier fut tout entière remplie de ces moments. Je n'ai pas d'autre souvenir que cette plénitude. Nous nous sommes probablement baignés, nous avons dû nous chauffer au soleil et faire l'amour. Je ne crois pas que nous ayons parlé, ni exploré l'île. Je me souviens de l'odeur de Valérie, du goût du sel qui séchait sur son sexe ; je me souviens de m'être endormi en elle, et d'avoir été réveillé par ses contractions.

Le bateau revint nous chercher à cinq heures. Sur la terrasse de l'hôtel, qui dominait la baie, je pris un Campari, et Valérie un Maï Thaï. Les pitons calcaires paraissaient presque noirs dans la lumière orange. Les derniers baigneurs revenaient, une serviette à la main. À quelques mètres du rivage, enlacés dans l'eau tiède, un couple faisait l'amour. Les rayons du soleil couchant frappaient le toit doré d'une pagode, à mi-hauteur. Dans l'atmosphère paisible, une cloche tinta à plusieurs reprises. C'est une coutume bouddhiste, lorsqu'on a accompli un bienfait ou une action méritoire, de commémorer l'acte en faisant sonner la cloche d'un temple ; c'est une religion joyeuse que celle qui fait résonner l'atmosphère du témoignage humain des bienfaits.

« Michel… dit Valérie après un long silence, en me regardant droit dans les yeux. J'ai envie de rester ici.

— Qu'est-ce que tu veux dire ?

— De rester ici définitivement. J'y ai pensé en revenant cette après-midi : c'est possible. Il suffit que je sois nommée responsable du village. J'ai le diplôme pour ça, et les compétences nécessaires. »

Je la regardai sans rien dire ; elle posa sa main sur la mienne.

« Seulement, il faudrait que tu acceptes de quitter ton travail. Tu serais d'accord ?

— Oui. » J'ai dû répondre en moins d'une seconde, sans un soupçon d'hésitation ; je n'avais jamais eu de décision si facile à prendre.

Nous aperçûmes Jean-Yves au moment où il sortait du salon de massage. Valérie lui fit signe, il vint s'asseoir à notre table ; elle lui exposa aussitôt son projet.

« Eh bien... dit-il avec hésitation, je suppose que ça peut se faire. Évidemment Aurore va être un peu surpris, parce que c'est une rétrogradation que tu demandes. Ton salaire va être au moins divisé par deux ; ce n'est pas possible de faire autrement, par rapport aux autres.

— Je sais, dit-elle. Je m'en fous. »

Il la regarda à nouveau, dodelinant de la tête avec surprise. « Si c'est ton choix... fit-il, si c'est ce que tu veux... Après tout, dit-il comme s'il en prenait conscience, c'est moi qui dirige les Eldorador ; j'ai le droit de nommer les chefs de village comme je veux.

— Donc, tu serais d'accord ?

— Oui... Oui, je ne peux pas t'en empêcher. »

C'est une sensation curieuse, de sentir sa vie qui bascule ; il suffit de rester là, sans rien faire, d'éprouver la sensation du basculement. Pendant tout le repas je demeurai silencieux, pensif, à tel point que Valérie finit par s'inquiéter.

« Tu es sûr que c'est ce que tu veux ? demanda-t-elle. Tu es sûr que tu ne regretteras pas la France ?

— Non, je ne regretterai rien.

— Il n'y a pas de distractions ici, pas de vie culturelle. »

J'en étais conscient; pour autant que j'aie eu l'occasion d'y réfléchir, la culture me paraissait une compensation nécessaire liée au malheur de nos vies. On aurait peut-être pu imaginer une culture d'un autre ordre, liée à la célébration et au lyrisme, qui se serait développée au milieu d'un état de bonheur; je n'en étais pas certain, et ça me paraissait une considération bien théorique, qui ne pouvait plus vraiment avoir d'importance pour moi.

« Il y a TV5… » dis-je avec indifférence. Elle sourit; TV5 était quand même une des plus mauvaises chaînes du monde, c'était connu. « Tu es sûr que tu ne vas pas t'ennuyer ? » insista-t-elle.

Dans ma vie j'avais connu la souffrance, l'oppression, l'angoisse; je n'avais jamais connu l'ennui. Je ne voyais aucune objection à l'éternelle, à l'imbécile répétition du même. Bien entendu, je n'avais pas l'illusion de pouvoir en arriver là; je savais que le malheur est robuste, qu'il est ingénieux et tenace; mais c'était en tout cas une perspective qui ne m'inspirait pas la moindre inquiétude. Enfant, je pouvais passer des heures à compter les brins de trèfle dans une prairie: jamais, en plusieurs années de recherche, je n'avais trouvé de trèfle à quatre feuilles; je n'en éprouvais aucune déception, ni aucune amertume; à vrai dire, j'aurais aussi bien pu compter les brins d'herbe: tous ces brins de trèfle, avec leurs trois feuilles, me paraissaient éternellement identiques, éternellement splendides. Un jour, à l'âge de douze ans, j'étais monté au sommet d'un pylône électrique en haute montagne. Pendant toute l'ascension, je n'avais pas regardé à mes pieds. Arrivé en haut, sur la plateforme, il m'avait paru compliqué et dangereux de redescendre. Les chaînes de montagnes s'étendaient à perte de vue, couronnées de neiges éternelles. Il aurait été beaucoup plus simple de rester sur place, ou de sauter. J'avais été retenu, *in extremis*, par la pensée de l'écrasement ; mais, sinon, je crois que j'aurais pu jouir éternellement de mon vol.

Le lendemain je fis la connaissance d'Andreas, un Allemand qui était installé dans la région depuis une dizaine d'années. Il était traducteur, m'expliqua-t-il, ce qui lui permettait de travailler seul ; il revenait en Allemagne une fois par an, au moment de la foire du livre de Francfort ; quand il avait des questions à poser, il le faisait par Internet. Il avait eu la chance de traduire plusieurs best-sellers américains, dont *La Firme*, ce qui lui assurait déjà des revenus honnêtes ; la vie n'était pas tellement chère dans la région. Jusqu'à présent il n'y avait presque pas de tourisme, c'était surprenant pour lui de voir débarquer d'un seul coup tous ces compatriotes ; il accueillait la nouvelle sans enthousiasme, mais sans réel déplaisir non plus. Ses liens avec l'Allemagne étaient en fait devenus très ténus, bien que son métier l'oblige à pratiquer constamment la langue. Il avait épousé une Thaïe rencontrée dans un salon de massage, et maintenant ils avaient deux enfants.

« C'est facile, ici, d'avoir... euh... des enfants ? » demandai-je. J'avais l'impression de poser une question incongrue, un peu comme si je demandais s'il était facile de faire l'acquisition d'un chien. À vrai dire, j'avais toujours éprouvé une certaine répugnance pour les enfants jeunes ; pour ce que j'en savais il s'agissait de petits monstres laids, qui chiaient sans contrôle et poussaient des hurlements insoutenables ; l'idée d'en avoir un ne m'avait jamais traversé l'esprit. Mais je savais que la plupart des couples *le font* ; je ne savais pas s'ils en étaient contents, en tout cas ils n'osaient pas s'en plaindre. Au fond, me dis-je en jetant un regard circulaire sur le village de vacances, dans un espace aussi vaste, c'était peut-être envisageable : il se promènerait entre les bungalows, il jouerait avec des bouts de bois, ou je ne sais quoi.

Selon Andreas, oui, il était particulièrement facile d'avoir des enfants ici ; il y avait une école à Krabi, on pouvait même y aller à pied. Et les enfants thaïs étaient très différents des enfants européens, beaucoup moins coléreux et capricieux. Ils éprouvaient pour leurs parents un respect proche de la vénération, ça leur venait tout naturellement, ça faisait partie de leur culture. Lorsqu'il rendait visite à sa sœur à Düsseldorf, il était littéralement effaré par le comportement de ses neveux.

Je n'étais qu'à moitié convaincu sur le fonctionnement de cette imprégnation culturelle ; je me dis pour me rassurer que Valérie n'avait que vingt-huit ans, en général ça les prenait vers trente-cinq ; mais enfin oui, s'il le fallait, j'aurais un enfant d'elle : je savais que l'idée lui viendrait, ce n'était pas évitable. Après tout un enfant c'était comme un petit animal, avec il est vrai des tendances méchantes ; disons, c'était un peu comme un petit singe. Ça pouvait même avoir des avantages, me dis-je, éventuellement je pourrais lui apprendre à jouer au *Mille Bornes*. Je nourrissais une véritable passion pour le *Mille Bornes*, passion en général inassouvie ; à qui aurais-je pu proposer une partie ? Certainement pas à mes collègues de travail ; pas davantage aux artistes qui venaient me présenter leur dossier. Andreas, peut-être ? Je le jaugeai rapidement du regard : non, ça n'avait pas l'air d'être le genre. Cela dit il avait l'air sérieux, intelligent ; c'était une relation à cultiver.

« Vous envisagez une installation… définitive ? me demanda-t-il.

— Oui, définitive.

— Il vaut mieux voir les choses comme ça, répondit-il en hochant la tête. C'est très difficile de quitter
la Thaïlande ; je sais que, si ça m'arrivait maintenant,
j'aurais beaucoup de mal à m'en remettre. »

16

Les journées passèrent avec une rapidité effrayante ; nous devions repartir le 5 janvier. La veille au soir, nous nous retrouvâmes avec Jean-Yves au restaurant principal. Lionel avait décliné l'invitation ; il allait voir danser Kim. « J'aime bien la voir danser presque nue devant des hommes… nous dit-il, en sachant que plus tard c'est moi qui l'aurai. » Jean-Yves le regarda s'éloigner. « Il progresse, l'employé du gaz… nota-t-il, sarcastique. Il découvre la perversion.

— Ne te moque pas de lui… protesta Valérie. Finalement, je comprends ce que tu lui trouves, dit-elle en se tournant vers moi ; il est attendrissant, ce garçon. En tout cas, je suis sûre qu'il passe d'excellentes vacances. »

Le soir tombait ; des lumières s'allumaient dans les villages qui entouraient la baie. Un dernier rayon de soleil illuminait le toit doré de la pagode. Depuis que Valérie lui avait fait connaître sa décision, Jean-Yves n'en avait pas reparlé. Il attendit le repas pour le faire ; il commanda une bouteille de vin.

« Tu vas me manquer… dit-il. Ça ne sera plus pareil. On a travaillé ensemble pendant plus de cinq ans. Ça marchait bien, on n'a jamais eu d'engueulade sérieuse. Sans toi, en tout cas, je n'y serais pas arrivé. » Il parlait de plus en plus bas, comme pour lui-même ; la nuit était tombée. « Maintenant, poursuivit-il, on va pouvoir développer la formule. Un des pays les plus évidents, c'est le Brésil. J'ai aussi repensé au Kenya : l'idéal ça serait d'ouvrir un autre club dans l'intérieur du pays, réservé aux safaris, et de passer le club de plage en "Aphrodite". Une autre possibilité immédiate, c'est le Vietnam.

— Tu ne crains pas la concurrence ? demandai-je.

— Aucun risque. Les chaînes américaines n'oseront jamais se lancer là-dedans, le courant puritain est beaucoup trop fort aux États-Unis. Ce que je craignais un peu, c'est les réactions de la presse française ; mais jusqu'à présent il n'y a rien. Il faut dire qu'on a surtout des clients étrangers ; en Allemagne et en Italie, ils sont plus calmes sur ce genre de sujets.

— Tu vas devenir le premier proxénète du monde...

— Proxénète, non, protesta-t-il. On ne prend rien du tout sur les gains des filles ; on les laisse travailler, c'est tout.

— Et puis c'est séparé, intervint Valérie ; ce n'est pas vraiment le personnel de l'hôtel.

— Enfin, oui... dit Jean-Yves avec hésitation. Ici, c'est séparé ; mais j'ai entendu dire qu'à Saint-Domingue les serveuses montaient assez facilement.

— Elles le font de leur plein gré.

— Ah oui, ça, c'est le moins qu'on puisse dire.

— Bon... » Valérie étendit un geste conciliant sur le monde. « Ne te laisse pas emmerder par des hypocrites. Tu es là, tu fournis la structure, avec le *savoir-faire Aurore*, et c'est tout. »

Le serveur apporta un potage à la citronnelle. Aux tables voisines, il y avait des Allemands et des Italiens accompagnés d'une Thaïe, quelques couples d'Allemands – accompagnés ou non. Tout cela cohabitait gentiment, sans problème apparent, dans une ambiance générale marquée par le plaisir ; ce métier de responsable de village promettait d'être plutôt facile.

« Donc, vous allez rester ici… » reprit Jean-Yves ; il avait décidément du mal à y croire. « C'est surprenant ; enfin, dans un sens je comprends, mais… ce qui est surprenant, c'est qu'on renonce à gagner davantage d'argent.

— Davantage d'argent pour quoi faire ? articula Valérie avec netteté. M'acheter des sacs Prada ? Partir en week-end à Budapest ? Manger des truffes blanches en saison ? J'ai gagné beaucoup d'argent, je n'arrive même plus à me souvenir de ce que j'en ai fait : sans doute, oui, j'ai dû le dépenser dans des conneries de ce genre. Est-ce que tu sais, toi, ce que tu fais de ton argent ?

— Eh bien… » Il réfléchit. « Effectivement, je crois que, jusqu'à présent, c'était surtout Audrey qui le dépensait.

— Audrey est une conne, rétorqua-t-elle, impitoyable. Heureusement, tu vas divorcer. C'est la décision la plus intelligente que tu aies jamais prise.

— C'est vrai, au fond elle est très conne… » répondit-il sans gêne. Il sourit, hésita un instant. « Tu es quand même une fille bizarre, Valérie.

— Ce n'est pas moi qui suis bizarre, c'est le monde autour de moi. Est-ce que tu as vraiment envie de t'acheter un cabriolet Ferrari ? Une maison de week-end à Deauville – qui sera, de toute façon, cambriolée ? De travailler quatre-vingt-dix heures par semaine jusqu'à l'âge de soixante ans ? De payer la moitié de ton salaire en impôts pour financer des opérations militaires au Kosovo ou des plans de sauvetage des banlieues ? On est bien, ici ; il y a ce qu'il faut pour vivre. La seule chose que puisse t'offrir le monde occidental, c'est des *produits de marque*. Si tu crois aux produits de marque, alors tu peux rester en Occident ; sinon, en Thaïlande, il y a d'excellentes contrefaçons.

— C'est ta position qui est bizarre ; tu as travaillé pendant des années au milieu du monde occidental, sans jamais croire à ses valeurs.

— Je suis une prédatrice, répondit-elle calmement. Une petite prédatrice, gentille – je n'ai pas de gros besoins ; mais si j'ai travaillé jusqu'à présent c'était uniquement pour le fric ; maintenant, je vais commencer à vivre. Ce que je ne comprends pas, c'est les autres : qu'est-ce qui t'empêche, toi, par exemple, de venir vivre ici ? Tu pourrais parfaitement épouser une Thaïe : elles sont jolies, gentilles, elles font bien l'amour ; il y en a même qui parlent un peu français.

— Eh bien… Il hésita à nouveau. Jusqu'à présent, je préfère changer de fille tous les soirs.

— Ça te passera. De toute façon, rien ne t'empêchera de retourner dans les salons de massage une fois marié ; c'est même fait pour ça.

— Je sais bien. Je crois… Au fond, je crois que j'ai toujours eu du mal à prendre des décisions importantes, dans ma vie. »

Un peu gêné par cet aveu, il se retourna de mon côté : « Et toi, Michel, qu'est-ce que tu vas faire ici ? »

La réponse la plus proche de la réalité était sans doute quelque chose comme : « Rien » ; mais c'est toujours difficile à expliquer, ce genre de choses, à quelqu'un d'actif. « La cuisine… » répondit Valérie à ma place. Je me tournai vers elle, surpris. « Si, si, insista-t-elle, j'ai remarqué, ça te prend de temps en temps, tu as des velléités créatrices dans ce domaine. Ça tombe bien, moi je n'aime pas ça ; je suis sûr qu'ici tu vas t'y mettre. »

Je goûtai une cuillerée de mon curry de poulet aux piments verts ; effectivement, on pouvait envisager quelque chose avec des mangues. Jean-Yves hochait la tête, pensif. Je posai mon regard sur Valérie : c'était une bonne prédatrice, plus intelligente et acharnée que moi-même; et elle m'avait choisi pour partager sa tanière. On peut supposer que les sociétés reposent sinon sur une volonté commune, du moins sur un consensus – parfois qualifié de *consensus mou*, dans les démocraties occidentales, par certains éditorialistes aux positions politiques très tranchées. De tempérament moi-même assez mou, je n'avais rien fait pour altérer ce consensus; l'idée de *volonté commune* me paraissait moins évidente. Selon Emmanuel Kant, la dignité humaine consiste à n'accepter d'être soumis à des lois que dans la mesure où on peut se considérer en même temps comme législateur; jamais une fantaisie aussi étrange ne m'avait traversé l'esprit. Non seulement je ne votais pas, mais je n'avais jamais considéré les élections comme autre chose que comme d'excellents shows télévisés – dans lesquels mes acteurs préférés, à vrai dire, étaient les politologues; Jérôme Jaffré, en particulier, faisait mes délices. Être responsable politique m'apparaissait comme un métier difficile, technique, usant; j'acceptais bien volontiers de déléguer mes pouvoirs quelconques. Dans ma jeunesse j'avais rencontré des *militants*, qui estimaient nécessaire de faire évoluer la société dans telle ou telle direction; je n'avais éprouvé pour eux ni sympathie, ni estime. J'avais même, progressivement, appris à m'en défier: leur manière de s'intéresser à des causes générales, de considérer la société comme s'ils en étaient partie prenante avait quelque chose de louche. Qu'avais-je, pour ma part, à reprocher à l'Occident? Pas grand-chose, mais je n'y étais pas spécialement attaché (et j'arrivais de moins en moins à comprendre qu'on soit attaché à une idée, un pays, à autre chose en général qu'à un individu). La vie était chère en Occident, il y faisait froid; la prostitution y était de mauvaise qualité. Il était difficile de fumer dans les lieux publics, presque impossible d'acheter des médicaments et des drogues ; on travaillait beaucoup, il y avait des voitures et du bruit, et la sécurité dans les lieux publics était très mal assurée. En somme, cela faisait pas mal d'inconvénients. Je pris soudain conscience avec gêne que je considérais la société où je vivais à peu près comme un milieu naturel – disons une savane, ou une jungle – aux lois duquel j'aurais dû m'adapter. L'idée que j'étais solidaire de ce milieu ne m'avait jamais effleuré ; c'était comme une atrophie chez moi, une absence. Il n'était pas certain que la société puisse survivre très longtemps avec des individus dans mon genre ; mais je pouvais survivre avec une femme, m'y attacher, essayer de la rendre heureuse. Au moment où je jetais, de nouveau, un regard reconnaissant à Valérie, j'entendis sur la droite une espèce de déclic. Je perçus alors un bruit de moteur venant de la mer, aussitôt coupé. À l'avant de la terrasse, une grande femme blonde se leva en poussant un hurlement. Il y eut alors une première rafale, un crépitement bref. Elle se retourna vers nous, portant les mains à son visage : une balle avait atteint son œil, son orbite n'était plus qu'un trou sanglant ; puis elle s'effondra sans un bruit. Je distinguai alors les assaillants, trois hommes enturbannés qui progressaient rapidement dans notre direction, une mitraillette à la main. Une deuxième rafale éclata, un peu plus longue ; les bruits de vaisselle et de verre brisé se mêlèrent aux cris de douleur. Pendant quelques secondes, nous avons dû être complètement paralysés ; rares étaient ceux qui pensaient à se protéger sous les tables. À mes côtés Jean-Yves poussa un cri bref, il venait d'être atteint au bras. Je vis alors Valérie glisser très doucement de sa chaise et s'affaisser sur le sol. Je me précipitai vers elle et l'entourai de mes bras. À partir de ce moment, je ne vis plus rien. Les rafales de mitraillette se succédaient, dans un silence uniquement troublé par l'explosion des verres; cela me parut interminable. L'odeur de poudre était très forte. Puis le silence revint. Je m'aperçus alors que ma main gauche était couverte de sang; Valérie avait dû être touchée, à la poitrine ou à la gorge. Le réverbère à côté de nous avait été détruit, l'obscurité était presque totale. Jean-Yves, allongé à un mètre de moi, tenta de se relever et poussa un grognement. À ce moment, venant de la direction du centre de loisirs, il y eut une explosion énorme, qui déchira l'espace, se répercuta longuement dans la baie. J'eus d'abord l'impression que mes tympans avaient éclaté; pourtant, quelques secondes plus tard, au milieu de mon étourdissement, je perçus un concert de cris effroyables, de véritables hurlements de damnés.

Les secours arrivèrent dix minutes plus tard, ils venaient de Krabi; ils se dirigèrent d'abord vers le centre de loisirs. La bombe avait explosé au milieu du *Crazy Lips*, le bar le plus important, en pleine heure d'affluence; elle avait été dissimulée dans un sac de sport laissé à proximité de la piste. C'était un dispositif artisanal mais très puissant, à base de dynamite, actionné par un réveil; le sac avait été bourré de boulons et de clous. Sous la violence de l'impact, les murs de briques légères qui séparaient le bar des autres établissements avaient été soufflés; certaines des poutrelles métalliques qui soutenaient l'ensemble avaient cédé sous le choc, le toit menaçait de s'effondrer. La première chose que firent les sauveteurs, face à l'ampleur de la catastrophe, fut d'appeler des secours. Devant l'entrée du bar une danseuse rampait sur le sol, toujours vêtue de son bikini blanc, les bras sectionnés à la hauteur du coude. Près d'elle, un touriste allemand assis au milieu des gravats soutenait les intestins qui s'échappaient de son ventre; sa femme était allongée près de lui, la poitrine ouverte, les seins à demi arrachés. À l'intérieur du bar stagnait une fumée noirâtre ; le sol était glissant, couvert du sang qui jaillissait des corps humains et des organes tranchés. Plusieurs agonisants, les bras ou les jambes sectionnés, tentaient de ramper vers la sortie, laissant derrière eux une traînée sanglante. Les boulons et les clous avaient crevé des yeux, arraché des mains, déchiqueté des visages. Certains corps humains avaient littéralement éclaté de l'intérieur, leurs membres et leurs viscères jonchaient le sol sur plusieurs mètres.

Lorsque les secours arrivèrent sur la terrasse, je tenais toujours Valérie serrée dans mes bras ; son corps était tiède. Deux mètres devant moi une femme gisait sur le sol, son visage couvert de sang était constellé d'éclats de verre. D'autres étaient restés assis sur leurs sièges, la bouche grande ouverte, immobilisés par la mort. Je poussai un cri en direction des sauveteurs : deux infirmiers s'approchèrent aussitôt, saisirent délicatement Valérie, la déposèrent sur une civière. Je tentai de me relever, puis retombai en arrière ; ma tête heurta le sol. J'entendis alors, très distinctement, quelqu'un dire en français : « Elle est morte. »

Troisième partie

PATTAYA BEACH

1

C'était la première fois depuis très longtemps que je me réveillais seul. L'hôpital de Krabi était un petit bâtiment clair ; un médecin vint me rendre visite dans le milieu de la matinée. Il était français, et appartenait à Médecins du monde ; l'organisation était arrivée sur place le lendemain de l'attentat. C'était un homme d'une trentaine d'années, un peu voûté, à l'expression soucieuse. Il m'apprit que j'avais dormi pendant trois jours. « Enfin, vous n'avez pas réellement dormi, se reprit-il. Parfois vous aviez l'air éveillé, nous vous avons parlé à plusieurs reprises ; mais c'est la première fois que nous réussissons à établir le contact. » Établir le contact, me dis-je. Il m'apprit aussi que le bilan de l'attentat était terrible : pour l'instant, il s'élevait à cent dix-sept morts ; c'était l'attentat le plus meurtrier qui ait jamais eu lieu en Asie. Quelques blessés étaient encore dans un état extrêmement critique, on les avait jugés intransportables ; Lionel en faisait partie. Il avait eu les deux jambes arrachées, et avait reçu un éclat de métal au creux du ventre ; ses chances de survie étaient infimes. Les autres blessés graves avaient été transportés au Bumrungrad Hospital, à Bangkok. Jean-Yves n'avait été que légèrement atteint, son humérus avait été fracturé par une balle ; on avait pu le soigner sur place. Moi-même je n'avais absolument rien, pas une égratignure. « Quant à votre amie… conclut le docteur, son corps a déjà été rapatrié en France. J'ai eu ses parents au téléphone : elle sera inhumée en Bretagne. »

Il se tut ; il attendait probablement que je dise quelque chose. Il m'observait du coin de l'œil ; il avait l'air de plus en plus soucieux.

Vers midi, une infirmière apparut avec un plateau ; elle le remporta une heure plus tard. Elle me dit que je devais recommencer à manger, que c'était indispensable.

Jean-Yves vint me rendre visite en milieu d'après-midi. Lui aussi me regardait bizarrement, un peu en coin. Il me parla surtout de Lionel ; il était en train de mourir maintenant, ce n'était plus qu'une question d'heures. Il avait beaucoup demandé Kim. Elle était miraculeusement indemne, mais semblait se consoler assez vite : en faisant une promenade à Krabi, la veille, Jean-Yves l'avait aperçue au bras d'un Anglais. Il n'en avait rien dit à Lionel, mais celui-ci, de toute façon, n'avait pas l'air de se faire tellement d'illusions ; c'était déjà une chance, disait-il, de l'avoir rencontrée. « C'est curieux… me dit Jean-Yves, il a l'air heureux. »

Au moment où il quittait ma chambre, je m'aperçus que je n'avais pas prononcé une parole ; je ne savais absolument pas quoi lui dire. Je sentais bien que quelque chose n'allait pas, mais c'était une sensation vague, difficile à formuler. Ce qui me paraissait le mieux c'était de me taire, en attendant que les gens autour de moi reviennent de leur erreur ; ce n'était qu'un mauvais moment à passer.

Avant de sortir Jean-Yves leva les yeux vers moi, puis secoua la tête avec découragement. Il paraît, c'est ce qu'on m'a raconté par la suite, que je parlais beaucoup, sans arrêt en fait, chaque fois qu'on me laissait seul dans ma chambre ; dès que quelqu'un rentrait, je me taisais.

Quelques jours plus tard on nous transporta au Bumrungrad Hospital, dans un avion-ambulance. Je ne comprenais pas très bien les raisons de ce transfert ; je pense en fait qu'il s'agissait surtout de permettre à la police de nous interroger. Lionel était mort la veille ; en traversant le couloir j'avais jeté un regard sur son cadavre, enveloppé dans un linceul. Les policiers thaïs étaient accompagnés d'un attaché d'ambassade, qui jouait le rôle d'interprète ; je n'avais malheureusement pas grand-chose à leur apprendre. La question qui semblait les obséder, c'était de savoir si les assaillants étaient de type arabe ou asiatique. Je comprenais bien leurs préoccupations, il était important de savoir si un réseau terroriste international avait pris pied en Thaïlande, ou si on avait affaire à des séparatistes malais ; mais je ne pus que leur répéter que tout s'était déroulé très vite, que je n'avais fait qu'apercevoir des silhouettes ; pour ce que j'en savais, les hommes auraient pu être de type malais.

Il y eut ensuite des Américains, qui appartenaient je crois à la CIA. Ils s'exprimaient brutalement, sur un ton désagréable, j'avais l'impression d'être moi-même un suspect. Ils n'avaient pas jugé nécessaire d'être accompagnés d'un interprète, si bien que le sens de leurs questions m'échappa en grande partie. Sur la fin ils me montrèrent une série de photos, qui devaient représenter des terroristes internationaux ; je ne reconnaissais aucun de ces hommes.

De temps en temps Jean-Yves venait me voir dans ma chambre, s'asseyait au pied de mon lit. J'avais conscience de sa présence, je me sentais légèrement plus tendu. Un matin, trois jours après notre arrivée, il me tendit une petite liasse de feuilles : il s'agissait de photocopies d'articles de journaux. « La direction d'Aurore me les a faxés hier soir, ajouta-t-il ; ils n'ont fait aucun commentaire. »

Le premier article, tiré du *Nouvel Observateur*, était intitulé : « UN CLUB TRÈS SPÉCIAL » ; long de deux pages, très détaillé, il était illustré par une photographie tirée de la publicité allemande. Le journaliste y accusait carrément le groupe Aurore de promouvoir le tourisme sexuel dans les pays du tiers-monde, et ajoutait que, dans ces conditions, on pouvait comprendre la réaction des musulmans. Jean-Claude Guillebaud consacrait son éditorial au même thème. Interrogé par téléphone, Jean-Luc Espitalier avait déclaré : « Le groupe Aurore, signataire de la charte mondiale du tourisme éthique, ne peut en aucun cas cautionner de telles dérives ; les responsables seront sanctionnés ». Le dossier se poursuivait par un article d'Isabelle Alonso dans le *Journal du dimanche*, véhément mais peu documenté, intitulé : « LE RETOUR DE L'ESCLAVAGE ». Françoise Giroud reprenait le terme dans son bloc-notes hebdomadaire : « Face, écrivait-elle, aux centaines de milliers de femmes souillées, humiliées, réduites en esclavage partout dans le monde, que pèse – c'est regrettable à dire – la mort de quelques nantis ? » L'attentat de Krabi avait naturellement donné un retentissement considérable à l'affaire. *Libération* publiait en première page une photo des survivants déjà rapatriés à leur arrivée à l'aéroport de Roissy, et titrait en une : « DES VICTIMES AMBIGUËS ». Dans son éditorial, Gérard Dupuy épinglait le gouvernement thaï pour sa complaisance envers la prostitution et le trafic de drogue, ainsi que pour ses manquements répétés à la démocratie. *Paris-Match* de son côté, sous le titre « CARNAGE À KRABI », faisait un récit complet de la *nuit de l'horreur*. Ils avaient réussi à se procurer des photos, à vrai dire d'assez mauvaise qualité – en photocopie noir et blanc, et transmises par fax, cela aurait pu être à peu près n'importe quoi, c'est à peine si l'on reconnaissait des corps humains. Parallèlement, ils publiaient la confession d'un touriste sexuel – qui n'avait en fait rien à voir, c'était un indépendant, et il opérait plutôt aux Philippines. Jacques Chirac avait aussitôt fait une déclaration où, tout en exprimant son horreur devant l'attentat, il stigmatisait le «comportement inacceptable de certains de nos compatriotes à l'étranger». Réagissant dans la foulée, Lionel Jospin avait rappelé qu'une législation existait pour réprimer le tourisme sexuel, même pratiqué avec des majeures. Les articles suivants, dans *Le Figaro* et *Le Monde*, s'interrogeaient sur les moyens de lutter contre ce fléau, et sur l'attitude à adopter par la communauté internationale.

Les jours suivants, Jean-Yves tenta de joindre Gottfried Rembke au téléphone ; finalement, il y parvint. Le patron de TUI était désolé, sincèrement désolé, mais il ne pouvait rien faire. En tant que destination touristique, la Thaïlande était de toute façon fichue pour plusieurs dizaines d'années. Au-delà de ça, la polémique française avait eu certaines répercussions en Allemagne ; les avis y étaient il est vrai plus partagés, mais une majorité du public condamnait malgré tout le tourisme sexuel ; dans ces conditions, il préférait se retirer du projet.

2

Pas plus que je n'avais compris la raison de mon transfert à Bangkok, je ne compris celle de mon retour à Paris. Le personnel de l'hôpital m'appréciait peu, il me trouvait sans doute trop inerte; même à l'hôpital, et jusque sur son lit de mort, on est condamné à jouer la comédie. Ce que le personnel soignant apprécie, c'est de rencontrer chez le malade une certaine résistance, une indiscipline qu'il pourra s'ingénier à briser, pour le bien du malade naturellement. Je ne manifestais rien de semblable. On pouvait me basculer sur le côté pour une piqûre, et revenir trois heures plus tard: j'étais exactement dans la même position. La nuit du départ je me heurtai violemment à une porte, en cherchant le chemin des toilettes dans le couloir de l'hôpital. Au matin mon visage était couvert de sang, j'avais eu l'arcade sourcilière entaillée; il fallut me nettoyer, me panser. Je n'avais pas eu l'idée d'appeler une infirmière; en fait, je n'avais absolument rien senti.

Le vol fut un espace de temps neutre; j'avais même perdu l'habitude de fumer. Devant le tapis de distribution des bagages, je serrai la main de Jean-Yves; puis je pris un taxi pour l'avenue de Choisy.

Tout de suite je me rendis compte que ça n'allait pas, que ça ne pourrait pas aller. Je ne défis pas ma valise. Je fis le tour de l'appartement, un sac plastique à la main, en ramassant toutes les photos de Valérie que je pouvais trouver. La plupart avaient été prises chez ses parents en Bretagne, à la plage ou dans le jardin. Il y avait aussi quelques photos érotiques, que j'avais prises dans l'appartement : j'aimais bien la regarder se masturber, je trouvais qu'elle avait un joli geste.

Je m'assis sur le canapé et composai un numéro qu'on m'avait donné en cas d'urgence, 24 heures sur 24. C'était une sorte d'unité de crise, qu'on avait créée spécialement pour s'occuper des rescapés de l'attentat. Elle était installée dans un pavillon de l'hôpital Sainte-Anne.

La plupart des gens qui avaient demandé à venir là étaient effectivement dans un triste état : malgré des doses de tranquillisants massives ils faisaient des cauchemars toutes les nuits, c'étaient à chaque fois des hurlements, des cris d'angoisse, des pleurs. Lorsque je les croisais dans les couloirs j'étais frappé par leur visage crispé, affolé ; ils paraissaient littéralement minés par la peur. Et cette peur, me disais-je, ne cesserait qu'avec leurs vies.

Pour ma part, je me sentais surtout extrêmement las. Je ne me levais en général que pour boire une tasse de Nescafé, ou grignoter des biscottes ; les repas n'étaient pas obligatoires, les activités thérapeutiques non plus. Je subis cependant une série d'examens, et trois jours après mon arrivée j'eus un entretien avec un psychiatre ; les examens avaient décelé une « réactivité extrêmement amoindrie ». Je ne souffrais pas, mais je me sentais, effectivement, amoindri ; je me sentais amoindri au-delà du possible. Il me demanda ce que j'avais l'intention de faire. Je répondis : « Attendre. » Je me montrai raisonnablement optimiste ; je lui déclarai que toute cette tristesse allait prendre fin, que j'allais retrouver mon bonheur, mais qu'il me fallait encore attendre. Il ne parut pas réellement convaincu. C'était un homme d'une cinquantaine d'années, au visage plein et enjoué, entièrement glabre.

Au bout d'une semaine on me transféra dans un nouvel hôpital psychiatrique, pour un séjour de longue durée cette fois. Je devais y rester un peu plus de trois mois. À ma grande surprise, j'y retrouvai le même psychiatre. Ce n'était nullement étonnant, me dit-il ; c'était là qu'il avait son service. L'aide aux victimes d'attentat n'était qu'une mission temporaire, dont il s'était d'ailleurs fait une spécialité – il avait déjà participé à la cellule constituée après l'attentat du RER Saint-Michel.

Il n'avait pas vraiment un discours de psychiatre typique, enfin ça restait supportable. Je me souviens qu'il me parlait de se « délivrer de l'attachement », on aurait plutôt dit un baratin bouddhiste. Délivrer quoi ? Je n'étais qu'un attachement. De nature transitoire, je m'étais attaché à une chose transitoire, conformément à ma nature – tout cela n'appelait aucun commentaire particulier. Aurais-je été de nature éternelle, poursuivais-je pour alimenter la conversation, que je me serais attaché à des choses éternelles. Il paraît que sa méthode marchait bien avec les rescapés poursuivis par des angoisses de mutilation et de mort. « Ces souffrances ne vous appartiennent pas, elles ne sont pas réellement les vôtres ; ce sont des fantômes qui traversent votre esprit », disait-il aux gens ; et les gens finissaient par le croire.

Je ne sais plus quand j'ai commencé à prendre conscience de la situation – mais ce ne fut, de toute façon, que par éclipses. Il y avait encore de longs moments – et, en fait, il y en a toujours – où Valérie n'était absolument pas morte. Au début je pouvais les prolonger à volonté, sans le moindre effort. Je me souviens de la première fois où j'ai eu du mal, où j'ai vraiment senti le poids du réel ; c'était juste après la visite de Jean-Yves. C'était un moment lourd, il y avait des souvenirs que je pouvais difficilement nier ; je ne lui ai pas demandé de revenir.

La visite de Marie-Jeanne, par contre, me fit beaucoup de bien. Elle ne dit pas grand-chose, me parla un peu de l'ambiance au bureau ; je lui dis tout de suite que je n'avais pas l'intention de revenir, parce que j'allais m'installer à Krabi. Elle acquiesça sans faire de commentaires. « Ne t'en fais pas, lui dis-je, ça va aller. » Elle me regarda avec une compassion muette ; je crois même, étrangement, qu'elle me crut.

La visite des parents de Valérie fut certainement la plus pénible ; le psychiatre avait dû leur expliquer que je traversais des phases de *déni du réel*, si bien que la mère de Valérie pleura presque tout le temps ; son père, non plus, n'avait pas l'air très à l'aise. Ils étaient aussi venus pour régler des détails pratiques, pour m'apporter une valise contenant mes affaires personnelles. L'appartement du 13e, ils supposaient que je ne voulais pas le garder. Naturellement, naturellement, dis-je, on verra ça plus tard ; à ce moment, la mère de Valérie se remit à pleurer.

La vie passe facilement à l'intérieur d'une institution, les besoins humains y sont pour l'essentiel satisfaits. J'avais retrouvé *Questions pour un champion*, c'était la seule émission que je regardais, les actualités ne m'intéressaient plus du tout. Beaucoup d'autres pensionnaires passaient leur journée devant la télévision. Je n'aimais pas tellement, en fait : ça bougeait trop vite. Mon idée était que si je restais calme, si j'évitais le plus possible de penser, tout finirait par s'arranger.

Un matin d'avril, j'appris que les choses s'étaient, effectivement, arrangées, et que je pourrais bientôt sortir. Ça me paraissait plutôt une source de complications : il allait falloir que je trouve une chambre d'hôtel, que je reconstitue un environnement neutre. Au moins, j'avais de l'argent ; c'était toujours ça. « Il faut prendre les choses du bon côté », dis-je à une infirmière. Elle parut surprise, peut-être parce que c'était la première fois que je lui adressais la parole.

Contre le déni du réel, m'expliqua le psychiatre lors de notre dernier entretien, il n'y a pas de traitement précis ; ce n'est pas vraiment un trouble de l'humeur, mais de la représentation. S'il m'avait gardé à l'hôpital pendant tout ce temps, c'était surtout parce qu'il craignait une tentative de suicide – elles sont assez fréquentes, dans les cas de reprise de conscience brutale ; mais maintenant j'étais hors de danger. Ah bon, dis-je, ah bon.

3

Une semaine après ma sortie de l'hôpital, je repris l'avion pour Bangkok. Je n'avais pas de projet précis. Si nous étions d'une nature idéale, nous pourrions nous contenter des mouvements du soleil. Les saisons étaient trop marquées à Paris, c'était une source d'agitation, de trouble. À Bangkok, le soleil se levait à six heures ; il se couchait à six heures ; dans l'intervalle, il poursuivait un parcours immuable. Il y avait paraît-il une période de mousson, mais je n'en avais jamais été témoin. L'agitation de la ville existait, mais je n'en saisissais pas clairement la raison, il s'agissait plutôt d'une sorte de *condition naturelle*. Ces gens avaient sans nul doute une destinée, une vie, dans la mesure permise par leur niveau de revenus ; mais pour ce que j'en savais, ils auraient pu aussi bien être un troupeau de lemmings.

Je m'installai à l'*Amari Boulevard* ; l'hôtel était surtout occupé par des hommes d'affaires japonais. C'était là que nous étions descendus, la dernière fois, avec Valérie et Jean-Yves ; ce n'était pas une très bonne idée. Deux jours plus tard, je déménageai au *Grace Hotel* ; ce n'était qu'à quelques dizaines de mètres, mais l'atmosphère était sensiblement différente. C'était sans doute le dernier endroit de Bangkok où l'on pouvait rencontrer des touristes sexuels arabes. Ils rasaient vraiment les murs, maintenant, restaient cloîtrés dans l'hôtel – qui disposait d'une discothèque, et de son propre salon de massage. On en trouvait encore quelques-uns dans les ruelles environnantes, où il y avait des vendeurs de kebabs et des centres d'appel longue distance; mais, au-delà, plus rien. Je m'aperçus que je m'étais rapproché sans le vouloir du Bumrungrad Hospital.

On peut certainement rester en vie en étant simplement animé par un sentiment de vengeance; beaucoup de gens ont vécu de cette manière. L'islam avait brisé ma vie, et l'islam était certainement quelque chose que je pouvais haïr; les jours suivants, je m'appliquai à éprouver de la haine pour les musulmans. J'y réussissais assez bien, et je recommençai à suivre les informations internationales. Chaque fois que j'apprenais qu'un terroriste palestinien, ou un enfant palestinien, ou une femme enceinte palestinienne, avait été abattu par balles dans la bande de Gaza, j'éprouvais un tressaillement d'enthousiasme à la pensée qu'il y avait un musulman de moins. Oui, on pouvait vivre de cette manière.

Un soir, au *coffee-shop* de l'hôtel, un banquier jordanien engagea la conversation avec moi. D'un naturel affable, il insista pour me payer une bière; peut-être sa réclusion forcée à l'hôtel commençait-elle à lui peser. «Je comprends les gens, remarquez, on ne peut pas leur en vouloir... me dit-il. Il faut dire que nous l'avons bien cherché. Ce n'est pas une terre d'islam, ici, il n'y a aucune raison qu'on paye des centaines de millions pour financer la construction de mosquées. Sans compter l'attentat, bien sûr...» Voyant que je l'écoutais avec attention il commanda une deuxième bière, et s'enhardit davantage. Le problème des musulmans, me dit-il, c'est que le paradis promis par le prophète existait déjà ici-bas: il y avait des endroits sur cette terre où des jeunes filles disponibles et lascives dansaient pour le plaisir des hommes, où l'on pouvait s'enivrer de nectars en écoutant une musique aux accents célestes ; il y en avait une vingtaine dans un rayon de cinq cents mètres autour de l'hôtel. Ces endroits étaient facilement accessibles, pour y entrer il n'était nullement besoin de remplir les sept devoirs du musulman, ni de s'adonner à la guerre sainte ; il suffisait de payer quelques dollars. Il n'était même pas nécessaire de voyager pour prendre conscience de tout cela ; il suffisait d'avoir une antenne parabolique. Pour lui il n'y avait aucun doute, le système musulman était condamné : le capitalisme serait le plus fort. Déjà, les jeunes Arabes ne rêvaient que de consommation et de sexe. Ils avaient beau parfois prétendre le contraire, leur rêve secret était de s'agréger au modèle américain : l'agressivité de certains n'était qu'une marque de jalousie impuissante ; heureusement, ils étaient de plus en plus nombreux à tourner carrément le dos à l'islam. Lui-même n'avait pas eu de chance, il était à présent un vieil homme, et il avait été obligé de composer toute sa vie avec une religion qu'il méprisait. J'étais un peu dans le même cas : il viendrait certainement un jour où le monde serait délivré de l'islam ; mais, pour moi, il serait trop tard. Je n'avais plus vraiment de vie ; j'avais eu une vie, pendant quelques mois, ce n'était déjà pas si mal, tout le monde ne pouvait pas en dire autant. L'absence d'envie de vivre, hélas, ne suffit pas pour avoir envie de mourir.

Je le revis le lendemain, juste avant son départ pour Amman ; il allait devoir attendre un an avant de revenir. J'étais plutôt content qu'il s'en aille, je sentais que sinon il aurait voulu discuter de nouveau avec moi, et la perspective me donnait un peu mal à la tête : j'avais beaucoup de mal, maintenant, à supporter les échanges intellectuels ; je n'avais plus du tout envie de comprendre le monde, ni même de le connaître. Notre brève conversation, pourtant, me laissa une impression profonde : il m'avait en fait convaincu d'emblée, l'islam était condamné, dès qu'on y réfléchissait cela paraissait une évidence. Cette simple pensée suffit, en moi, pour dissiper la haine. De nouveau, je cessai de m'intéresser aux informations.

4

Bangkok était encore trop proche d'une ville normale, on y rencontrait trop d'hommes d'affaires, trop de touristes en voyage organisé. Deux semaines plus tard, je pris un bus pour Pattaya. Cela devait finir ainsi, me dis-je en montant dans le véhicule ; puis je m'aperçus que c'était faux, qu'il n'y avait en l'occurrence aucun déterminisme. J'aurais très bien pu passer le restant de mes jours avec Valérie en Thaïlande, en Bretagne, ou en fait n'importe où. Vieillir, ce n'est déjà pas très drôle ; mais vieillir seul, c'est pire que tout.

Dès que j'eus posé ma valise sur le sol poussiéreux de la gare routière, je sus que j'étais arrivé au bout de ma route. Un vieux camé squelettique aux longs cheveux gris, un gros lézard posé sur l'épaule, faisait la manche à la sortie des portes à tourniquet. Je lui donnai cent bahts avant de boire une bière au *Heidelberg Hof*, juste en face. Des pédérastes allemands moustachus et ventrus se dandinaient dans leurs chemises à fleurs. Près d'eux, trois adolescentes russes parvenues au dernier degré de la pétasserie se tortillaient en écoutant leur *ghetto-blaster* ; elles se tordaient et se roulaient littéralement sur place, les sordides petites suceuses. En quelques minutes de marche dans les rues de la ville, je croisai une impressionnante variété de spécimens humains :

des rappeurs à casquette, des marginaux hollandais, des cyberpunks aux cheveux rouges, des gouines autrichiennes piercées. Il n'y a plus rien après Pattaya, c'est une sorte de cloaque, d'égout terminal où viennent aboutir les résidus variés de la névrose occidentale. Qu'on soit homosexuel, hétérosexuel ou les deux, Pattaya est aussi la destination de la dernière chance, celle après laquelle il n'y a plus qu'à renoncer au désir. Les hôtels se différencient naturellement par leur confort et leur niveau de prix, mais aussi par la nationalité de leur clientèle. Il y a deux grandes communautés, les Allemands et les Américains (parmi lesquels se dissimulent probablement des Australiens, voire des Néo-Zélandais). On trouve également pas mal de Russes, reconnaissables à leur allure de ploucs et à leur comportement de gangsters. Il y a même un établissement destiné aux Français, appelé *Ma maison* ; l'hôtel n'a qu'une dizaine de chambres, mais le restaurant est très couru. J'y séjournai une semaine avant de me rendre compte que je n'étais pas spécialement attaché aux *andouillettes* ni aux *cuisses de grenouille* ; que je pouvais vivre sans suivre les matches du championnat de France par satellite, et sans parcourir quotidiennement les pages culture du *Monde*. De toute façon, il fallait que je cherche un hébergement de longue durée. La durée normale d'un visa de tourisme n'est que d'un mois en Thaïlande ; mais, pour obtenir une prolongation, il suffit de repasser une frontière. Plusieurs agences à Pattaya proposent l'aller-retour vers la frontière cambodgienne dans la journée. Après un trajet de trois heures en minibus, on fait la queue une ou deux heures au poste de douane ; on déjeune dans un self-service sur le sol cambodgien (le prix du déjeuner est compris dans le forfait, ainsi que les pourboires aux douaniers) ; puis on prend le chemin du retour. La plupart des résidents font ça tous les mois depuis des années ; c'est beaucoup plus simple que d'obtenir un visa de longue durée.

On ne vient pas à Pattaya pour refaire sa vie, mais pour la terminer dans des conditions acceptables. Ou du moins, si on souhaite l'exprimer moins brutalement, pour faire une pause, une longue pause – qui peut s'avérer définitive. Ce sont les termes qu'employa un homosexuel d'une cinquantaine d'années que je rencontrai dans un pub irlandais de la Soi 14 ; il avait fait l'essentiel de sa carrière de maquettiste dans la presse *people*, il avait réussi à mettre un peu d'argent de côté. Dix ans plus tôt, il avait constaté que les choses commençaient à mal tourner pour lui : il sortait toujours en boîte, dans les mêmes boîtes que d'habitude, mais de plus en plus souvent il rentrait bredouille. Bien entendu, il pouvait toujours payer ; mais, s'il fallait en venir là, il préférait encore payer des Asiatiques. Il s'excusa de cette remarque, espéra que je n'y voyais aucune connotation raciste. Non, non, bien sûr, je comprenais : il est moins humiliant de payer pour un être qui ne ressemble à aucun de ceux qu'on aurait pu séduire par le passé, qui ne vous rappelle aucun souvenir. Si la sexualité doit être payante il est bon qu'elle soit, dans une certaine mesure, indifférenciée. Comme chacun sait, une des premières choses qu'on ressent en présence d'une autre race est cette indifférenciation, cette sensation qu'à peu près tout le monde, physiquement, se ressemble. L'effet se dissipe au bout de quelques mois de séjour, et c'est dommage, parce qu'il correspond à une réalité : les êtres humains, au fond, se ressemblent énormément. On peut bien sûr distinguer les mâles et les femelles ; on peut aussi, si l'on veut, distinguer différentes classes d'âge ; mais toute distinction plus poussée relève d'une certaine forme de pédantisme, probablement liée à l'ennui. L'être qui s'ennuie développe des distinctions et des hiérarchies, c'est chez lui un trait caractéristique. Selon Hutchinson et Rawlins, le développement des systèmes de dominance hiérarchique au sein des sociétés animales ne correspond à aucune nécessité pratique, à aucun avantage sélectif ; il constitue simplement un moyen de lutter contre l'ennui écrasant de la vie en pleine nature.

Ainsi, l'ancien maquettiste terminait gentiment sa vie de pédale en se payant de jolis garçons minces et musclés, au teint mat. Une fois par an, il retournait en France pour rendre visite à sa famille et à quelques amis. Sa vie sexuelle était moins frénétique que je n'aurais pu l'imaginer, me dit-il ; il sortait une ou deux fois par semaine, pas plus. Cela faisait déjà six ans qu'il était installé à Pattaya ; l'abondance de propositions sexuelles variées, excitantes et bon marché provoquait paradoxalement un apaisement du désir. Chaque fois qu'il sortait il était certain de pouvoir enculer et sucer de jeunes garçons magnifiques, qui le branleraient de leur côté avec beaucoup de sensibilité et de talent. Pleinement rassuré sur ce point il préparait mieux ses sorties, il en profitait avec modération. Je compris alors qu'il m'imaginait plongé dans la frénésie érotique des premières semaines de séjour, qu'il voyait en moi un pendant hétérosexuel à son propre cas. Je m'abstins de le détromper. Il se montra amical, insista pour payer les bières, me donna différentes adresses pour une location de longue durée. Ça lui avait fait plaisir de parler avec un Français, me dit-il ; la plupart des résidents homosexuels étaient anglais, il avait de bons rapports avec eux, mais de temps en temps il avait envie de parler sa langue. Il avait peu de rapports avec la petite communauté française rassemblée autour du restaurant *Ma maison* ; c'étaient plutôt des hétéros beaufs, du genre anciens coloniaux ou militaires. Si je devais m'installer à Pattaya nous pourrions sortir ensemble un soir, en tout bien tout honneur naturellement; il me laissa son numéro de portable. J'en pris note, tout en sachant que je ne le rappellerais jamais. Il était sympathique, affable, et même intéressant si l'on veut; mais je n'avais simplement plus envie de relations humaines.

Je louai une chambre dans Naklua Road, un peu à l'écart de l'agitation de la ville. Il y avait l'air conditionné, un réfrigérateur, une douche, un lit et quelques meubles; le loyer était de trois mille bahts par mois – un peu plus de cinq cents francs. Je transmis cette nouvelle adresse à ma banque, écrivis une lettre de démission au ministère de la Culture.

Il ne me restait plus grand-chose à faire, dans l'existence, en général. J'achetai plusieurs rames de papier 21 x 29,7 afin d'essayer de mettre en ordre les éléments de ma vie. C'est une chose que les gens devraient faire plus souvent avant de mourir. Il est curieux de penser à tous ces êtres humains qui vivent une vie entière sans avoir à faire le moindre commentaire, la moindre objection, la moindre remarque. Non que ces commentaires, ces objections, ces remarques puissent avoir un destinataire, ou un sens quelconque; mais il me semble quand même préférable, au bout du compte, qu'ils soient faits.

5

Six mois plus tard, je suis toujours installé dans ma chambre de Naklua Road ; et je crois que j'ai à peu près terminé ma tâche. Valérie me manque. Si par hasard j'avais eu l'intention, en entamant la rédaction de ces pages, d'atténuer la sensation de la perte, ou de la rendre plus supportable, je pourrais maintenant être convaincu de mon échec : l'absence de Valérie ne m'a jamais autant fait souffrir.

Au début de mon troisième mois de séjour, je finis par me décider à retourner dans les salons de massage et les bars à hôtesses. *A priori* l'idée ne m'enthousiasmait pas vraiment, j'avais peur de connaître un fiasco total. Pourtant je réussis à bander, et même à éjaculer ; mais je n'ai plus jamais connu le plaisir. Ce n'était pas de la faute des filles, elles étaient toujours aussi expertes, aussi douces ; mais j'étais comme insensibilisé. Un peu pour le principe, je continuai à me rendre dans un salon de massage une fois par semaine ; puis je décidai d'arrêter. C'était quand même un contact humain, voilà l'inconvénient. Même si je ne croyais pas du tout au retour du plaisir pour mon propre compte, il pouvait arriver que la fille jouisse, d'autant que l'insensibilité de mon propre sexe aurait pu me permettre de tenir des heures, si je n'avais pas fait un petit effort pour interrompre l'exercice. Je pouvais en venir à désirer cette jouissance, ça pouvait constituer un enjeu; et je ne souhaitais plus connaître un enjeu quelconque. Ma vie était une forme vide, et il était préférable qu'elle le reste. Si je laissais la passion pénétrer dans mon corps, la douleur viendrait rapidement à sa suite.

Mon livre touche à sa fin. De plus en plus souvent, maintenant, je reste couché pendant la plus grande partie de la journée. Parfois j'allume la climatisation le matin, je l'éteins le soir, et entre les deux il ne se passe rigoureusement rien. Je me suis habitué au ronronnement de l'appareil, qui au début m'était pénible; mais je me suis également habitué à la chaleur; je n'ai pas réellement de préférence.

Depuis longtemps, j'ai cessé d'acheter les journaux français; je suppose qu'à l'heure actuelle l'élection présidentielle a eu lieu. Le ministère de la Culture, vaille que vaille, doit poursuivre sa tâche. Peut-être est-ce que Marie-Jeanne pense encore à moi, de temps en temps, à l'occasion d'un budget d'exposition; je n'ai pas cherché à reprendre contact. Je ne sais pas non plus ce qu'est devenu Jean-Yves; après son renvoi d'Aurore je suppose qu'il a dû reprendre sa carrière de beaucoup plus bas, et probablement dans un autre secteur que le tourisme.

Lorsque la vie amoureuse est terminée, c'est la vie dans son ensemble qui acquiert quelque chose d'un peu conventionnel et forcé. On maintient une forme humaine, des comportements habituels, une espèce de structure; mais le cœur, comme on dit, n'y est plus.

Des scooters descendent Naklua Road, soulevant un nuage de poussière. Il est déjà midi. Venant des quartiers périphériques, les prostituées se rendent à leur travail dans les bars du centre-ville. Je ne crois pas que je sortirai aujourd'hui. Ou peut-être en fin d'après-midi, pour avaler une soupe dans l'une des échoppes installées au carrefour.

Lorsqu'on a renoncé à la vie, les derniers contacts humains qui subsistent sont ceux que l'on a avec les commerçants. En ce qui me concerne, ils se limitent à quelques mots prononcés en anglais. Je ne parle pas thaï, ce qui crée autour de moi une barrière étouffante et triste. Il est vraisemblable que je ne comprendrai jamais réellement l'Asie, et ça n'a d'ailleurs pas beaucoup d'importance. On peut habiter le monde sans le comprendre, il suffit de pouvoir en obtenir de la nourriture, des caresses et de l'amour. À Pattaya, la nourriture et les caresses sont bon marché, selon les critères occidentaux et même asiatiques. Quant à l'amour, il m'est difficile d'en parler. J'en suis maintenant convaincu : pour moi, Valérie n'aura été qu'une exception radieuse. Elle faisait partie de ces êtres qui sont capables de dédier leur vie au bonheur de quelqu'un, d'en faire très directement leur but. Ce phénomène est un mystère. En lui résident le bonheur, la simplicité et la joie ; mais je ne sais toujours pas comment, ni pourquoi, il peut se produire. Et si je n'ai pas compris l'amour, à quoi me sert d'avoir compris le reste ?

Jusqu'au bout je resterai un enfant de l'Europe, du souci et de la honte ; je n'ai aucun message d'espérance à délivrer. Pour l'Occident je n'éprouve pas de haine, tout au plus un immense mépris. Je sais seulement que, tous autant que nous sommes, nous puons l'égoïsme, le masochisme et la mort. Nous avons créé un système dans lequel il est devenu simplement impossible de vivre ; et, de plus, nous continuons à l'exporter.

Le soir tombe, les guirlandes multicolores s'allument aux devantures des *beer bars*. Les seniors allemands s'installent, posent une main épaisse sur la cuisse de leur jeune compagne. Plus que tout autre peuple ils connaissent le souci et la honte, ils éprouvent le besoin de chairs tendres, d'une peau douce et indéfiniment rafraîchissante. Plus que tout autre peuple, ils connaissent le désir de leur propre anéantissement. Il est rare qu'on rencontre chez eux cette vulgarité pragmatique et satisfaite des touristes sexuels anglo-saxons, cette manière de comparer sans cesse les prestations et les prix. Il est rare également qu'ils fassent de la gymnastique, qu'ils entretiennent leur propre corps. En général ils mangent trop, boivent trop de bière, font de la mauvaise graisse ; la plupart mourront sous peu. Ils sont souvent amicaux, aiment à plaisanter, à offrir des tournées, à raconter des histoires ; leur compagnie pourtant est apaisante et triste.

La mort, maintenant, je l'ai comprise ; je ne crois pas qu'elle me fera beaucoup de mal. J'ai connu la haine, le mépris, la décrépitude et différentes choses ; j'ai même connu de brefs moments d'amour. Rien ne survivra de moi, et je ne mérite pas que rien me survive ; j'aurai été un individu médiocre, sous tous ses aspects.

Je m'imagine je ne sais pourquoi que je mourrai au milieu de la nuit, et j'éprouve encore une légère inquiétude à la pensée de la souffrance qui accompagnera le détachement des liens du corps. J'ai du mal à me représenter la cessation de la vie comme parfaitement indolore et inconsciente ; je sais naturellement que j'ai tort, il n'empêche que j'ai du mal à m'en persuader.

Des autochtones me découvriront quelques jours plus tard, en fait assez vite ; sous ces climats, les cadavres se mettent rapidement à puer. Ils ne sauront pas quoi faire de moi, et s'adresseront probablement à l'ambassade de France. Je suis loin d'être un indigent, le dossier sera facile à traiter. Il restera certainement même pas mal d'argent sur mon compte ; je ne sais pas qui en héritera, sans doute l'État, ou des parents très éloignés.

Contrairement à d'autres peuples asiatiques, les Thaïs ne croient pas aux fantômes, et éprouvent peu d'intérêt pour le destin des cadavres ; la plupart sont enterrés directement à la fosse commune. Comme je n'aurai pas laissé d'instructions précises, il en sera de même pour moi. Un acte de décès sera établi, une case cochée dans un fichier d'état civil, très loin de là, en France. Quelques vendeurs ambulants, habitués à me voir dans le quartier, hocheront la tête. Mon appartement sera loué à un nouveau résident. On m'oubliera. On m'oubliera vite.

6404

Composition Chesteroc International Graphics
Achevé d'imprimer en Europe (France)
par Brodard et Taupin à La Flèche (Sarthe)
le 25 octobre 2002. 15668
Dépôt légal octobre 2002. ISBN 2-290-32123-0
1er dépot légal dans la collection : septembre 2002

Éditions J'ai lu
84, rue de Grenelle, 75007 Paris
Diffusion France et étranger : Flammarion